意林

公元 787 年，唐封疆大吏马总集诸子精华，编著成《意林》一书 6 卷，流传至今

意林：始于公元 787 年，距今 1200 余年

意林

告白的书

进击吧，盛樱明星学院 ①

JINJI BA, SHENGYING MINGXING XUEYUAN

童童 著

吉林摄影出版社
·长春·

图书在版编目（CIP）数据

进击吧，盛樱明星学院. ①／童童著. -- 长春：
吉林摄影出版社，2018.5
（告白的书）
ISBN 978-7-5498-3582-9

Ⅰ. ①进… Ⅱ. ①童… Ⅲ. ①长篇小说－中国－当代
Ⅳ. ①I247.5

中国版本图书馆CIP数据核字(2018)第090660号

进击吧，盛樱明星学院①
JINJI BA，SHENGYING MINGXING XUEYUAN ①

著　　者　童　童
出 版 人　孙洪军
主　　编　顾　平　杜普洲
责任编辑　施　岚　胡晓路
总 策 划　蔡　燕
统筹策划　康　宁
执行编辑　孙　静　王丹丹
设计总监　资　源
封面设计　资　源
美术编辑　孔凡雷
开　　本　880mm×1230mm　1/32
字　　数　200 千字
印　　张　8
版　　次　2018 年 5 月第 1 版
印　　次　2018 年 5 月第 1 次印刷

出　　版　吉林摄影出版社
发　　行　吉林摄影出版社
地　　址　长春市泰来街 1825 号
　　　　　邮　编　130062
电　　话　总编办　0431-86012616
　　　　　发行科　0431-86012602
网　　址　www.jlsycbs.net
经　　销　全国各地新华书店
印　　刷　北京盛彩捷印刷有限公司

书　　号　ISBN 978-7-5498-3582-9　　定　价：32.80 元

目录

进击吧，盛樱明星学院①

第一章

这位同学，你真帅

晌午的太阳很毒辣，九月开学的日子，丁一一正顶着烈日接待新生。

又是一批漂亮可爱的男生女生，好在帅男靓女，稍微抵消了炎热天气带来的烦躁。

“瞧那个，长得有点儿像小周迅呢。”

“那边那个，是不是很像当年的林志颖呀？好乖……”

身边的几位女同学对来来往往的新生指指点点，只有丁一一忙得头都抬不起来。在盛樱明星学院里，丁一一算是个另类了，因为在这里，每个人都有自己的明星梦，而丁一一的理想却是当个美术指导和编剧。

“一一，去吃饭，我来登记。”姚月跑到大树底下，拍拍她说道。

“这么热的天，都没胃口吃饭。”丁一一将登记表放在一边，看着身边漂亮的姚月，幽怨地说道。

按理说，接待新生的都是学校精心挑选出的学姐学长，比如身边姚月这等姿色的小美女，可不知辅导员发了什么神经，大笔一挥，将她也圈进了接待新生的行列。

和身边这些耀眼的美女相比，辅导员也不怕她污染了环境！

虽然丁一一的姿容放在一般的学校里，也算得上校花级的，可这里是什么地方？卧虎藏龙、美人如云的盛樱明星学院啊！

所以丁一一才会非常纳闷为什么辅导员会安排她坐在学校门口接待新生，按理说，站在最前线的应该都是数一数二的美人们，怎么也轮不到她树立学校的脸面……

于是乎，她一直低着头登记名单，用黑亮的秀发遮住整张脸。

“今天食堂的饭菜很不错哦，保证你看了就胃口大开。”姚月知道丁一一为什么那么幽怨，她笑眯眯地捏捏丁一一的脸，“哎呀！笑一个，哭丧着脸会吓坏那些小朋友的！”

深吸了口气，丁一一扯出一个大大的十分无奈的微笑来。

“哎呀！这就对了嘛！咱们一一笑起来还是很有爆发力的。”不知是夸她还是损她，姚月笑得花枝乱颤。

“学姐，请问食堂在哪里？”丁一一正要说话，一个帅气可爱的男生走过来，问道。

“我领你去吧。”丁一一终于站起身，像一棵被太阳晒得蔫巴巴的小草，全没往日的活力，也没精神和姚月贫嘴。

“谢谢学姐！”小男生还是十分有礼貌，一看就是新生。

“不客气。”丁一一一笑，小男生眼神微微一亮，多看了她一眼。

“盛樱明星学院好大哦。”走了两分钟，小男生感叹地说道，“听说好多明星都是从这里毕业的，还有好几位艺术家都是从这里走出去的，是吗，学姐？”

“嗯，差不多吧。”丁一一往不远处的一片小树林指了指，“那里面有盛樱明星学院出来的历届大明星和名人的名字，以后说不准你的名字也会留在里面。”

“真的吗？”小男生看上去十分兴奋。

“加油吧。”丁一一抬头看着万里无云的天空，这天气也未免热得太反常了。

终于走到了食堂门口，一眼看去，食堂外空旷的场地上停着各式各样的名贵轿车。今天是新生入学第一天，许多家长送自己的子女过来，所以才会出现轿车云集的现象。

这所私立学院说起来是培养优秀电影人的学院，可是因为收费昂贵，所以家境一般的孩子很难进来，很多富裕家庭才会想方设法让自己的子女来这所学校念书。

丁一一正耷拉着脑袋，无精打采地举步走上台阶，突然一个趔趄，紧接着迎面一个人以迅雷不及掩耳之势，将她一把搂在怀中。她猛地一抬头，两个人的唇碰在了一起！

时间猛然静止，丁一一的脸埋在某人怀中，闻着陌生的男性的气味，脑中想着是不是因为天气太热，她出现了幻觉以及晕眩的症状。

紧接着，一张过分俊美的脸出现在她眼前。

这位也是新生？看上去好眼生，盛樱明星学院俊男美女众多，可这等姿色的她怎么可能不知道？

不知那个男生是不是混血儿，他有一双亮若星辰的眼睛，高挺的鼻梁，带着一股不可言喻的气质。

丁一一两眼放光地盯着他。

“大变态，敢占我的便宜！”片刻后，丁一一回过神，一直死气沉沉的小宇宙终于燃烧起来，她怒吼着，恨不能将眼前这俊秀的小子撕碎。

再帅也不能恃美欺人啊！

啪！她毫不迟疑地抬起脚，利用阶梯的优势，一脚踹到眼前男生的肚子上。

好吧，她还是恪守了礼教，没有动手——她动的是脚！

崔泽天的注意力并没有放在丁一一身上，所以即使他反应再快，白色的衬衫上也印上了一个小小的脚印。

这下，崔泽天终于注意到眼前的圆脸女生，她的表情有点儿奇怪，好像有一点儿忍耐，可更多的是愤怒。那双乌溜溜的眼睛尤为明亮，整张脸看上去像一颗发怒的红苹果，倒是挺滑稽。

“你讲不讲理呀，要不是我拉住你，你就摔成肉饼了！这卡给你压压惊！”崔泽天随手从怀里摸出一张银行卡，看也不看递给丁一一，崔泽天瞥见她胸口挂着的牌子，黑眸中似乎闪过一丝嘲讽，“破折号，你父母还真懒。”

破……破折号？

丁一一火冒三丈，她最讨厌别人拿她的名字说事！

她的名字可是身为中文系教授的父亲起的，寓意一生二，二生三，三生万物，如此高深又有内涵的名字，他这种能做出如此猥琐事情的男生怎么能理解！

“你叫什么名字？多大了？哪个班的？家住哪里？我要告你非礼！”丁一一将那张卡往他脸上扔去。

“我不想和一只苹果说话。”崔泽天不想多废话，微微侧头避过那张往脸上飞来的卡，转过身就要走。

“苹果？”丁一一愣了一下，眼里闪过一丝疑惑，紧接着大吼，“别想逃！”

她说着已经扑了过去，这个家伙真是太狂妄了，以为有钱有貌就了不起吗？

“你想怎样？”要不是周围的人越来越多，崔泽天早就克制不住自己的脾气骂人了。

倒霉，天底下最倒霉的人就是她了！

原本接待新生的一向都是那些能代表学校风采的顶级美人，怎么也轮不到她，结果自己被辅导员钦点晒了一上午的大太阳，又遇见这个狂妄之徒……

他以为盛樱明星学院随便拉个人就能上演《罗密欧与朱丽叶》吗？

“赔我的初吻！”这句话说得响亮又大声，以至于周围的几名学生都捂着嘴笑了起来。

很明显，其中部分新生把这么戏剧化的场面当成了学姐学长的表演。

有的人甚至为崔泽天的表现鼓起掌来，一个个交头接耳，认真交流着两个人的演技，看上去对未来的学校生活非常期待。

“OK（好），你说怎么赔？”崔泽天克制着怒气，转过头扫了一眼围观的群众，本来窃窃私语的人群猛然安静下来。

怎么赔？这是个问题。

丁一一抓了抓头发，她被太阳晒得又蔫巴了。

可是这么多人看着自己，总不能保持沉默吧？

丁一一盯着崔泽天，看到他眼里闪过的不屑和得意，心中的怒火又腾腾升起，于是一大步跨到他的面前，抬头费力地看着他——妈妈一直说她还可以长高的，所以十八岁的她一米五八的个子已经很了不起了。

当然，现在不是发散思维的时候，她要惩罚这个冒失无礼的男生。

丁一一霍然伸手抓住他的衣领，愤愤地盯着他：“你太高了！”

周围寂静的人群中发出几声笑来，崔泽天不悦地扫了周围一眼，他倒是很想看看这只苹果能做出什么惊人之举来。

顺着她的意思，崔泽天低下头。

“啪”的一声，崔泽天猛然睁大双眸，还没来得及阻止，自己的左脸竟然被苹果打了一巴掌，而且这一巴掌不轻，他本能地挥手推开丁一一，骇然地捂住已经红肿的左脸——这只苹果居然下手这么重！

丁一一被他推得后退几步，差点儿摔倒在地，但是气势十足地俯身拿起她扔在地上的卡，挥了挥手："便宜你了！以后不要让我遇到你！"

当然，嘴上说着狠话，可丁一一的心脏都快跳出胸腔来，她刚才是被太阳晒昏了，才会做出令人不齿以及出乎她自己意料的反击，现在还是赶紧溜吧，万一被认识的同学看到，她就惨了。

抓着卡，在还没回过神的人群中穿插出去，丁一一凭借她熟悉地形的优势，很快就跑到一处偏僻的地方。

哎呀！她刚才做了什么？

果然是一个暑假待得脑子都坏了，居然用那么无耻的方法报仇。后悔不已地敲着自己的头，丁一一在极度的懊恼中，拿出手机拨通电话。

"妈妈，我刚才打人了……"带着哭腔的声音，丁一一很不争气地寻求老妈的安慰。

"打死了没有？"付琴雨正要睡午觉，听见自己女儿紧张兮兮的声音，立刻问道。

"好像没死。"丁一一看着手中的银行卡，将刚才的事情从头说了一遍，接着问道，"妈妈，您说是不是他的问题？不是我想打的……"

"好了好了，你们不是又在排演情景剧吧？晚上早点儿回来，你表哥今天过来吃晚饭。"付琴雨对这档事情不感兴趣，对她来说，只要不出人命，就没任何大事。

"老妈！"拜托，她的初吻哪，妈妈怎么一点儿都不关心她的成长！

"就这样啦，这种事情不要让你爸知道，不管是不是演戏，你乱打人他肯定会罚你，到时候我可拦不住。"付琴雨全然不顾她可怜女儿受伤的心灵，“妈妈的面膜要干了，再说话就要长皱纹了。乖乖，挂了啊，晚上早点儿回来吃饭。”

说完，付琴雨就挂断了电话。

丁一一郁闷地将手机装好，探头探脑地看了眼四周的情况，现在看上去似乎一切都平静了，三三两两的新生和家长在学长学姐们的陪伴下，或者参观着学校，或者在寻找宿舍。

丁一一极为缓慢地往学校南门移去，她刻意用长发挡住半边脸，将自己的姓名班级牌翻过去，生怕会再遇到那个男生。

一路上人人都在议论刚才食堂前发生的戏剧性的一幕，好在接待处的女生们都穿着统一的校服，倒是没人留意表情极度不自然的丁一一。

好不容易挪回接待处，丁一一垂着头坐到椅子上，一言不发地接过姚月手中的登记簿，安静地坐着。

“一一，你刚才去吃饭的时候，有没有碰到有人在演情景剧？”姚月兴奋地在丁一一身边叽叽喳喳，“好郁闷，我回来早了，听说有个神秘的美少年和学姐在上演《红苹果之恋》……”

《红苹果之恋》？丁一一握着的笔差点儿折断。

一群多么富有想象力的年轻人啊！不愧是盛樱明星学院的未来之星。

“一一，吃饭的时候有没有看到这一幕？”姚月吧啦吧啦说了好久，见丁一一依旧维持着原先的姿势，不满地推了她一下。

丁一一承认她的演技是很烂的，因为她的理想是当编剧和美术指导嘛。所以她调整了好久的表情，才抬起头，颤巍巍地挤出笑容：“月月，我……什么都没有看到……”

“哈哈，我拿到刚才那个帅哥的照片了。”不远处，隔壁班的张莹娟拿着手机兴奋地跑过来，立刻就被一群美女围住。

“给我看看！”

“快点儿给我看看……”

“别乱翻，是学长的手机拍摄下来的，看到不该看的照片就不好了……”

“那些新生可震惊了，没想到刚入学，学长学姐就特意安排这种节目给他们看……”

“可好多家长却有意见呢，说现在还是学习理论知识和文化知识的时候，怎么可以……”

叽叽喳喳兴奋的声音传开来，丁一一完全坐不住了，盛樱明星学院的孩子们啊，就是喜欢没事玩摄影和偷拍，她有些怀疑这些人以后到底是想当大明星还是成为狗仔。

“月月，月月，”从人堆里把姚月拉出来，丁一一苦着脸说道，“我肚子痛，先回家了，你帮我盯一下啊！”

“你看上去脸色不太好啊，是不是中暑了？我送你去校医院吧。”姚月还算是有点儿良心，在迫切想看的美男照片和朋友之间，义无反顾地选择了苹果……哦，不，是选择了丁一一。

“不……不用，万一辅导员来问的话，就说我不舒服先回家了。”丁一一说着，便往门外走去。

“一一，真的不用我送你回家吗？”姚月不放心地问道。

丁一一急忙摆着手，头也不回地往校门外走去。

“哎呀！这不是丁一一嘛！”终于看到照片的众女生突然大叫。

“丁一一！”

“丁一一不要走！”

“丁一一……”

丁一一气喘吁吁地赶回家，忙碌了一上午，中午又因为一个狂妄之徒没能吃上午饭，现在她已经精疲力竭，毫无形象地呈“大”

字形瘫在沙发上。

可恶啊可恶，那个冒失无礼的男生真可恶，她自己的报复也可笑，唉，越想越郁闷，丁一一看着茶几上的苹果，愤愤地拿过一个，大口咬了起来。

“叮咚”，正在丁一一泄愤地咬着苹果时，门铃突然响了起来。

丁一一光着脚走到门边，从猫眼儿里往外看去，外面站着一个衣冠楚楚的年轻人，她打开里面的门，隔着防盗门警觉地看着这个陌生人：“你找谁？”

“一一长这么大了，我是浩轩，叔叔阿姨在家吗？”安浩轩一眼看到丁一一胸口的牌子，不由得感叹时间不饶人，一转眼，那个胖嘟嘟粉嫩嫩的小女孩长成了亭亭玉立的俏姑娘。

丁一一捂住胸口的牌子，满脸怀疑地打量着他，她根本没听过这个名字，这个男人长得挺好看，倒不像坏人，可现在社会很复杂，她可不敢随便开门。

“我是你表哥呀！”见丁一一满脸的狐疑，安浩轩笑眯眯地说道。

“我的表哥太多了！”丁一一打量着他说道。

“啊？一一果然不记得我了……”

“你稍微等一下。”丁一一伸手关上门，往妈妈的卧室跑去。

表哥？她的表哥真的太多，谁让她父母没事就去找别人义结金兰、结拜兄弟，还乱认干儿子，导致她现在的哥哥姐姐多得都数不过来。

几分钟后，丁一一在妈妈和“表哥”的寒暄里，想悄悄躲进书房。

“一一，去倒水。”还没挪脚步，妈妈就吩咐起来。

“哦，请问表哥喜欢喝什么？”丁一一再次打量了这位“表哥”一眼，他的年纪比自己大四五岁的模样，满脸书卷气，白净斯文。

“茶，”没等安浩轩回答，付琴雨就截口说道，“你表哥一家都爱喝茶，不过，不知道你出国之后，喝茶的习惯改变了没有？”

丁一一泡着茶，侧耳听着两个人的对话。这个表哥是她爸爸的铁哥们儿的儿子，十八岁的时候随家人一起去了新加坡，现在因为他爸爸的工作关系，又调回了国内，所以她一直没有印象。

“一一长大了，刚才开门的时候，我差点儿没认出来。”安浩轩看着丁一一，满眼都是笑。

“她这丫头没一点儿记性，竟然连你都不记得了。”付琴雨看了一眼丁一一，努了努嘴：“去给你爸爸打电话，让他晚上早点儿回来。”

“叔叔现在已经和家父在一起了，所以我就先过来拜见阿姨。”安浩轩笑着说道，“再过一会儿可能就一起回来了。”

果然过了不久，丁一一的教授爸爸带着另一位眼生的伯伯回来了。

那位伯伯非常热情，一看见丁一一，立刻对丁教授说道：“哎呀！你家闺女长成大美女了，喃，本人比照片漂亮多了嘛。”

“因为照片会把人照得太胖嘛，她的脸肉太多，所以上照就不好看。”付琴雨解释还不如不解释。

一直强调她脸大太胖……

“爸，你把表妹说得不好意思了。”安浩轩看见丁一一脸上一红，微笑着打圆场。

“表妹是元气少女，脸上胶原蛋白满满，本人又白又嫩，以后再大一点儿，绝对是美女中的美女。”

“浩轩还是那么乖巧懂事。对了，浩轩的工作确定都安排好了？不用我帮忙？”丁教授看了眼自己的宝贝女儿，问道。

丁一一一直维持着傻笑，在他们的热情交谈中，终于耐不住肚子的饥饿，一步步往厨房挪去。

终于趁着大家都不注意的时候，丁一一躲进了厨房里，关上厨房的门，打开冰箱开始寻找可以吃的东西。人是铁饭是钢，一顿不吃饿得慌，这话果然没错。

丁一一终于从面包箱里找到半块早上剩下的烤面包，她想也不想，立刻狼吞虎咽起来。唔，真不知道班里那群骨瘦如柴的女生为什么还要节食，能吃东西是多么美好的一件事情啊！

所以……她的脸才胖得像苹果吗？

丁一一突然忧伤地摸摸自己的脸，想到那个该死的喊她“破折号”的男生。

“一一，电话！”茶几上丁一一的手机振动起来，付琴雨转头喊道。

“阿姨，我递给她吧。”见丁一一半天也没从厨房里出来，付琴雨正要起身将手机拿过去，安浩轩起身礼貌地说道。

“好，这孩子在厨房待这么久肯定又在偷吃，一点儿也不关心自己的身材……”付琴雨也不客气，将手机递给安浩轩，咕哝一句，立刻又加入安其平和丁教授的谈话中。

“一一，电话。”安浩轩站在厨房外，礼貌地象征性敲了敲门，接着就推开门。

正在风卷残云般吞食面包的丁一一终于听到了敲门声，她转过身，想要锁死厨房的门，已经来不及了。

安浩轩推开门，看着眼前满嘴都是面包的丁一一，以及丁一一脸上见了鬼的表情，一向礼貌温和的脸上也有点儿控制不住表情了。

丁一一立刻转身，背对着他，捶着胸，用力想咽下口腔里的面包，可怜她越努力，就噎得越厉害。

“快喝点儿水。”急忙将手机放在橱柜上，安浩轩迅速端了一杯水过来，递给丁一一，给她捶着背，终于忍不住笑道，“你饿了呀？”

“我……咳……咳……”丁一一终于能发出声音了，刚才太恐怖，她差点儿被表哥和面包联合谋杀了。

“别急，再喝点儿水。”安浩轩体贴得像亲哥哥，关心地看着丁一一，眼里是满满的笑意。

虽然长大了，可还是像以前一样贪吃。

“我……我没事了，谢谢。”握着水杯，丁一一窘迫得想找个地缝钻进去。她能想象自己刚才的形象有多狼狈。

安浩轩见她彻底没事了，才指了指手机：“刚才有人打电话给你。”

“哦……好，谢谢你。”丁一一擦着脸上的面包屑，赶紧抓起手机往自己卧室飞奔而去。

唉，今天真是她倒霉的日子。

几分钟后，丁一一更加确定今天是她最倒霉的一天，因为姚月打电话过来，说校长听说了这件事之后，要求她晚上五点去校董办公室。

丁一一挂掉电话，已经欲哭无泪。

下午四点半，丁一一已经在校董办公室外徘徊，她身后跟着一大票女生——她们可不是来安慰丁一一的，而是来逼问她和那个男生到底是什么关系的。

经过短短的一下午，中午食堂前的“红苹果之恋”已经迅速发展出几十个版本，人们在纷纷猜测这“行为艺术”表演背后真相的同时，更加关注凭空杀出来的俊美小帅哥。

据说，这个小帅哥已经在海外拍了多部广告，也有人说，他就是国外某大牌杂志的御用男模。

“月月，别人不相信我，你还能不相信我吗？”丁一一已经解释得口干舌燥，终于在众女生的包围之下爆发了，“你们看看我这诚实的长相，怎么可能和那种小子扯上关系？”

这下，众女生看着她与学院里其他拼命减肥维持身材的女生截然不同的圆润脸庞，默然不语。

“好了好了，你们帮我想想一会儿去校董办公室怎么说吧。”丁一一皱着小眉头，她现在只担心自己能不能活着走出校董办公室。

在盛樱明星学院里，丁一一的长相和身材不是最出挑的，不过她的朋友却是最多的。

一来因为她真诚不做作的性格和毫无杀伤力的可爱长相；二来因为她永远都是学校里专业表演成绩最烂的学生，以及文化课成绩最好的学生。

“反正一切小心吧。”朱琪和众姐妹摇头叹息说道。

“没事，如果真的有什么处罚，让丁教授出面……”

“不行！不能让我爸知道！”丁一一急匆匆地说道，她那传统而崇尚儒学的爸爸要是知道自己中午踹了一个男生一脚，那还不重罚她？

“对，不能让丁叔叔知道，不然至少要罚她默写一百遍《千字文》，还是用毛笔正楷写，如果有一个字写得稍微潦草了，立刻作废重写，并且加上三个小时的古筝弹奏！”姚月点头附和，她在几年前见识过丁教授的惩罚方式，从那以后，她再也不羡慕丁一一有那么一位知识渊博的父亲了。

“哎呀！一一好可怜。”

“难怪一一的字总是那么好看……”

“听说练毛笔字和弹古筝可以培养古典气质呀，哪天我回家试试……”

很快，众姐妹将话题转到她们的美貌和气质上，丁一一愤愤地看着她们，这些家伙到了关键时刻从来都帮不上什么忙。

眼看着时间一分一秒地过去，还有十分钟就到五点，丁一一终于按捺不住性子，举步就往校董室走去。

“一一！”身后，众姐妹喊道。

丁一一转过头看着她们，期待着她们能给自己一点儿有用的意见。

“祝你好运，我们在楼下等你。”说完，众位漂亮的女生一哄而散，走廊里空荡荡的，只剩下她孤零零的一个人。

丁一一闭上眼睛，默默整理好自己的情绪和思路，举步走到办公室门口。

她的演技一向很烂，但是她有聪明的头脑——当然，她的聪明只限于书本上。

忐忑不安地抬手敲了敲门，丁一一继续深呼吸，并且露出微笑来。

“进来。”校董的声音隐约传了出来，丁一一挂着笑容推开门。

但是她的笑容没保持一秒，立刻就垮了下来。

原谅她不是一个好演员吧，因为她看到偌大的办公室里除了校董，还坐着一个英俊的少年。

“香蕉……”心底哀呼一声，丁一一忙乱地调动着脸上的肌肉，想让自己看上去从容淡定。可惜她的努力全白费了，因为那个高傲的少年看见她之后，脸上闪过一丝冷笑，让她苦心经营的表情全部烟消云散。

“一一，今天下午的事情我听说了。”校董不紧不慢地开口。

“校董，这都是因为他！”丁一一急忙澄清事实。

校董耐心地听她将事情的经过说完，然后摇摇头，似乎有点儿惋惜："这么说，你承认自己打了别人？"

"欸？"丁一一愣住了。

"这是医药费的单据，如果你没什么意见，去向人家同学道个歉，补偿他的医药费就可以了。"电话响了，校董指指桌子上的医药单，边说边接电话。

"可是校董，是我先……"丁一一完全傻了，这跟她想的根本不一样，很明显，这是恶人先告状！

"剩下的你们两个自己协商，"校董接完电话，挥挥手，走到那个俊美少年身边，低低和他耳语了几句，接着往门外走去。

"校董！哎……"看见门被无情地关上，丁一一满肚子的火气，今天还真是撞邪了，她怎么能倒霉成这样？

"你……你真是无耻！"丁一一非常生气，她转过身，瞪着沙发上坐姿优雅的崔泽天，伸手将口袋里的银行卡扔到他身上，顺便将自己的钱包也扔了过去，"赔你，活该你被打，无耻无耻无耻！"

丁一一已经气得语无伦次，只差将自己的手机也扔过去。

崔泽天冷笑，伸手拿起她粉红色的零钱包，掂了掂，接着放到耳边晃了晃："才几枚硬币，你真够吝啬啊。"

丁一一脸猛然红了，她刚才没想那么多，自己家离学校很近，不用坐车，所以她身上不会带很多钱。

"你……我……"丁一一要抓狂了，满脸通红地站在原地看着他嘲笑的脸。

"苹果，这张可以无限透支的卡我就暂且收回，至于我的医药费，你可以分期付款。"崔泽天原本是要和校董谈一些入学的事情，可没想到校董居然把这只苹果找过来了，冤家聚头，他可没那么容易放过打伤自己的人。

要知道，崔家的儿子，没人敢碰，更别说打了。

脸虽然经过了处理，但还是有些红肿，他可没忘记被一只苹果打脸的屈辱。

“做梦去吧，我还没问你要精神损失费呢！”丁一一见办公室里没别人，索性大步走到他面前，抢夺她后悔扔过去的零钱包。

凭什么给他医药费，她才是受害者好不好？

校董也真是奇怪，平时他和爸爸的交情不浅，这次怎么可以这么偏心，难道长相决定谁有理？

崔泽天看着她气势汹汹地扑过来，也不躲闪，长腿随意一伸，“扑通”，果不其然，丁一一被绊倒在他腿边。

还好她眼明手快地抱住眼前男生的大腿，满脸的愕然渐渐转成愤怒。

他果然是卑鄙小人，竟然绊她！

“医药费一千八，至于我帮你摆平校长不记你大过的辛苦费……嗯，一万吧，便宜你了。”崔泽天看也不看她，右腿撤回去，架在左腿上，目光平视着她说道。

“医药费一千八？”丁一一立刻忘记抢自己的钱包，也忘记她现在应该发飙，飞快地拿起那张被她扔到地上的医药单细细地看了起来。

天哪！他不过是脸有些红肿而已，这都是开的什么药？一千八……

丁一一面部再次抽搐。

“破折号，你可以选择分期付款，月息0.8%，五年还清。”崔泽天轻轻抚着自己的唇，似笑非笑地说道。

“你没事吧？大白天做什么白日梦，这事情本来就因你而起，我没找你……”丁一一连他喊自己“破折号”都没反应了，揉着眼睛，盯着医药单，喃喃地打断他的话。

“当然，不愿意私下解决的话，可以法庭上见。因为受伤，我有一个很重要的通告只能取消了。这个通告可是价值好几万。”崔泽天看见小苹果开始发蒙，心情终于好了点儿，不紧不慢地说道。

“果然是神经病。”丁一一心中更加没底了，她想到姚月她们刚刚说的话，眼前这个少年如果真的在国外是名模，加上心眼极小，那她就是惹了不该惹的麻烦。

“破折号，给你一个机会，如果向我道歉的话，我可以考虑……”

砰！崔泽天微微侧头，看着被关上的门，眼底戏谑的笑意凝固了，这只苹果还真是不怕死！

丁一一站在门外，努力思考着他那些话的真实性。

相比门外认真严肃地思考着的丁一一，门内的崔泽天脸色也是不爽，他本来是想让这个害他受伤的女生吃点儿苦头，也不会太过分地去捉弄，可这女娃娃丝毫没把他的话放在心上，实在太没面子了。

校董从另一间办公室里走出来，一眼看见满脸苦恼地站在门外的丁一一，上前问道：“一一，你们谈好了？”

私底下，校董还是对她很好的。

并且，校董和爸爸是大学同学，最喜欢到她家里和爸爸喝酒胡侃。

“他到底是谁呀？张口就要我赔他一万一千八，校董叔叔，我哪有那么多钱去赔他，明明一开始是他的错，而且这种事要是被爸爸知道，肯定要骂我。”丁一一满肚子委屈，她现在终于用自己不太灵光的脑袋，判断出那个男生来头不小，从那张医药单，从校董对他的态度上来看，他一定是个背景强大的人。

“他是崔氏集团的小儿子，崔氏集团……”看见丁一一一脸的迷茫，校董打住话头，换了个方式说道，“比如你住的那栋花园小区，家里用的电器、生活用品，还有路上的公交车，绝大多数都是崔氏集团控股，这样说明白了吗？”

“就是他很厉害？”丁一一想了想，问道。

“房地产、电器、汽车、珠宝、学校、医院，还有许多行业的企业，崔家都拥有控股权。”校董点头，解释道，“再比如说，盛樱明星学院，崔家也拥有百分之六十的股份。”

“包括盛樱明星学院？”丁一一脸色一变，看向校董，正对上他意味深长的眼神。

“对，里面那个年纪轻轻的少年，只要他一句话，就可以买下整个盛樱明星学院。”校董再次点头，补充道，“不，说不定以他的零花钱，就能将盛樱明星学院过到他名下，那时候，校董就可不是站在你面前的叔叔了。”

“砰”！门又被撞开了，崔泽天正站在窗户边看着下面的景色，听到声音转过身看着又冲进来的破折号……哦不，是丁一一。

“啊哈哈……对不起，我在外面想了很久，觉得我真的太过分了！”有史以来，这是丁一一演技最好的一次，她努力挤出悔恨的表情，满脸诚恳地说道，“能被你这样的帅哥夺走初吻，实在是我三生有幸！谢谢！谢谢你今天非礼……不不，赏赐我的吻！”

躲在门外的校董脸上肌肉稍微抽搐了一下，如果被丁教授听到自己一手教出来的女儿，一口一个初吻，一定气得想拍死他自己。

“我对我后来的表现深感后悔，我那时一定是被你的魅力迷晕了，所以只是想回礼，可太紧张，竟然打了你。”丁一一依旧一脸认真地背着台词，她演技烂，可记台词和背书是非常厉害的，一目十行，过目不忘。

“请你原谅一个少女对你的倾慕之情，若不是今天的太阳如此灿烂，若不是看到那么美好的你恰巧从我面前路过，若不是被你……”说着说着，表情越来越不能自如地控制，这是一段老师教她的戏，当时被她演砸了，现在看来，还是要演砸。

“然后呢，继续。”崔泽天挑起眉，看着她卡壳的模样，抱着胳膊，斜倚着窗口，悠然地等着更为肉麻的下文。

“然后……然后……很荣幸遇到你，希望你大人不记小人过，反正便宜你也占了……不不，是便宜被我占了，”丁一一哭丧着脸说道，“就当你被一只苹果砸到了，原谅我吧。”

崔泽天看了眼门外，似乎知道外面有人，他看着眼前可怜兮兮的丁一一，摸着下巴不说话。

丁一一半晌也没得到回音，不由得偷偷看向他，见他极为明亮有神的眼睛正盯着自己，心中一哆嗦，急忙又垂下头。

他虽然长了一张青春俊美的脸，可真的一点儿都不像同龄人，那双眼睛非常深邃，似乎装着很多东西，没有少年该有的单纯和神采，反而深沉得像三四十岁的男人，这让丁一一很不舒服。

而在崔泽天的眼中，丁一一果然很像一只苹果，红扑扑、水嫩嫩的，眼睛大大的，脸蛋圆圆的，像是一颗还挂着露珠的在枝头招展的苹果，带着新鲜和朝气。

“原谅你……我考虑考虑。”越看她越像只苹果，崔泽天被自己的这种想法惹得想发笑。

“真的？那好，你慢慢考虑，我不急的。”丁一一如蒙大赦，圆溜溜的乌黑眼眸抬起来，几乎立刻从演戏的状态中抽离出来，眼角眉梢都泄露着小小的喜悦和得意。

崔泽天将她的表情看在眼中，不觉更想笑，他抬手半握着拳举到唇边，掩饰性地咳嗽两声：“OK，我考虑三天。”

“三天？”丁一一脸上的表情微微一僵，紧接着小鸡啄米般地点头，“好，你慢慢考虑呀，别太伤脑子了，我这就先回去，不打搅你考虑。”

说着，丁一一就后退两步，准备开溜。

哎呀！这种男生虽然长得好看，可是脾气古怪，说话做事都慢条斯理的，像个小老头儿——难道这就是传说中的少年老成？

丁一一实在很讨厌这种感觉，恨不得现在就穿越回一天前，这样今天就不会遇到他。

崔泽天虽然看穿了她的小心思，可脸上的表情依旧，他现在很忙，不想和这只苹果再纠缠下去，反正她也知道错了，暂且放过她好了。

“你可以走了。”崔泽天还有更重要的事和校董商讨，所以挥了挥手说道。

“好，有机会再见！”丁一一立刻挂上甜笑，点头哈腰地退了出去。

见个大头鬼！有机会再见就是永远不用找到机会相见！

受制于人点头哈腰的感觉好累，刚一退出去，丁一一立刻挺直腰板，脸上的笑容也撤去了，换上无比鄙视的表情。

可惜她丁一一的骨气被校董几句话说得软下来，好吧，她承认自己是欺软怕硬，所以只能在心中狠狠骂着那个高傲少年，实在太仗势欺人。

而且欺负谁不好，偏偏欺负她一只苹果！

呸呸，怎么被洗脑了？她不是苹果，她是丁一一，全市名字笔画最少的神奇女生！不是苹果！

更不是破折号！

能回到家里，趴在桌上大口吃饭的感觉真好！

丁一一不停地往嘴中填着食物，从舌尖到胃里满满都是美味的感觉，让她勉强忘记了今天发生的倒霉事情。

“一一，慢点儿吃。”丁教授对女儿一上饭桌就成饿狼的形象十分不满，他苦心栽培出来的女儿，比不上安老兄儿子一半乖巧，特别在饭桌上一对比，瞧瞧人家安浩轩，白白净净又阳光斯文，一看就是又孝顺又懂事的乖儿子。

丁一一不情不愿地放慢进食速度，端起饮料对身边的“表哥”礼貌地笑道：“表哥，既然回国了，以后经常来我家玩！”

丁教授这才收回严厉的目光，转头和安其平继续聊了起来。

“当然，一定会的。”安浩轩端起红酒，轻轻碰了碰她的饮料杯，笑容灿烂地说道。

“对了，听说一一在盛樱明星学院里，成绩数一数二呢，真是巾帼不让须眉。”安浩轩突然想到什么，转头对丁一一说道。

丁一一不得不再次放慢吃饭的速度，自信地大笑：“那是当然……”

丁教授的眼光又扫到她身上，丁一一立刻放低声音，文雅地说道：“都是家父教导有方，也算不上很厉害了，只是每次考试都是第一而已。”

“表妹真谦虚，据我所知，盛樱明星学院卧虎藏龙，能成为第一，也离未来的巨星不远了。”安浩轩由衷地赞叹。

“哦……我是文化课第一，至于专业表演课……”丁一一终于敛去脸上得意的表情，凑到安浩轩耳边小声说道，“每次都是倒数第一。”

“不过我可不想成为明星，我要做一个艺术家。”丁一一不知道是在给自己解释，还是在给自己打气。

“一一不想当明星，想当艺术家？”安浩轩觉得这个表妹挺有趣，因为能将表演课和文化课考得如此有落差的人，也算是天才了。

“对，制造美的艺术家！”趁机把一只鸡腿塞到嘴里，丁一一满脸认真。

安浩轩看见她吃着鸡腿认真说出这话的模样，实在想笑，他的这个小表妹以前就古灵精怪，现在更加有趣。

“你不相信？”将一只鸡腿完全吞入肚中，丁一一突然转头盯着安浩轩，继续问道。

“没有，”安浩轩端起红酒，急忙转移话题，“一一，听说你们学校现在已经出了不少小明星了，比如现在代言果冻的那个女生，叫张斐斐是吧？好像就是你们班的。”

“是，现在是广告人气小明星。”丁一一点头，只是语速没开始那么快了。

“听说她已经被一家广告公司签走了。”安浩轩细心地发现丁一一说起张斐斐，神情和刚才不一样。

“是已经签约了，可是她还是盛樱明星学院的学生。”丁一一不想多说了，她摸摸肚子，露出灿烂的笑容来，“真饱，表哥，你多吃点儿，别客气呀。”

丁一一是一个相当自来熟的女生，加上她的表哥表姐无数，所以没一会儿，就和这个大她四岁的年轻表哥打得火热。

丁教授和安其平看见一对小儿女交谈甚欢，也相视一眼，心照不宣地笑了。

在经历一场“情景短剧”风波之后，丁一一在学校里声名大噪，已经从“文化课成绩最好的学生”“专业课表演最烂的学生”和“名字笔画最少的学生”的“三最”学生一跃成为最有艳福的学生。

总之，人怕出名猪怕壮，丁一一对以前的安逸生活非常满足，可自从“红苹果之恋”事件沸沸扬扬流传开之后，她能吃能喝的生活一下子陷入烦恼中。

“一一，你看，今天的校报居然登上你的新闻了！”

姚月一半是羡慕一半是嫉妒，盛樱明星学院星光熠熠，丁一一能上头版新闻的时候只有在考试结束后，可这刚开学，她就大出风头，不以学业震八方，而傍美男动四方。

唉，世道不公！如果她姚月多吃一碗阳春面，推迟十分钟出食堂，或许被帅哥夺吻的美事就会落在她头上。

更为可恶的是，丁一一同学丝毫不觉得被一个极品帅哥拥吻是多么幸福的事！

姚月看着还带着点儿婴儿肥的丁一一，再次感叹造物弄人。

“月月，不要乱传绯闻，要是我爸听到，我就死定了！”丁一一胆小怕爹，她真怕校董叔叔哪一天酒后失言，把她毫无风骨气节的事情说出去，那她就死定了！

“可报纸上都登了呀！你确定丁教授不看报纸？”姚月指了指阅报栏。

市里的晨报每年都会报道盛樱明星学院报名当日的盛况，今年也毫不例外，不过对这场“红苹果之恋”风波随笔带过，并没有登上照片。

“我讨厌苹果。”丁一一冷不防冒出一句，愤愤地提着背包带，昂首挺胸大步往教学楼走去。

她一点儿都不会在乎周围异样的目光和女生酸溜溜的眼神，她唯一在乎的就是今天中午吃什么！

坐在教室里，阳光从窗外洒进来，像是一张炽热而巨大的网。

都已经到了九月份，可天气还是这么炎热，丁一一被全班的女生包围着，叽叽喳喳地询问那天发生的事情。

丁一一很烦，因为她们问的只有两个问题——被那么帅的男孩亲到是什么感觉，以及，她和那个男孩到底是什么关系！

如果说到食物，丁一一还是兴致勃勃的，可是对于那个美男，她可一点儿兴趣都没有。非但没有兴趣，还心怀恐惧。

因为她怕某一天在街上遇见，会被索要巨额赔偿啊！

白天不懂夜的黑，她们不懂赔偿的贵，身边这群叽叽喳喳的美少女，哪懂她心中的悲伤。

呜——老师，赶紧来上课，解救她吧！

“砰”的一声，门被推开了，一个颀长的身影径直往最后面的位子上走去。

众女生突然屏息静气，视线纷纷追随着那个气场巨大的身影，只有丁一一，把头埋在姚月的身上，努力摒开外界的喧扰，专心想象着美味的午餐。

只有想到吃的，才能稍微抹去崔泽天给她幼小心灵带来的阴影。

一万一千八，对有钱人家的孩子来说不算什么，可是对她而言，是天文数字！

她那清廉刚正的爹，每个月只给她少得可怜的零花钱，她要攒多少年才够还债？

都怪这群女生，本来她都努力忘记了崔泽天的事情，可她们一提起，那些钱就盘旋在头顶不散。

一文钱难倒英雄汉！抱着姚月长长地叹气，丁一一终于开始觉得周围安静下来。

“老师！”姚月一把推开还赖在她身上的丁一一，低低说道，“老师来了！”

丁一一立刻坐正，目不斜视，这节课是她最喜欢的语文。

周围的同学果然已作鸟兽散，辅导员毕老师站在讲台上，敲了敲桌子，视线先飘到最后一排。

“同学们，今天我们这个大家庭又多了一位成员，希望大家能够多多帮助他，让他早点儿融入我们三班。”辅导员话音一落，姚月等人突然卖命地鼓起掌来。

丁一一茫然地环顾四周，有新同学来了？怎么不先做自我介绍？

视线随着所有的女生转到最后一排，丁一一差点儿跳了起来，她急忙伸手捂住嘴，止住快蹦出来的尖叫声。

God（天哪）！

刚才还在努力用食物来催眠自己忘掉的债主，现在正气势十足地坐在最后一排靠窗户的位置上。

那张带着混血特征的俊美脸上毫无表情，一如那天下午阴沉的天气，连耀眼的阳光都跳不到他的眼帘里。

“好有model（模特）巨星的感觉！”身边的姚月芳心大动，由衷地感叹。

而丁一一则迅速转过头，双手捂住脸，脑中不断盘旋着一行数字——一万一千八……

她还以为这一辈子再也不用相见，谁知冤家路窄，他竟然成为自己的同学！

在老师的介绍和众女生不断的尖叫中，丁一一耳边嗡嗡响着“崔泽天，一万一千八”这句话。

她好吃懒做的人生，似乎走到了尽头。

不……不要……

丁一一在命运之神的眷顾下，一头撞到桌子上，往日比阳光还灿烂的笑容被暴风雨来临前的阴郁所取代。

好不容易熬过一节课，下课铃一响，丁一一飞也似地逃出教室，在教学楼外的一条花径上神经质地徘徊着。

不远处，三年级的学生们正在老师的带领下排演一个小小的话剧，那边的热闹非凡映衬着丁一一的孤单无助。

“一一！”二楼窗户边传来姚月的呼唤，丁一一抬起头，立刻满脸紧张地将食指放在唇边，示意她不要大声叫自己名字。

可是为时已晚，她眼角的余光瞥见坐在最后一个窗户边的俊美少年冷冷转过头，看向下面。

满脸的紧张凝固住，丁一一迅即垂下头，快步往操场方向走去。

他没看见自己，他肯定没看见自己。不断地自我安慰着，丁一一坐在操场边的秋千上，心情低落。

这节课是体育课，平时一下课全班同学都会聚集在这里等着上课，可现在，只有两个男生站在双杠的旁边，班里所有的女生都像铁针，被崔泽天那块超级无敌的磁铁吸引住了。

“丁一一，你说西湖柳浪闻莺，是西湖柳，浪闻莺，还是西湖柳浪，闻莺……”一个男生跑到丁一一身边，虚心地讨教着。

丁一一满脸无奈，这个模样颇有几分像偶像剧男演员的单眼皮男生叫陈毅林，有着一个构造古怪的大脑，最大的爱好，就是跑到她面前问许多或者弱智或者离奇的问题。

比如这个“西湖柳浪闻莺”。

换成平时，丁一一肯定满脸笑容地给他解答，可现在她一点儿心情都没有。

“陈毅林，你说如果一万一千八百元的人民币分成五年还，月利息0.8%，每个月要还多少钱？”丁一一抬起头，看着单眼皮的清秀男生，反问。

“这个……”陈毅林有些困扰地挠挠头，“这个，你是学习委员，为什么问我啊？我数学太差了，算不出来！”

“不是人民币，是英镑。”一个冷冷的声音传了过来，丁一一抬头一看，“扑通”一声，直接从秋千上掉下来，人仰马翻。

“英……英镑……”丁一一迅速呈假死状态，在心中换算着。

“丁一一，你没事吧？”陈毅林被那一声巨响吓得心脏差点儿跳出来，盛樱明星学院的学生们身体可都娇弱着呢，特别是追求骨感身材的女生们，丁一一不会摔死了吧？

“丁一一，你还没告诉我西湖柳怎么回事呢！”陈毅林几乎要哭出来了，丁一一可千万不要死啊，不然以后他那些稀奇古怪的问题就没人耐心回答了。

说起来陈毅林最喜欢丁一一了，平时温柔大方可爱，关键是耐心极好，非常友好，而且因为她的教授爸爸，她在班级里是知识渊博的小才女，对他的古怪问题从来都是笑脸相答，她要是挂掉了，自己以后可怎么办哟！

“西湖十景，柳浪闻莺……”微弱的声音传到陈毅林的耳朵里，丁一一有气无力地说道，“你不要再问我这种问题了好不好？”

“一一，你还活着啊！”陈毅林大喜，急忙将丁一一扶起来，无奈他属于瘦弱型帅哥，半晌也没扶起将近百斤重的丁一一。

“我没事。你让开！”丁一一想爬起来，可陈毅林偏偏半个身子几乎都压在她身上。

崔泽天冷眼看着地上的一对男女生，摇了摇头，他实在应该坚持自己的意见，不该来这所学校。

终于，丁一一爬起来，扶着腰冲到崔泽天的面前——眼看已经躲不过了，不如大大方方地见面。

“真巧啊！没想到这么有缘分，竟然成了同学……哈哈！哈哈！”丁一一干巴巴地笑了起来。

周围的女生都聚集在崔泽天的身后不远处，捂着嘴窃窃私语。

姚月也在不远处，看见丁一一假到极致的笑容，恨不得大声提醒她别笑了。

“既然是同学，那就不见外了，以后我们好好相处，嗯……以后有什么需要我的地方，只管说！”丁一一找不到词了，她很害怕眼前俊美少年浑身散发的压迫气势，这和他的年龄一点儿都不相符，总让她觉得自己在和老爸说话。

丁一一伸出手，停在空中又收了回去，她挠了挠头，继续假笑："不知道你考虑得怎么样了，不过我们现在已经是同学了，以后说不准就成为好朋友，好朋友提钱多不好……"

"谁要和一只苹果做朋友？"崔泽天抿抿唇，视线依旧放在前方，眼睛眨也不眨地说道。

"……"被这句话噎住了，丁一一深呼吸，用力捶捶自己的胸口，这才缓过一口憋闷的气来。

"破折号，知道吗？你不但像一只苹果，还像猩猩。"崔泽天虽然一眼都没看她，却清楚地知道她的举动和表情。

"我不叫破折号！我叫一一！丁一一！"丁一一虽然脾气很好，可也到了忍受的边缘。

就在她和崔泽天大眼瞪小眼对峙时，体育老师远远地走来，吹着口哨说道："集合！"

崔泽天举步往集合的地方走去，自始至终都没有正眼看过丁一一。

"真是没家教的小子！"丁一一攥了攥拳头，愤愤说道。

"好有型！"

"好酷！"

"帅呆了！"

相反，姚月她们发出一阵阵赞叹声，不住地庆幸自己运气太好了，有那么帅的男生来到自己班中，以后看着帅哥学习，生活多美好啊！

"体育委员！"体育老师让众位学生排好队之后，开始喊道。

"体育委员！"喊了一遍没人应声，老师又拔高声音喊了第二遍。

苏蕊用胳膊顶了顶丁一一，努了努嘴，示意老师在喊她。

"丁一一！"终于，体育老师耐不住性子了，高声喊道。

"到！"从第二排最后一个位置中传出丁一一清亮的声音。

体育委员……对，没错，她丁一一肩负重任，不但是学习委员，还担任了体育委员！

不过这全都是因为班中无健将，个个都是林黛玉和宝哥哥，只有她一个视吃如命的薛宝钗，也只有她一个体育能取得优秀以上的成绩，所以无法选择地被众人推荐为体育委员。

而班上其他的几位男生也如弱柳扶风，不是书呆子，就是纤细的花样少年郎，完全不能担起如此重量级的头衔。

总之，个子娇小脸蛋圆润，看上去健康水灵的丁一一从队列中走出，站在体育老师身边时，和全班三十六个瘦得像竹竿一样的人对比十分鲜明。

“点名。”体育老师扫了她一眼，说道。

“是。”丁一一努力让自己从英镑和猩猩的阴影中走出，开始点名。

班里除了张斐斐没有来之外，其他的人都到齐了。

只是到了崔泽天的时候，丁一一明显卡了壳，她虽然没有看崔泽天，但总感觉他好像一直在嘲笑自己。

这种感觉让丁一一很不舒服，所以点完名立刻退到队伍中，想将自己藏起来。

“好了，”在张斐斐的名字后画了个圈，体育老师说道，“今天是交成绩的时候，让我看看一个暑假，你们都按照我的方法锻炼了没有。”

这话一出口，立刻瘫倒了一大片。

“老师，我今天肚子不舒服……”

“老师，我这两天高烧刚退……”

立刻，娇滴滴的声音此起彼伏地响起，可惜体育老师是铁打的汉子，而且在盛樱明星学院的一帮美女学生中，早就练得百毒不侵，任凭这些如花似玉的少女怎么哀求，就是不为所动。

“长跑五千米，争取在一节课的时间里完成。”体育老师面不改色地说道。

他的话音刚落。顿时，所有的男生女生花容失色，五千米……四十五分钟完成？拜托，她们跑个八百米就已经累得要挂掉了，五千米简直是天文数字。

而且这种长跑会让纤细的小腿长出难看的肌肉，老师真是太不懂得怜香惜玉了！

众女生纷纷埋怨着，只有丁一一神情呆滞地看着前方，依旧默默地想着她的英镑。

“不管你能跑多少，只要尽自己全力，就能跑出一片天地来！”体育老师激动了，开始慷慨陈词，“身体是革命的本钱，你们不能为了美，牺牲了健康，看看你们的体育委员，我相信她从来不挑食，并且爱运动，所以……”

丁一一突然一个激灵，转头往后看去，正对上崔泽天的视线。

“苹果，如果你能跑得过我，那我少收你一万英镑好了！”到处都是柔弱娇啼的女生，崔泽天突然觉得一个人跑步没意思，便对丁一一说道。

“真的？”丁一一兴奋起来，根本没有想到崔泽天只是不想一个人跑到最后。

“八千米，一节课的时间，只要你能跟上我的脚步，坚持一节课，我说的话当然会做到。”崔泽天盯着她，唇边挑起若有若无的笑，他实在是太无聊了，所以看一只苹果拼尽全力地跟在身后，一定很好玩吧。

有些鄙视自己阴险邪恶的想法，不过崔泽天实在找不到第二个人选，因为这里的人看上去都太弱不禁风，能坚持一圈下来，就已经很不错了。

至于眼前这个带着婴儿肥的苹果，既然是体育委员，肯定有点儿实力吧。

“好，一言为定！”丁一一想也不想，一口答应下来，开始热身。

一万英镑，八千米，一步相当于自己赚了几百块，多么划算的事情啊，这小子一定是中暑了才会说出这种话！

而周围的女生惊愕地看着一脸兴奋的丁一一，她要在一节课的时间里跑八千米？怎么可能？她一定是疯了！

“一一，追求男生不是这样的……”姚月虽然也很嫉妒崔泽天和丁一一说话，但还是非常好心地说道。

“一一，钱不是这样赚的……”另外一个不明真相的女生走过来，也好心地说道。

“一一，不要拿自己的命开玩笑，丁教授只有你一个女儿……”

“一一，有什么看不开的说出来，大家都能帮你啊！”

“好了，大家开始准备！”体育老师吹了吹口哨，站在起跑线上，“各就位，预备……跑！”

尖锐的哨声响起，三班的学生都还没有动，只看见两道影子冲了出去。

丁一一边跑边看着崔泽天的长腿，突然觉得有点儿不公平，因为他跨一步，自己要跨两步哎！也就是说他跑一步，她就要跑两步。

当然，这个公式是不成立的，但是丁一一依然嫉妒万分地盯着崔泽天修长的双腿，奋力跟着他的脚步。

呜，和他的腿相比，自己本来还算比例匀称的腿一下变得好短好短！

“一一，你不要那么拼命。”天哪！他们的速度好快，八千米长跑弄得像百米冲刺一样，姚月才跑了三百多米，这两个人的第二圈已经超过自己了。

姚月伸手拉住就要从她身边超过的丁一一，喘着气说道：“差不多跑一圈就停下吧，意思意思就行了，老师绝不会说什么的。”

丁一一掰开她的手，看着越来越远的崔泽天的背影，着急地说道：“你慢慢跑，我忙！”

姚月身后的女生三三两两地保持最慢的跑步速度，看着绝尘远去的两个人的背影兴奋地八卦着新同学的长相。

“我好像在一本国外杂志上看过他的照片，一定是在某个大品牌春夏发布会的新闻里看到过！”

“丁一一命怎么那么好？为什么啊，为什么？”

“为什么只有她能追上帅哥？”

“为什么陪跑的人不是我？”

众位女生显然把跑步当成了散步聊天，唉声叹气地讨论着崔泽天和丁一一。

已经是第四圈，一千米的跑道上，只剩下两个人的身影，一个是修长有力的，另外一个是娇小的，却充满活力。

“累死了……”女生们坐在跑道边的树荫下，任凭老师如何痛心疾首，也没力气再跑了。

“你们这群孩子啊，身体是革命的本钱，你们看看丁一一，她为什么学习那么好？因为她会认真对待每一刻，这是一种精神意志，永不服输，永不停息，永远在战斗！”体育老师在喋喋不休，而女生们则交头接耳地继续谈论新同学。

“老师，丁一一的专业课每次倒数第一，您说这是为什么！”终于，有一个女生站起身，大声反问。

“这个……”体育老师一下语塞，他怎么忘记了丁一一的专业表演烂到极致呢？

“因为……我只能做自己！”气喘吁吁的声音传过来，丁一一恰巧跑到这边听到了谈话，说着拿起一瓶水，喝一口含在口中。

无法活成别人啊！

即使是扮演角色，也做不到！

“嘁！是你没天赋做演员！”众女生立刻站起身，齐声说道。

丁一一默默地垂下头，好吧，她又被大家打击了。

一直跑在前面的崔泽天突然放慢了速度，等到丁一一赶上来的时候，才又恢复正常的跑步速度。

“你不喜欢表演？”他突然开口，声音平稳，没有一点儿喘息。

丁一一惊奇地看了他一眼，这家伙的体力也太好了吧！

她可是跑遍全校无敌手的丁一一，现在都累得气喘吁吁，可他居然一点儿事都没有。

说话很消耗体力，不过丁一一还是老老实实地喘着气回答：“我没表演天赋，不过这里的分数线低，离家近，所以爸爸才送我来这里学习……”

“我没问你为什么要来这里上学。”崔泽天打断她的话说道。

丁一一攥了攥拳头，这孩子太没礼貌了！一点儿家教都没有！要是他有着像自己这样严厉的父亲，一定早就被拍死吊城楼上了！

她干脆不说话了，避免消耗体力。

“没想到你的腿那么短，还挺能跑。”崔泽天见她咬牙不说话，于是又说道。

丁一一的士气差点儿又一落千丈，他这人怎么可以这样说话，很伤她心哎！自己要是有一米八的身高，也会有一双漂亮的长腿啊，只怪身高不到一米六！

众位女生躲在树荫下，看着两个人的身影突然在对面的跑道上站着不动了，两个人面对面，似乎发生了什么争吵。

因为是一千米的圆形跑道，所以对面的情况根本看不清楚，连站在起点的体育老师都在伸颈看着。

大家正要选出一个女生前去打探消息，突然看见丁一一动了，她像踩着风火轮一样，迅速绕着跑道跑了起来。

第十圈……十一圈……心中默默地数着，丁一一耳朵里嗡嗡地响着，连下课铃的声音都没有听到。

她只想让这个高傲没礼貌的小子看看，别说八千米，一万米她都能跑得下来。

“丁一一，”哨声响了起来，体育老师快步跟上已经呈虚脱状态还在努力奔跑的丁一一，拉住她的胳膊说道，“好了，你已经非常优秀了！”

丁一一嘴唇干裂，她这才发现前面的背影早就消失不见了。

“崔……崔……”嗓子冒烟，说不出话来，丁一一颤巍巍地指着前面，她不要输！

“一万英镑，减免。”一个冷冷的声音在她身后响起，崔泽天摇了摇头，这个女生真是缺心眼，说了坚持到下课就可以了，她还多跑了三圈，这不是脑子有问题吗？

“耶！”有气无力地举起手，做了个胜利的手势，丁一一双腿酸疼得再也支撑不住，一屁股坐到地上。

“一一，现在不能坐地上！”

“丁一一，快起来，长跑完坐下会让屁股变大的！”一群好友立刻跑上来，纷纷拉扯着丁一一。

“一一，快点儿拍拍腿，不然小腿肚都是肌肉，好难看……”

“我站不住……不行了……”丁一一索性躺倒在跑道上，看着蓝天白云，很想豪气万丈地摆个胜利的pose（姿势），然后仰天长笑，可惜喉咙干得笑也笑不出，“哇”的一声干呕起来。

丁一一坚持不去校医院，于是在老师和众女生的帮助下，双腿打战地回到座位上，再也站不起来。

最后两节课结束之后，丁一一还是没能从一万多米的长跑中缓过气来，她虽然想着食堂里的美味，可双腿一点儿也不想动。

“月月，拜托你了，我等着肉吃……”将饭卡和饭盒递给姚月，丁一一眼里满是希望。

“知道了，我尽量半个小时内回来，等着吧。”姚月接过饭盒，笑眯眯地说完，立刻转头和众位女生寻找崔泽天的踪影。

“一定要快点儿！”丁一一捂着肚子说道。

“快点儿，他下楼了！”一个女生拉起姚月就往外走去。

“宏玉，你一定要成功搭上话，这个重任交给你了！怀芹，赶紧拉下网，一定要将小帅哥保护在我们的范围内，千万不要让其他班的女生勾搭了去……”

众女生一边分工，一边布下战略，脚步声渐渐远去。

丁一一趴在桌上，眼巴巴地看着不远处的食堂，肚子不争气地叫了起来。

都怪那个叫崔泽天的家伙，否则自己现在肯定活蹦乱跳地等着大师傅给她打最美味的红烧肉，外加一只膏肥肉美的大螃蟹！

每次到这个时间，班里都空荡荡的，没有一个人。

丁一一干脆把椅子拼起来，躺在上面休息。

她是一个到点就必须吃饭和睡觉的人，这都归功于她严苛的教授父亲为她安排的严苛的作息时间。

今天上午，做了大量的运动，肚子饿得尤为厉害，丁一一怎能不抱怨崔泽天。

所有的事情其实都是崔泽天引起的，那天明明是他做错了事情，可最后要道歉的却是自己！世道不公，人心不古啊！

正在愤愤地想着如果能回到春秋时期，她丁一一门下也一定有三千食客，谁敢对她这么无礼，就拖出去五马分尸！

这个时候，一张俊美的脸悄无声息地出现在她的头顶。

丁一一面部肌肉顿时抽搐，她正在想着如何欺负某个男生的时候，那个男生的脸赫然出现在自己的眼前，她不免惊讶心虚。

崔泽天居高临下地看着那张圆圆的脸，开始为这个跑起来不要命的女生感叹，她这种长相以后能成为明星吗？

两个人大眼瞪小眼对视良久，丁一一终于非常不自然地指责道：“你干吗偷窥我？”

可惜崔泽天只是挑了挑眉，手插在口袋中，一句话不说地往后走去，仿佛他刚才没有在大大咧咧平躺在座椅上的丁一一身边停留过。

丁一一腾地坐起，她转过头，气势汹汹地看着崔泽天走回他的位子上坐下。

如果只看崔泽天的动作和神情，那一定让万千少女迷醉，那么优雅绅士，又带着天光灿烂的气场，无论从哪个视角看，都是完美的俊少年。

坐定，崔泽天抬起眼，从丁一一虎虎生威的小脸上扫过。

他很讨厌女生，原以为盛樱明星学院都是俊男美女，会对自己过分帅气的面容有免疫力，可从刚才去食堂的路上发现，根本就不是那样。

不过国外的学校也不好，女生更加热情大胆。

这里的女孩子们，好歹还可以用一个眼神秒杀在一米之外，不会像国外的热情女孩那样不顾一切地靠近自己。

“你刚才说什么？”崔泽天并不喜欢说闲话，可是现在实在很无聊，而且丁一一的表情苦大仇深，和其他花痴女还是有区别的。

“我是说……”丁一一突然想到还剩下的一千八百英镑，立刻挤出笑容来，“同学吃饭好快呀，食堂的饭菜还喜欢吗？以后有什么不清楚的可以问我，哈哈，我很乐意帮助新同学……”

“你是不是想问医药费？”崔泽天打断她干巴巴的笑声，语气慵懒但是异常犀利。

笑容凝固住，丁一一脸上浮起因为被人看破心思而呈现的红晕，她结结巴巴地说道：“我……是想和你研究……不，商讨一下那个医药费。”

“一千八百英镑吗？”

“对对，就是那个……哈哈……要不我再陪你跑几圈？”丁一一急忙说道。

如果不是校董叔叔的一番话，她才不怕这个男生！可惜连校董都对他敬畏三分，所以她就是占着理，也威风不起来。

她丁一一虽然一向富贵不能淫威武不能屈，但也知道老虎屁股摸不得！

“我现在有点儿饿。”崔泽天抬手托腮，看着外面的树冠说道。

“饿？你没去吃饭吗？”丁一一想了想，刚才那么短的时间，他不会是看着食堂的人太多，所以没吃饭就回来了吧？

崔泽天依旧看着外面，但是点了点头。

“那么……”丁一一看着外面炎热的阳光，摸了摸自己的书包，咬咬牙说道，“我请你吃饭吧！”

“我不想去食堂。”崔泽天终于收回视线，看着她开口。

“我带你出去吃！”丁一一见他没有反对，立刻欢喜起来，拍着胸脯说道。

如果能用一顿饭抵消崔泽天的医药费，她可是赚大了！

崔泽天默不作声地站了起来。

丁一一立刻冲到他身边，虽然她又累又饿，但是一想到钱，她就将仅剩的体力转化为动力，讨好地看着他，只差没摇起尾巴来。

即使老爹从小教育她要有骨气，可是校董叔叔都在这个少年面前低头了，她也只好做个识时务的俊杰。

大丈夫能屈能伸嘛！

两个人从一条隐秘的小路走到学校的后山处。

盛樱明星学院是半封闭式教学，为了更加方便管理，中午学生必须在食堂吃饭，不准外出，而且住校的学生，除了周末可以回家，平时也不准踏出校园一步，如果有特殊情况，必须得到辅导员的许可，才能出去。

中午的阳光很炎热，而且这个时候是吃饭的时间，一路走来，并没有遇到同学，很快，两个人就顺利到了一处石墙边。

丁一一绕着石墙走了几步，在一块大石头边蹲下身，挥手说道："过来帮忙！"

崔泽天没有动，依旧双手插在裤兜里，看着她费力地想挪开石头。

"拜托，搭把手！"丁一一气喘吁吁地抬头，她今天实在没什么力气了。

崔泽天突然觉得很好笑，他终于伸出手，按在石头上。

"一边去。"他冷冷地吩咐。

"很沉的，我们一起……"丁一一话还没说完，崔泽天已经挪开了那块大石头。

崔泽天看着石头后面的一个墙洞，再看看满脸大汗的丁一一，她不会是想让自己钻这个吧？

丁一一笑嘻嘻地看着他，伸出手谦恭有礼地说道："你先请吧。"

天！让他一个国际巨星钻墙洞，她还能那么一脸谦让地说"你先请"！

饶是崔泽天的心理素质一向强悍，也有点儿崩溃，他僵硬地摇摇头，感觉自己会发飙。

"中午的时候，只有从这里才能出去，校门不开的。"丁一一急忙说道，“这后面就是美食街，你看，很好钻的，小心一点儿不会弄脏衣服……”

丁一一说着，自己先做了示范，崔泽天看着她撅着屁股，费力地钻洞，觉得十分好笑。

丁一一终于钻了过去，她趴在外面，往洞里看去，急切地说道：“快点儿过来呀！”

咦？人呢？这才几秒的时间，他怎么就凭空消失了？

丁一一心里大骇，不会是遇到黑洞或者穿越了吧？

视线所及之处，确实没有崔泽天的影子。

咚！正在丁一一觉得不可思议和讶然的时候，身边的草地上疾风掠过，接着一个活生生的美少年站在她身边，很不屑地看着趴在墙洞边的她。

“你吓死我了！我还以为你被吸入了时空隧道……从那么高的地方跳下来，万一摔断腿怎么办？那时候医药费就没人能帮你付了！”丁一一急忙站起身，看着从墙顶翻下来的崔泽天，拍了拍胸口，长出了口气，忍不住啰唆几句，“以后千万别从那么高的地方往下跳，会吓坏人的……”

“我很饿。”崔泽天没有理会她担心的啰唆，穿过矮树林，从青草斜坡往下走去。

“这条街的鸭油酥饼特别好吃！”丁一一急忙跟上他的脚步，笑眯眯地热心介绍着。

可崔泽天并没有理会她，而是顺着街道往福祉楼走去。

丁一一一看他往福祉楼走去，立刻急了，那里的东西哪是她能请得起的呀！就是老爸，一年也未必能带她来一次这种贵得吓人的酒楼。

“崔同学！前面那家的小笼包可好吃了，薄皮里全是浓郁的鸡汁，还有蟹黄包，都是美味无比……”丁一一试图将他的脚步拉回，急忙挡在他面前，边后退边说道。

上学的时候，她每天的口袋里一向不会超过五十元，除此之外，她还有一张卡，里面是她从小到大积攒的零花钱和压岁钱，可是大部分是定期存款，只有三五百元的零头作为急用资金。

这一切都不是因为她家庭贫困，而是源于她那颇有古人之风的教授父亲言传身教，严格控制她的经济命脉，以及勤俭持家的家风。

总之……现在的情况就是，把她论斤卖了，也吃不起福祉楼的一顿饭！

崔泽天看着眼前着急得满头冒汗的小苹果，其实她的气质还是蛮清灵的，只是太像一只苹果了，以至于自己一看见她，就会想看苹果的其他表情。

而丁一一已经快退到福祉楼的门边，崔泽天的黑眸深不可测，他浑身上下的气势都不像一个普通的少年，这种喜怒不形于色的面容，让丁一一非常压抑，因为她不知道下一刻，崔泽天会做出什么。

崔泽天什么都没有做，只是突然收住了脚步，看着丁一一说道："别退了。"

"啊？啊！"两声惨叫紧紧相连，丁一一没来及收回脚步，终于被门口的阶梯绊倒，摔进福祉楼的大门里。

这是福祉楼的迎宾美女第一次看见客人以这种方式进门。

进门姿势非常独特，虽然两位迎宾美女很想笑，可当她们看到接着走进来的美少年时，眼睛立刻发绿了。

她们有幸靠着盛樱明星学院，每天都会遇见年轻的美女帅哥，而作为全市最好的酒店，也会接待一些经纪公司里的大牌明星，可这一次，她们还是傻了眼。

在柜台前的酒店经理快步走了过来，正要看发生了什么事，可一见崔泽天，立刻无比恭敬地迎上来，鞠躬点头：“崔先生，您怎么来了？”

崔泽天没说话，只是看了眼正挣扎着爬起的丁一一。

酒店经理立刻呵斥一边发着花痴的迎宾小姐们：“客人摔倒了，还不快点儿扶起来！”

“啊……小姐，你没事吧？”两位迎宾小姐立刻扶起丁一一，体贴温柔地给她整理着衣裙，关心地询问着。

“没事……哈哈……”丁一一的脸完全像红富士了，她真是好丢人啊！

不过现在不是懊恼的时候，因为酒店经理正点头哈腰地跟在崔泽天的身后，往电梯口走去。

她现在可不可以逃？看了眼大门口，对面就是她最喜欢的全聚德烤鸭……

老爸说，君子不可失信于人！她如果现在逃了，非但以后在同学面前再也抬不起头来，还有更加可怕的后果——那张医药费单……

咬了咬牙，忍着屁股上传来的疼痛，丁一一也跟了上去。

电梯到了五楼，酒店经理带着他们来到一扇门前，打开门后，恭谨地说道：“崔先生，您稍等，很快就会上菜。”

“你可以下去了。”崔泽天终于开口，似乎他有着天生高贵而优秀的皇族血统，无论他用什么口气说话，都带着不可违抗的力量。

“是，崔先生有什么吩咐只要按铃就可以。”酒店经理急忙退下，并随手带上门。

崔泽天转过身，看着张大嘴巴站在大落地窗边直勾勾盯着豪华水晶灯的丁一一。

天哪！听说在这里订一间包厢就要付四位数以上的包厢费，而且消费不能低于五位数。

丁一一头皮发麻，根本没有心思欣赏眼前总统套房般的房间，她很后悔坚持，做什么君子，现在她只想赶紧逃走。

“崔同学！”一脸诚挚悔恨地走到崔泽天面前，丁一一如果演技好一点儿，她现在应该是泪流满面。

“我们快点儿走吧！这里不宜久留……”她叽里呱啦说了一大堆，可崔泽天神情丝毫不变，丁一一不得不最后摊牌，“实话实说吧，崔大哥，我……我只有二十块钱……如果去楼下的包子店，我还是能付得起……”

丁一一吸着鼻子，她可不要被抵押在这里，要是被爸爸知道了，肯定不会赎她回去！

崔泽天看着眼前可怜兮兮的丁一一，并不为所动，而是走到沙发上坐下来，悠闲地看着落地玻璃窗外的蓝天。

一盘菜接着一盘菜端了上来，超级大的桌子上很快就摆满了美味佳肴，丁一一眼睛都直了，这么多菜，就是二十个人也未必吃得完啊！

而且刚才服务员小姐介绍的那瓶遥远年份的红酒，据说足够买下一间单身公寓了！

丁一一完全绝望了，她瘫倒在沙发上，有生之年第一次在如此多的美食面前，没有丁点儿食欲。

崔泽天坐在主位上，已经优雅地开动。丁一一满脸绝望地看着他高贵优雅的吃相，恨不得从这五楼上跳下去。

吃完这一顿饭，她就破产了！不，不对，她没产可破，只能把自己给抵押了。

还不知道这家酒店要不要她来打工。

“你不饿？”喝了一口红酒，崔泽天看向丁一一，问道。

丁一一眼角噙着泪花，悲愤地摇摇头。

她上当了！她被宰了！

"做个饱死鬼也是好的。"薄薄的唇中吐出令人心寒的话来，崔泽天黑眸中似乎有笑意闪过。

天哪！她为什么这么倒霉？不过崔泽天说得没错，饱死鬼总比饿死鬼好！

丁一一终于想通了，她决定了，如果买单的时候发现价格超过一千八百英镑，那她就食言！让崔泽天自己买单！

反复在心中斟酌得失之后，丁一一冲到桌边，狼吞虎咽地吃起来。

爸爸虽然教育自己不能食言而肥，可是特殊情况特殊对待，爸爸一定会原谅她的！

崔泽天的脸上终于有了惊讶的表情，他目瞪口呆地看着丁一一端着盘子，在如此大的桌子上风卷残云，那吃相和她的长相太不般配了！

虽然丁一一说不上是绝世美女，不过也算得上清秀可爱，但是这一刻，她像只饿狼。

咕咚，含在口中的红酒吞下喉咙，崔泽天第一次看到如此热爱食物的人，她燃烧着的小宇宙似乎能把别人的胃口也点燃，看见她那吃相，仿佛这是今生最后一场盛宴。

终于，崔泽天收回讶异的目光，优雅地默默继续吃起饭菜来，虽然如此多的食物摆在面前，可他还是担心如果再不动筷子，这么一大桌的丰盛食物会从眼前消失……

正在两个人忙着吃饭的时候，突然一阵奇怪的铃声响起，只见丁一一努力腾出手，从手腕上系着的小包里掏出手机，放到耳边："你好，哪位呀？"

电话号码是陌生的，可那边传来的声音却有点儿熟悉："一一，你怎么不在学校？"

“你是……浩轩表哥！”丁一一眼睛一亮，现在说不准只有浩轩表哥能救她。

“你在哪里？”安浩轩问了几位同学，都说没有看见丁一一，他有点儿担心。

“我在……”丁一一正要说话，崔泽天突然轻咳一声。

丁一一转过脸看着崔泽天，他又面无表情地继续吃着菜。

“浩轩表哥，你是不是在盛樱明星学院里啊？”丁一一不太明白崔泽天咳嗽的意思，只是她突然想到盛樱明星学院是不能随意进出的，刚才听安浩轩的意思，好像是他已经在学校里了。

“是的，你在哪里？”安浩轩又问道。

“咦，你怎么能进学校？”丁一一十分惊讶安浩轩可以随便进入校园。

“我为什么不能进来？”安浩轩不由得笑了，不过他还没告诉她，自己已经是这个小表妹的老师了，是专业课表演老师。

“那你现在能出来吗？”丁一一突然兴奋起来，她走到窗前，看着不远处占地面积极大、气势恢宏的盛樱明星学院，有些不好意思地说道，“我……我有事要找你帮忙。”

崔泽天突然起身，走到丁一一身边，伸手拿过她的手机，挂断。

他讨厌自己在吃饭的时候别人打电话，这样很扰兴致。

安浩轩突然听到手机被挂断，愣了愣，心中升起不祥的感觉——丁一一不会出事了吧？

刚才听几位同学谈论某个男同学也失踪了，开玩笑说什么“私奔”，丁一一该不会真的私奔了吧？

这种念头可不好，他任职之前，被丁教授和爸爸千叮万嘱，让他来了之后好好“照顾”表妹，特别是她那烂到极致的表演课，一定要格外照顾。

而电话的那端，丁一一正在无比郁闷地看着崔泽天：“为什么要拿我的手机？”

“我不喜欢在吃饭的时候被人打搅。”崔泽天盯着她说道。

“你……脾气太古怪了吧？”丁一一说到最后声音已经变得很小声，“不打电话搬救兵，怎么付账？”

“在吃完饭前，手机不会给你。”崔泽天正在说话间，手机又响了起来，他看也不看便按掉，关机。

丁一一完全无语了，这个人非但没有礼貌、脾气古怪，还不懂尊重别人。

乌溜溜的眼睛盯着崔泽天异常漂亮的手指，丁一一考虑是不是应该爆发一下，如果总是这样被欺负，她怎么对得起孔夫子所说的“以德报德，以直报怨”？

在丁一一的思想斗争中，崔泽天已经吃饱了，拿着绢布擦了擦嘴角，放下筷子，看向丁一一。

丁一一也抬头看向他，她突然意识到一个更大的问题——享乐后的痛苦时间：付账。

“吃饱了？”一向寡言少语的小帅哥终于在对视中先发话了。

丁一一结束思想斗争，恋恋不舍地看着桌上剩下的菜，点了点头：“饱了，是不是应该……”

是不是应该把手机还给她，然后她找救兵付账……

“该走了。”崔泽天站起身，抬脚往外走去。

“哎，那个账单……”丁一一急忙跟上，心中异常忐忑。

“账单？算在我头上。”崔泽天瞥了她一眼，说道。

“可是我说我请客的……”丁一一听到这话，心中大喜，竟然有点儿劫后余生的感觉，而且看他顺眼多了，真是好有绅士风度的帅小伙！居然说账单算在他头上，她今天还吃了那么多，真有点儿不好意思。

“算你欠我的。”崔泽天不紧不慢地补充。

丁一一脸上的笑容倏然僵住，差点儿吐血。这和她请客有什么两样？

“我请客，那么……医药费……”将打掉的牙往肚里吞，丁一一又扬起一丝希望，她请客，医药费可以一笔勾销了吧？

“医药费？你请客和医药费有什么关系？”俊美的少年反问，噎得丁一一脸色立刻绿了。

她好像成了冤大头？她只是猜对了开头，可是这个结局根本不是她想象的那样！

现在医药费非但没有消除，还欠下他一顿饭钱，说不准这顿饭比医药费还要贵……

丁一一现在只想把自己拍死！

崔泽天将手机塞到她的手中，走进电梯里，见她一直呆愣着，也不等她，径直按了一楼，电梯门缓缓闭合。

丁一一站在电梯外，拿着手机一脸悲愤，她太讨厌这个没礼貌的家伙了！她发誓，有生之年，能不和他说话一定不要和他说话，以后她绝对不会再做好人！

手机开了机，数不清多少条短信和未接电话，丁一一悲怆地拨通浩轩表哥的号码。

刚一拨通，那边就接了电话，安浩轩紧张地问道：“一一，你现在在哪里？刚才怎么了？”

丁一一有气无力地说道：“浩轩表哥，我就回来了，你还在学校里吗？”

“你吓死我了，刚才打电话关机，我还以为出了什么事。”安浩轩总算松了口气，自己的小表妹安全就好。

“我在外面吃饭，气死了！”丁一一满肚子的怨恨和悲哀无处宣泄，干脆拿着手机对安浩轩将事情的始末都说了一遍。

安浩轩默不作声地听她说完，大致也知道为什么同学说她是和帅哥“私奔”了，反正只要人没事就好，至于钱，那不过是玩笑话。

他虽然不认识崔泽天，可是崔家的人会在乎钱？说出来会让人笑掉大牙的，这个崔家的小儿子可能只是逗逗她而已。

“我在学校东门口等你，你现在走到哪儿了？”安浩轩对此事暂时不做评论，平静下来问道。

“东门？不行不行，我擅自偷溜出去，哪敢从校门进去？”丁一一已经往后山的围墙方向走去，而那位高傲的崔同学，早不见了人影。

不过丁一一刚好也不想和那个傲慢的崔同学同路，因为她真的担心自己会忍不住暴怒。

“我从后山回去，你先找个阴凉的地方休息，等我进了学校再找你。”

“后山？”

“对，就这样吧，我先挂了啊。”刚才吃得太饱，丁一一走了一会儿就累得不行，而且双腿酸软，只想睡觉。

费力地找到那个残破的洞口，丁一一揉了揉胃，低头就往里面钻。

终于，圆乎乎的脸探到洞口的那边，紧接着是骨架很小，可却有点儿肉肉的身体。不知道是不是今天中午吃得太多，胃撑大了，现在钻起来尤为吃力。

安浩轩在不远处张望，终于看见那张中秋月亮般又圆又皎洁的脸庞，接着是她前半个身体，他急忙快步走过去，又好笑又好气：“一一，你怎么能钻洞偷溜出去？”

丁一一被突然出现的脚步声和说话声吓到了，身体也僵住，直到看见是安浩轩才放下悬着的心来，如果被学校的老师发现她中午偷溜出去，肯定要受处罚。

“浩轩表哥，快点儿来帮我！”吃力地挥着手，丁一一胃胀得想吐。

安浩轩摇头，暗暗叹气，虽然他已经见识过这位表妹吃起东西不要命的样子，可还没见识她钻墙洞的滑稽模样。

说不准，自己的表妹以后可以成为一代笑星……

“浩轩表哥，你怎么来这里了？”丁一一一边挣扎着，一边还不忘唠嗑。

“你不是说从后山回来吗？我就过来等着了。”终于将她拉了过来，安浩轩帮她整理好领口，又把她膝盖上不小心蹭到的枯叶拍掉，一连串的举动自然而温馨，像是多年的兄妹。

而丁一一也非常享受表哥的关怀，她的表哥表姐太多，小的时候，每个人都会抱着她，哄着她，所以这种举动相当平常，丁一一并没有想太多。

“可是，你怎么能进学校？”丁一一自己也整理着校服，继续问道。

“我是……”安浩轩话刚开了个头，预备铃声突然响起。

“哎呀！惨了，要上课了！”丁一一拉着安浩轩就往山下跑，边跑边说道，“今天下午都是表演课，惨了惨了，我什么都没准备，表演课的老师一向很凶……”

一口气跑到山脚搭建的凉亭里，丁一一捶了捶腿，她今天好累。

“浩轩表哥，我没时间了，要先去上课，你今天有什么事情找我吗？”丁一一歇了口气，立刻又拉着安浩轩，边跑边问道。

“我……我想趁着中午给你补习表演课，结果你出去了。”安浩轩苦笑，他的表妹真是精神十足，居然能一口气从山顶跑下来，依旧保持这么快的速度冲向遥远的表演课教室。

“哎呀！不用，我天生表演天赋欠缺，浩轩表哥还是去忙你的吧，晚上去我们家吃饭……”说到这里，丁一一突然想起什么，猛然停住脚步，差点儿撞到身后安浩轩的怀中。

“你帮我补习表演课？”丁一一抬头看着他，表情严肃起来。

“是啊！”安浩轩微微一笑。

“你为什么要帮我补习？”丁一一继续问道。

“因为……我是你的新任表演课老师。”安浩轩唇边的笑容异常阳光。

“Oh,my god（噢，天哪）！”张大嘴，丁一一一字一顿地吐出三个词来。

她的浩轩表哥，居然成了新任专业课老师，这让她如何不惊讶！

丁一一坐在表演课的教室里，听着身边女生对新任老师从头到脚的点评，心情说不出是喜还是悲。

应该是欢喜的，因为这位老师不是一年级时那个严厉的老太太，而是温和阳光帅气可爱的亲亲表哥！不过……还是有忧伤，既然是表哥，看到自己那么烂的演技和成绩，肯定会在爸爸面前说点儿什么恨铁不成钢的话。

而且，她很喜欢浩轩表哥，不想在他面前出丑，更不想拉着他一起丢人。

“新来的老师好合我的眼缘！”在看多了俊男靓女之后，同学们最常说的话是“合眼缘”，如果长相合眼缘的话，也就是超越了普通的容貌限制。

“我要有这么一个哥哥，就幸福极了。”另一个女生摇着头赞叹道。

“白白净净，健健康康，幽默风趣，阳光帅气……”

“一看就是孝顺儿子，好老公，好爸爸……”

周围人的议论传到丁一一耳中，她回过头看了身边的女生一眼，接着将怨恨的目光从对面坐着的崔泽天脸上掠过，继续趴在桌子上，叹气。

刚才进来之前，她和浩轩表哥说好，先不要说出两个人的表兄妹关系，否则她的演技会牵连安浩轩一起受辱。

“同学们，按照你们学校的惯例，今天下午每个人表演一段短剧，由此让老师更好地认识你们。”安浩轩简单地做完自我介绍，敲了敲桌子，走到教室中间，说道。

作为表演课的教室，课桌是呈半圆形摆放，中间留出很大的地方来表演，而且灯光道具布景应有尽有，十分专业。

“这样吧，我们按姓名笔画从多到少的顺序进行表演。”安浩轩看了眼点名簿，说道。

“第一位，颜洪根。”安浩轩报完名字之后，就坐在放音箱和灯光控制台的桌边，拿着纸笔，静静地等着这位男同学的即兴表演。

一个长得浓眉大眼的男生走了出来，先是对安浩轩鞠了躬，接着说道：“我演的是一位抗战的团长。”

“好。”安浩轩唇边弯起一抹笑，点头示意可以开始了。

于是，第一位颇有沧桑气质的男生，顺利完成了两三分钟的场景表演，紧接着是下一位。

很快就轮到崔泽天，按照姓名笔画的顺序，他之后便是丁一一。

“我需要一个女主角。”站在教室中间，崔泽天不紧不慢地开口。

“可以，你自己挑选。”安浩轩眼神掠过那张格外俊美的脸，点头说道。

“你。”不出意料，崔泽天双手插在裤兜里，在众女生紧张而期待的目光中，走到丁一一面前，停住脚步。

"啊？"丁一一抬起头，她一直在闷着头想一会儿要表演什么才能蒙混过关，没想到崔泽天突然要求她做女主角。

"你出来。"崔泽天语气不变，再次强调。

"为什么？"她最害怕表演，下一刻的表演已经让她如坐针毡，现在居然还要额外加上一段场景秀，她才不要。

周围的女生已经嫉妒得发狂了，可是她居然反问"为什么"……真是身在福中不知福！

崔泽天唇角微微抿起，一双寒星般的双眸定在她脸上。

一股凌厉的、不可抗拒的气势从他身上每个地方倾泻而出，丁一一有点儿坐不住了，立刻转移视线到安浩轩身上，她很想寻求帮助。

"丁一一出列，当一次他的女主角。"可惜，安浩轩像是没看见她眼中的希冀，微微一笑，说道。

最后的希望破灭，可丁一一还是不死心，她抬起头看着安浩轩说道："我不愿意！"

她今天中午被宰了，现在是满肚子的怨气，愿意做他的女主角才怪！

可惜，虽然丁一一一百个不愿意，还是被崔泽天一把拽起，略带粗鲁地拉到教室中央，还没等丁一一说话，他就极其优雅地拉着她做了开幕的手势："《天鹅悲歌》。"

"喂，我说我……"丁一一快气炸了，她从今天中午开始就受够了气，现在决不配合他。可是她的话又没说完，突然就被带着旋转起来，被迫跟着他的节奏，转得昏头昏脑。

"我要回去……"当然，丁一一是打不死的小强，绝不会这么容易气馁，她好不容易稳住身形，立刻往座位的地方扑去。

但是，刚刚走了两步，又被拽住手腕，继续被迫跟着崔泽天的脚步，转得头昏眼花。

但是丁一一的意志非常之强，被拉回崔泽天身边多次，她都凭借强悍的体力和意志往教室边的座位跑去，屡败屡战，屡战屡败。

原先众女生羡慕嫉妒的眼神，渐渐变得认真起来，而安浩轩的眼神也从玩味到惊艳。

他终于明白为什么崔泽天会放着表演极佳的几位女同学不要，而选择根本没演技的丁一一。

因为只有丁一一会这样挣扎着想逃走，他的舞步加上丁一一的强烈挣脱的愿望，仿佛是两个绝望而纠缠着的恋人，仿佛是天鹅之爱的悲歌。

更为可贵的是，他将丁一一的动作也带得无比优雅，让她在一张一弛中幻化成美丽的天鹅……

终于，崔泽天松开了抱着丁一一腰的手，旋转的脚步慢下来，再慢下来，然后，松手……

丁一一早被转得头昏眼花，更要命的是今天早就透支体力了，现在他一松手，她完全找不到北地跌倒在铺了地毯的教室中央。

众人静静地看着一个跌倒在地脸色苍白的女生，一个优雅谢幕的美少年——这就是崔泽天的《天鹅悲歌》吗？

静默片刻之后，终于，热烈的掌声如潮水般响起，连安浩轩都站起鼓掌来。

崔泽天脸色不变，对潮水般的掌声置若罔闻，径直走回自己的位子，坐下。

帅得没天理啊！

周围的女生除了鼓掌还有尖叫。

而丁一一还趴在厚厚的地毯上，抬手抚着晕乎乎的脑袋，胃里一阵翻动，有想呕吐的感觉。

她感觉自己快死了！

安浩轩从刚才的表演中回过神来，虽然没有打好灯光，也没有配乐，可依旧能让人感觉到天鹅之死的那种震撼，眼前这个长相俊美的男生，绝不是单纯的偶像派。

不过……他的素质似乎有点儿……低。

怎么可以把女主角扔在一边自己就下场了呢？安浩轩一边赞叹他的实力，一边又叹息他的脾气。

走到“死去”的天鹅身边，安浩轩伸手将丁一一从地上扶起来，掩去眸中流露的一丝心疼，关心地问道：“丁一一，没事吧？”

没事才怪！丁一一被转得快散架了，她虽然被扶起来，可腿还打着战，一发软，“扑通”倒在安浩轩怀里。

对丁一一来说，抱一下表哥并没有什么，况且她现在这么虚弱……可周围的同学并不清楚他们之间的关系，一个个捶胸顿足，只恨丁一一这学期的桃花运飞升。

她实在是占足了便宜啊！刚才的美少年，现在的帅老师……

更为可恶的是，这个脸蛋圆圆像是没长大的女生，根本没有意识到自己是在揩油！

“老师，我们来扶她回座位吧。”终于，几个女生按捺不住了，抢着走到安老师身边，将丁一一从他怀中拉出来。

安浩轩一直扶着丁一一的肩膀，即使她为了不晕倒而抱着自己的腰，他的动作也没有任何改变，一直有礼而温和地扶着。

“很快该你表演了。”安浩轩的声音传到丁一一嗡嗡作响的耳朵里，她一个激灵，满脸迷糊地抬头，眼前还闪着星。

“老师，我刚才不是表演了吗？”有些稳不住脚步，丁一一想逃开一劫。她可不想再丢人！

“刚才是崔泽天同学的表演，你只是道具！”身边扶着她的姚月咬牙切齿。

“我是女主角哇。”苦头都已经吃了，关键时刻就要装傻到死。

“你和这位老师到底是什么关系？为什么他中午来班里找过你？说说说！”苏蕊也恨声说道。

“不是说了因为我表演功底太差，所以想帮我开小灶……”丁一一小声地回答。

丁一一头还晕着，知道安浩轩点了自己的名，还没缓过神来。

“下一位同学，丁一一。”

“浩……”丁一一张大嘴，硬生生地把“浩轩表哥”吞到肚子里，他用得着这么铁面无私吗？

之前某人的表演赢得了满堂彩，而她……岂不是一会儿要成为鲜明的对比？

“好了吗？”安浩轩看了她一眼，微微一笑，“准备好了就开始吧。”

“快开始吧，不要浪费大家的时间。”一分钟过去了，站在教室中央的丁一一还是没有动，安浩轩说道。

“老师，我已经演了。”丁一一委屈地说道，难道他们都没发现自己早就入戏了？

“你演的是……”

“一棵小白杨。”丁一一站得笔直，说道。

扑哧，周围的同学全都不厚道地笑了起来，丁一一只要遇到演情景短剧，她一定是演一个非人类的角色。

在以前，她分别饰演过定海神针、门票、雕像、伞，甚至是抽象的阳光……

所以，现在她是一棵小白杨并不奇怪。

相对同学的司空见惯，安浩轩皱了皱眉头，突然想，或许他的表妹还是块璞玉，稍加雕琢的话，演技也许并没有他想的那么糟糕。

他正这样想着，已经站了两分钟不动的丁一一突然慢慢举起手，在头顶上摇动着。

怕老师看不懂，她还加上了旁白："一棵幼小的白杨，经历了阳光、风雨，渐渐长大，它的枝干往蓝天的方向伸展、伸展，试图用自己长满绿叶的手臂，留住一丝白云，一阵风，一只鸟……"

丁一一轻轻摆动起双手，继续说道："风来了，雨来了，它感恩这阳光雨露和脚下厚实而宽广的大地。它在夜风和天空下轻轻吟唱，你一定来自那温暖的南方，告诉我那儿的月色，那儿的日光，告诉我春风是怎样吹开百花，燕子是怎样痴恋着绿杨。"

丁一一再次用她深厚的文化底蕴证明，自己是一个文化课成绩多么好、表演功底多么烂的神奇学生。

"我将合眼睡在你如梦的歌声里，那温暖我似乎记得，又似乎遗忘。请停下，停下你长途的奔波……"

她演的不是一棵普通的白杨，而是忧郁的多情的内心有着千军万马的白杨！

"终于，有一天，它慢慢老去，"手臂缓缓地垂下，丁一一低低地说道，模仿着忧郁的白杨，"它悲哀地发现，自己一生，看过无数的云，戏过无数的风，栖息过无数的鸟儿，可最终……除了衰老，什么也没能留住……"

"春山烟欲收，天淡星稀小。残月脸边明，别泪临清晓。语已多，情未了，回首犹重道：记得绿罗裙，处处怜芳草。"神奇的丁一一再次随口吟出一首词来，结束了她神奇的表演。

半晌……没有人鼓掌；再过半晌，还是没人鼓掌。

"这不是诗歌朗诵比赛，"安浩轩无奈地抬起手，象征性地拍了两下，"下去吧。"

丁一一果然有做编剧的潜力——她绝对能编出一个现代与古典

相结合的惊天雷剧来！

这个下午，除了每个人的表演之外，他们重新复习了之前所学的表演基本要素，也许是因为老师是帅哥，在放学铃响起的时候，大家都意犹未尽，除了双腿发软的丁一一。

她讨厌表演课！

她只爱美食。

“丁一一，留下来。”其他的同学都恋恋不舍地往教室外走去，安浩轩对丁一一说道。

“一一，早知道，我也表演成你那样……”

“唉，让这样合我眼缘的老师手把手教我表演，每天晚上留下来给我一个人开小灶，我也愿意演成丁一一那样。”

“如果是去年的老太婆老师，看你们谁还愿意留下来。”众女生一边感叹，一边鱼贯而出。

“浩轩表哥！”等到教室的人都走完了，丁一一小声喊道。

“一一，你真的……表演基础很差。”安浩轩走到她面前，皱着眉头说道。

“我以后又不想当明星。”丁一一垂下头，咬了咬唇。

“可是，如果你的表演课不能及格，盛樱明星学院是不会给你毕业证的。”安浩轩摇头，无奈地说道。

“浩轩表哥，我们先回去吃饭吧！今天晚上妈妈做了好多……”

“不行，从今天开始，每天晚上你要在这里补课。”安浩轩说道。

“什么？”丁一一愕然，她怀疑是自己听错了，“补课？”

为什么要补课？她天生没有表演天赋，现在还等着回去吃饭呢！而且每天晚上都要补课？这太可怕了！

“一一，你表演课的学习理论考试成绩很好，也就是说，你只是欠缺塑造艺术形象的能力。”安浩轩看着她。眼底是认真，“我看了你表演课的试卷和录像，笔试满分，专业课的基本理论没有一处出错，可是你的表演……”

“浩轩表哥，妈妈说今天晚上会做葱爆鲇鱼段和五香肉，我们还是快点儿回去吧！而且惠湘表姐和君亭表哥也可能在我家……”丁一一吞了吞口水，完全不想听浩轩表哥的话，她因为家离学校不远，所以申请不住学校的宿舍，这也方便她每天吃老妈做的美食。

“一一，你这样下去……”

“浩轩表哥，我好饿呀，你不饿吗？”

安浩轩看着她忽闪忽闪的黑葡萄般的大眼睛，一张小脸上满是回家吃饭的希冀，终于，他妥协了。

今天表妹太累了，听说早上居然跑了一万多米，中午又钻墙洞，下午还被人当成道具……哦，不是道具，是女主角……

总之，今天先放她回家吧，等吃完饭，他再帮表妹补习。

“吃完饭后，还是要补习。”安浩轩拿起一个本子和一支笔，说道。

“耶！浩轩表哥最好了！”丁一一喜笑颜开，只差没跳起来，但紧接着，她又问道，“那……我们是一起回家？”

之前还说不想让大家知道他们是表哥表妹，如果这么招摇地一起回家，好像有点儿不好。

“你先回家，我还有点儿事要去办公室。”安浩轩摇摇头说道。

“那就这样说定了，我在家等你哦。”小妮子这会儿答应得挺快，说着就抱着书包往外溜去。

丁一一逃窜的速度是谁都比不上的，没一会儿工夫，她就已经坐在家中，和来做客的表哥表姐闹成一团。

“惠湘表姐，你好久都没来我家了！”抱着一个短发女孩，丁一一说道。

“暑假出去实习，一直没时间过来看你。”摸摸表妹那圆滚滚滑溜溜的脸蛋，李惠湘温柔地笑道。

“君亭表哥也是，好久没来了。”丁一一看着沙发边坐着的二十多岁的男人，说道。

瞧她的表哥表姐有多少，所以丁一一为了区分，不得不加上名字喊。

“君亭表哥上班了嘛，开始赚钱养家，哪有那么清闲了。”妈妈的声音从厨房里传了出来，“一一，给你爸爸打个电话，看看他什么时候到家，还有浩轩表哥。”

“好咧！”丁一一笑眯眯地走到电话边，一天阴郁的心情都在菜香中消散。

晚饭在轻松温馨的气氛中结束，吃饭的时候，丁一一能不说话就绝对不说话，一来，是因为那誓要将她打造成古代贤德女子的父亲在场；二来，是她要专心地吃饭。

几位表哥表姐聊得挺欢畅，丁一一也一直面带微笑，只是在晚饭结束之后，惠湘表姐突然问了一句丁一一怎么也不想听的话：“一一，听说崔氏集团的小儿子去了你们学校，和你的关系还挺好，是吗？”

丁一一面部肌肉瞬间抽搐，她的表姐可是在别的大学读书，怎么会在短短的几天里知道崔泽天？而且是用这种八卦的口气和她说话？

“还……还好。”才不是很好！丁一一掩饰地站起身，“我给你加点儿水。”

“君亭表哥不是在他们集团旗下的一家公司上班吗？”李惠湘今年大四，即将面临毕业和找工作，所以她留意新闻多一点儿，无意中看到崔家小儿子弃商从演，这才问起来的。

"是，我的目标是，三年内升入崔氏集团的总部，哪怕再从底层做起也愿意。"韩君亭非常庆幸自己能在崔氏直属的公司里上班，这是一份让人称羡的工作，也是一份可以给自己无数希望的工作。

"我毕业后要是也能顺利进入崔氏集团，那就好了。"李惠湘带着一丝希望说道。

"不是说一一和崔家什么小儿子关系不错吗？让她帮你！"付琴雨刚从厨房出来，只听到一半，张口说道。

"那怎么可以？"李惠湘和韩君亭对看一眼，抿唇笑了起来。

丁教授看了付琴雨一眼，她立刻闭上嘴，耸耸肩不说话了。

这个老古董最讨厌攀附权贵走后门之类的事情，所以现在副院长的位子还没坐上去！

"一一，交朋友要看人的内心，不能只看外在条件。君子者，权重者不媚之，势盛者不附之，倾城者不奉之，貌恶者不讳之，强者不畏之，弱者不欺之，从善者友之，好恶者弃之……"丁教授突然对女儿语重心长地说道。

付琴雨摇了摇头，她当初貌美如花，追求者无数，为什么找了这样一个毫无情趣的老古董？自己刻板就算了，还想把花样年纪的女儿教育成他这样……

一番长长的教诲说完，整个屋子都陷入寂静中，终于，安浩轩首先打破沉寂，笑着说道："丁叔叔，一一在学校很谦恭俭朴，我帮您考察了，同学都很喜欢她，您就放心好了。"

"以后这孩子还得多麻烦你了，唉，现在有点儿后悔让她去盛樱明星学院了，大凡容貌家世都出众的学生，性格也一般是骄纵跋扈，在这样的环境中，真担心她的人生观会偏离轨道。"丁教授一脸严肃地说道。

"爸爸，您放心，蓬生麻中不扶自直嘛！我多看看美女帅哥，自己也会长得好看点儿……”丁一一呵呵笑着。

“要是没遗传你爸的基因，就是个超级美女了。”付琴雨凉凉地说道。

“阿姨，一一现在很可爱啊。”李惠湘笑着说道，“她还小嘛，女大十八变，再过两年长开了，肯定漂亮得很。”

“我已经十八了。”丁一一小声嘟哝，她还能“长开”吗？

“一一以后可以做演技派嘛！”

“我……做编导好了。”听到这话，丁一一更加伤心，她抬眼看向安浩轩，自己要是演技派，能被表哥拉着补习吗？

“说起来，一一的表演功底确实让人担忧。”安浩轩摇头苦笑，“即使不想做演员，也要顺利拿到盛樱明星学院的毕业证，一一要是不努力的话，拿毕业证真的有些危险。”

“浩轩，以后你就多费心了。”丁教授看了自己宝贝女儿一眼，他让丁一一去盛樱明星学院，也并非想让她以后成为明星，在他眼里，多多少少觉得“明星”如古代的戏子，戏子无情，做戏子不如研究文学和艺术。

虽然明星不好，但是丁教授非常喜欢京剧。如果自己女儿以后能往戏曲界发展，也还是不错的，可惜从现在丁一一的功底和年龄看来，要想成为京剧名家的可能性也几乎为零。

所以，丁教授只能希望她以后成为戏剧编剧家或者古代文学的研究家，做一个文人总比戏子要好。

反正在丁教授的眼中，无论丁一一做什么，都要发扬中国传统文化，绝不能做社会的蛀虫。

唉，一一心好累……

第二章

盛樱明星学院“戏”好多

丁一一好吃懒做的日子果然到头了。

自从表哥成为自己表演专业课的老师之后，她每天都生活在水深火热之中，更为郁闷的是，大二增加了戏曲和戏剧课程，这让她学习起来尤为吃力。

只是单纯的音乐就算了，可是戏曲……是要有表演功底的！

纵然丁一一的基本知识、基本理论都背得滚瓜烂熟，可是一操刀上阵，她立刻像霜打的茄子——蔫了。

一个全能艺人需要庞大的知识和艺术根基，才能长盛不衰。虽然老师们每天将这句话挂在嘴边，可是丁一一根本不想做艺人，她在越来越繁忙的功课中，越来越想做一个创造艺术的人……

不过不幸中的万幸，那个叫崔泽天的男生从她请客之后的第二天就消失了。

这让丁一一的生活平静不少，也让她一直悬着的小心脏放下来不少——只要那个美男不在，她就不用被追债！

新学期的课程太重了，这不，一节舞蹈课下来，丁一一就饿了，眼巴巴地等着吃午饭。

可是，还有一节声乐课，丁一一坐在声乐教室里，无聊地画着声乐理论重点，突然，门外传来一阵高跟鞋的脚步声。

穿着金色吊带，热辣的短裤，戴着超大墨镜的张斐斐出现在教室门口。

她手里拎着LV（路易·威登）的包包，也不看正在上课的声乐老师一眼，径直走到空位处坐下，开始将包包里的东西倒出来，“稀里哗啦”，都是名牌化妆品。

声乐老师也是新来的美女老师，这学期学校起用了不少年轻有为颜值又高的老师，和大一时的老教师们相比，倒是让学生们饱了不少眼福，相应地，学习热情也上涨了不少。

美女老师停止讲课，看着张斐斐走到座位上，静默了半晌，抬手敲了敲桌子：“刚才那位同学，请出去。”

张斐斐若无其事地摘掉香奈儿墨镜，看着讲台上的老师，耸耸肩反问：“为什么？”

“你不知道我们正在上课？”美女老师看见她的脸，脑海中突然想到了某种饮料，那个饮料的代言人长得和眼前的女孩有几分相似。

“知道。”张斐斐看着新来的老师，一脸鄙夷，“我交了学费，为什么不能来上课？”

“你是张斐斐？”美女老师看了眼点名册，终于想到眼前这个嚣张的女孩就是那个已经被签约的广告明星。

“嗯。”发出一个鼻音，张斐斐有些不耐烦了。

她现在可是小红星，要不是最近公司没有通告，辅导员又打电话要求见她，她才不愿回学校上学呢。

“你已经旷了我三节课，我会扣除你的三点学分，好自为之。”美女老师可不管她是什么人，敢翘自己的课，就得受处分。

“旷课？我早就递交了请假条，这学期我很忙，刚开学的时候就接了三个广告，还要去希腊取景，还要接受采访……”张斐斐虽然不在乎成绩，可是，如果十点学分都扣完了，她的声乐课就别想及格。

即便在外面是明星，在盛樱明星学院也无法享受特殊待遇，学校只遵循成绩。

考试不及格，不要想拿到毕业证书！

“那些都不关我的事情，在这个教室里，你只是学生，OK？”声乐老师隐隐有些怒意，脸色沉了下来。

嘭！张斐斐极度没面子，她愤愤地背起包：“你的教室，我以后再也不会进来一步，你愿意怎么扣学分就怎么扣！拜拜！”

声乐老师冷着脸看她走出门，这群孩子越来越放肆了，没有良好的基础，他们怎么能在竞争日益激烈的社会中走得更远？

特别是想做明星的那些孩子，仗着自己还年轻，所以肆无忌惮，可也不想想，这样吃青春饭的后果会怎样。

没有基本的素质和实力，只凭着一张青春无敌的脸，就以为世界都绕着她转，真是太可笑了。

沉闷的课因为这个小小的插曲而变得沉重，因为接下来的时间里，声乐老师摇身变成了思想政治课的老师，开始用标准愤青的口气教育起同学们。

低调，低调，无论你是普通人还是巨星，你都要低调！

丁一一当然知道要低调，可是在盛樱明星学院，她没法低调。

她刚刚摆脱“最酷美少年”的纠缠，现在又被“最受欢迎的老师”强迫补习，日子过得苦不堪言。

众女生围着丁一一，再次感叹于她惊人的桃花运。

“一一，听说你昨天晚上被叫去了安老师的宿舍……”

“一一，不要试图狡辩，今天校园周刊都登出照片了！”

丁一一再次差点儿被噎死。她冤枉呀！比窦娥还冤！

因为学校为安浩轩分配了宿舍，所以浩轩表哥除了周末，大多还是住在学校宿舍里，但是，那可是她亲亲表哥，每天不辞辛劳地帮她补习表演，怎么从同学口中说出就有点儿变味了呢？

如果她们知道她只练习“端茶送水”这一个动作，就练了整整一个小时，到最后手臂都僵了，就知道她的处境多么悲惨，绝不会像今天这样恶意地猜测……

“一一，紧接着，你们晚上一前一后出了校门，有人发现你们在一起吃面条。”另一个女生咄咄逼人，充分发挥了八卦的潜能。

姚月捏着丁一一塞满食物的腮帮子，愤怒地说道：“说，你是不是故意在表演课上装傻，以此换来老师的补习？然后朝夕相处，伸出你罪恶的狼爪……”

“我的狼爪只会伸向鸡腿。”丁一一费力地吞下口中的食物，这群孩子不去当狗仔真是太可惜了。

“你不要听信别人的话。”丁一一继续埋头吃饭，口中含混不清地说道，“你们也不要损坏安老师的名誉，他可是正人君子。”

周围七嘴八舌的女同学突然不说话了，紧接着，黏着丁一一的几个女生自动坐到自己的座位上，低头无比淑女优雅地吃着饭。

一双修长的手端着托盘出现在丁一一的视线中，她抬起头，腮帮子鼓鼓的，满嘴都是食物。

“浩……安老师？”浩轩表哥怎么来一楼了？

中午大多数老师也会在食堂吃饭，只是不知从什么时候形成的规矩，老师们都喜欢在三楼吃饭，时间一久，基本上三楼坐着的都是老师，学生都在一楼和二楼。

“中午吃完饭，去我的办公室。”安浩轩坐在她的对面，微微笑道。

“又要补习？”丁一一小声而绝望地咕哝，她以为今天中午可以睡个午觉呢。

“有一次实战表演的机会，一定要给我演好哦。”安浩轩微微一笑，说道。

“实战表演？”丁一一瞪大眼，拜托，表哥是不是弄错了？她连舞台表演都一塌糊涂，还实战……

“对。”安浩轩看着丁一一惊讶和十分不情愿的脸，点了点头。

丁一一愁眉苦脸地跟着安浩轩到了办公室，再愁眉苦脸地听他说要点。

“就是让我做‘野蛮女友’？”丁一一摆着双手，“不行，不行，怎么可能？我的演技这么烂，肯定过不了关！”

“一一，有点儿自信，帮帮我。”安浩轩也是无奈，他在新加坡的时候被一个女留学生缠了整整两年，好不容易逃回国，那个彪悍的女生不知从哪里弄到了他的联系方式，一次次打电话过来，一点儿都不死心。

“浩轩表哥，到时候我说话就像背台词……你自己想想后果。”丁一一坚决不干，她怕万一弄巧成拙，那岂不是更丢脸。

“一一……”安浩轩将想逃走的丁一一拽回椅子上，正要说话，手机就响了。

他双手合十，满脸认真地说道：“电话来了，拜托了。”

“浩轩表哥，我不行的，你换个人吧，换谁都比我好，苏蕊，她的声音好甜……”

安浩轩示意她不要说话，接起了电话。

丁一一想逃走也没用了，只能满脸紧张地看着安浩轩，乌溜溜的眼睛一眨不眨，努力认真听着他的对话。

“Alina，我这次回国就是要结婚了……是，以前就对你说过，我……Alina，她今天在我身边，我不希望在我快结婚的时候，让她面对这种……”

可惜，听上去好像每次都是安浩轩被对方打断，所以丁一一大致能猜到那边叫Alina的女人有多激动。

“你可以和她说话，可是请不要吓到我的未婚妻。”安浩轩终于说了一句完整的话，“另外，让你和她说话，是因为不想她误会我和你的关系，我很珍惜她。”

说着肉麻的话可以脸不红心不跳，并且深情款款，安浩轩不愧是表演专业的老师。

看着递过来的手机，丁一一头皮发麻，这种事情也不早点儿排演一下，现在她根本还在混乱中嘛！

在安浩轩拜托的目光下，丁一一终于拿过手机放到耳边，揉了揉喉咙，她要演什么来着？“野蛮女友”？

“请……以后不要再骚扰我男朋友！”终于挤出一句话来，丁一一看到安浩轩扭过了头，似乎是痛心疾首。

好吧，她承认刚才那句话说得太没底气和气势，并且假得要命。

正当她努力想补救的时候，门突然被推开，一个梦魇般的少年悄无声息地出现在门口，丁一一眨了眨眼睛，她出现幻觉了？

那端传来不知哪国的语言，好像是马来语，带着哭腔，中间夹杂着中文脏字和英语，犹如暴风雨一样冲进丁一一的耳中。

叽里呱啦的语言风暴加上眼前的幻觉，让丁一一茫然无助地转过头再看向安浩轩，安浩轩背对着门，根本没发现站在门外的崔泽天。

丁一一确定自己是出现了幻觉，因为再看向门口的时候，办公室的门依旧是虚掩着的，根本没有一个人。

那端还在叽里呱啦，气势汹汹。

“不管你说什么，他马上就是我的老公了，以后你再敢打电话过来，我……打死……打死我老公！”

“啪”！丁一一挂掉手机，明明是中国人，却不说中国话，弄得她一点儿都听不懂！更为可恶的是，她刚才好像看到了“债主”。

“——……”野蛮女友也不是这样的吧？安浩轩无语了，原来他表妹的演技不是差，而是彪悍！

丁一一径直冲到门边，拉开门往长长的安静的走廊看去，外面空无一人。

刚才果然是幻觉。

呼，松了口气，丁一一拍拍胸口，她可不要遇见债主。

“一一，怎么了？”安浩轩看见丁一一贼兮兮的模样，也走到门边，看了眼空寂无人的走廊，问道。

“没事没事，”丁一一抬头笑道，“刚才我演得怎么样？”

“很野蛮。”安浩轩虽然心里十分无奈，可脸上还是一副赞赏有加的模样。

“你觉得可以及格吗？”丁一一兴奋起来，她的表演可是从来都没有受过老师的赞赏。

“嗯，继续努力的话，会很优秀。”安浩轩鼓励道。

丁一一握拳点头：“表哥放心，要是那女人再打电话骚扰你，我就……我觉得你还是换个电话号码比较好。”

安浩轩见她这副模样，不由得笑起来，一天的阴郁消散不少。

“谢谢你了，一一，我已经换了几次号码，可是没用。”安浩轩也不知道怎么就招惹了这样的追求者，当初在新加坡的时候就苦不堪言，现在回国了，还没平静几天，又被她瞄上了……

“浩轩表哥在新加坡的时候，一定人缘很好吧？”丁一一看着自己俊朗的表哥，突然问道。

“啊？”安浩轩有些不好意思地挠挠头，“一般……哦，我爸爸管教孩子和丁叔叔一样，所以呀，我们是差不多的。”

“可是我没男生追呀！”丁一一笑眯眯地接口说道。

“现在正是学习的时候嘛，而且你还小着呢。”安浩轩笑得有些不自然了，他的表妹思维总是很奇怪，经常会问出让他尴尬的问题。

“已经成年了……不过盛樱明星学院到处都是美女，表哥倒是可以找个美女老师，一定要温柔一点儿的，还要会做一手好菜，啊，声乐老师就不错，气质又好……”丁一一对爱情倒还没什么想法，只是她觉得追求表哥的那个新加坡留学生太厉害了，能“跨国追捕”。

“你要是能把对食物的热情转到表演上来，一定能成大器。”安浩轩立刻转移话题。

“我只要及格就好！”丁一一不奢望成为明星，她要成为艺术家！

当然，这暂时只是个梦想。

手机铃声突然又响了起来，安浩轩看了眼号码，又是Alina打过来的，他皱了皱眉头，看了眼丁一一，终于还是挂掉了。

丁一一的演技实在让他失望，现在已经不敢让她接电话充当“野蛮女友”。

电话铃一会儿又响了起来，安浩轩干脆关机。

“不接电话好吗？”丁一一盯着安浩轩的手机，问道。

“没事……你先回去吧。”安浩轩揉了揉眉心，扯出一个微笑来，“一一，下午的表演课要加油。”

“浩轩表哥，那我就先走了。”丁一一知道自己刚才的表演太烂了，也没脸多待，立刻往办公室外走去。其实她每天的表演课上都很“加油”，可就是不见长进。

可怜的浩轩表哥，一定对她很失望吧？

丁一一回到教室，发现中午一贯安静的教室里一片沸腾。

她所在的班级里只有三十多个人，可是这些人制造出的分贝却惊天动地。

"Evan（埃文，崔泽天艺名）？"

"Evan……"

"Evan……Evan……就是Evan……"

丁一一满耳朵里充斥着"Evan"这个字眼，她走回自己的座位上，趴在桌上准备小憩一会儿。

"一一，Evan！"姚月从女生群里跑回来，手中拿着一本杂志，脸上的神情异常激动。

"Evan是谁？"丁一一撑着脸蛋，昏昏欲睡。

啪！杂志在她的书桌上摊开，一张封面闪进丁一一的眼中，不知那是不是给某国际品牌做的代言，丁一一不喜欢八卦和娱乐新闻，可是那杂志上星光熠熠的男模闪到她的眼了。

这个人……看上去如此眼熟。

"我就说在纽约一个春夏发布会的新闻上见过，惊鸿一瞥果然没错！"郑毓敏也走到姚月身边，兴奋地说道。

"不对不对，我记得是巴黎春装发布会上，好像有过照片流出来……"

"啊！"丁一一突然尖叫一声，这杂志上如此英伦风的小帅哥不正是"债主"吗？

眨了眨眼睛，丁一一仔细看了起来，虽然上面的小帅哥戴着帽子，脸被大半的阴影遮住，透着神秘性感，可是那优美冷峻的唇形和高挺的鼻梁还有完美的下巴……

"你'啊'什么？"姚月被她超迟钝的反应吓了一跳，点了点桌上的杂志，"一一，你知道Evan吗？"

"她这种天天只知道看书和吃的人怎么会知道Evan？就像我这种超级关注国际娱乐新闻的人，才会知道一星半点儿。"郑毓敏坐在丁一一身边，激动地说道，"一一，那个和你长跑以及接吻的美少年，也就是未来前途不可限量的崔氏集团的小儿子崔泽天，他就是今年在欧美突然走红的神秘东方美男Evan！”

郑毓敏一口气说完，姚月接着说道：“知道他为什么在国外走红却连‘八卦神通’的毓敏都不知道吗？因为太神秘太低调了，根本没有一张清晰的正面照流传出来！就连这种代言，都是……”

“那他是怎么红的？”丁一一推理了很久，如果没有宣传和炒作，崔泽天怎么会在欧美走红？

每天在盛樱明星学院被浸染，丁一一当然知道明星走红的几大要素。首先就是曝光率，崔泽天那张脸确实容易走红，可是他没有照片流传和宣传，突然就代言这种国际品牌让她很诧异。

如果靠着他家里雄厚的财力，出席什么春夏时装发布会也没什么。但是有钱的人多了去了，他怎么就“走红”了？

周围的女生还在叽叽喳喳地热闹议论着，丁一一想来想去也想不明白，突然间，她想到盛樱明星学院最热门的一个词——“潜规则”。

“难不成被潜规则了？”

身边的几位正八卦的女生突然不说话了，都看着丁一一。

“你说潜规则？”姚月轻轻摸了摸丁一一的额头，关心地说道，“一一，你没发烧吧？要是被崔泽天听到，你的脑袋就没了！”

“我没说什么呀。”丁一一立刻掩饰地哈哈大笑，她刚才不小心把“潜规则”说出口了？

该死该死，对于“债主”的一切，她已经在心里发誓不多说一句话，不多做一件事，能离多远就多远……

“你刚才明明说了‘潜规则’！”众女生对这个字眼非常敏感，这里绝大多数都是怀揣着明星梦想的人，自然会对“潜规则”“上位”“绯闻”“炒作”这类字眼很敏感。

“是吗？哈哈……”看见又多出一个人指证，丁一一挠了挠头，看着那本国外杂志，决定沉默。

“丁一一，你说Evan被潜规则了？”嘴巴大嗓门也大的杨陇红从后面跑过来问道。

“天哪！Evan被外国老女人潜规则了？”立刻，又一个声音向丁一一靠拢。

“大家快过来听丁一一爆料，Evan用自己年轻的身体换来了JK的新任代言人角色！”

在盛樱明星学院里，一句话不超过五分钟，就会有几百个版本出炉，这就是所谓的“八卦精神”。

丁一一虽然见识过盛樱明星学院学生们的八卦能力，但是现在也不得不拜倒在同学们的口水中。

她不过是嘀咕了一句，怎么现在就变成自己亲眼看到崔泽天被一个外国老女人、国际奢侈品牌JK的总裁“潜规则”了？

周围的声音越来越大，丁一一眼看不能再沉默下去，不得不拿起那本杂志拍了拍桌子。

“安静点儿，我没说人家被潜规则了！”百般无奈地怒喝一声，丁一一非常郁闷。

关于债主的一切，她都要撇得一干二净，最好永无交集。

“你明明刚才说‘潜规则’！”姚月这会儿也不站在好朋友的身边了，而是站在强悍的娱乐精神一边。

“我只是随口说说，没有说崔泽天被潜规则！”丁一一大吼。

周围安静了几秒，接着传来陈毅林弱弱的声音：“还是有潜规则呀！”

“你一个大男生也那么八卦干什么？”丁一一小眉头一皱，“以后都不要在我面前说崔泽天的事！还有什么Evan，不要和我提……”

“一一被崔泽天抛弃了，不过失恋女人的心情我们能理解。”

“抛弃？”丁一一立刻转头看向黄明瑶，怎么会有这种传言？

“别说了，别说了。”姚月和苏蕊对着大家挥手，“一一不过是亲了别人而已，并不代表她心里爱着人家……”

“喂，不要太离谱！”丁一一深知班中女生的八卦力量，立刻澄清，“那天是我被占了便宜好不好？谁想被……好吧，随你们怎么说！”

不想提到崔泽天，丁一一憋下一口气，耸耸肩说道。

“大家别说这件事了，万一传到丁教授耳中，一一就惨了。”姚月一番话让丁一一很感动，只是她后面又补充一句，“只要我们大家心中清楚就好。”

“我就想被那个，那个，还有那个……”还有一群女生在发着花痴，已经陷入不可描述的想象中。

“你们清楚的根本就不是事实！”丁一一非常郁闷，她完全被这群人打败！

“事实是，你和安浩轩老师关系并不寻常。”一个清冷的声音从教室后门的方向传了过来，崔泽天非常讨厌他们的八卦。

很不巧，他听到了某只苹果在说什么“潜规则”，呵，原来苹果和其他八卦的女生一样，可以随意就捏造一个事实。她果然没有做明星的潜力，倒是可以成为娱记。

丁一一听到这声音就惊住了，至于内容，更是让她直接石化。

她的第一反应就是，今天中午她没有出现幻觉，债主真的回来了！

众女生都转头看着后门俊美的少年，双眼呈星星状，所有的注意力都集中在崔泽天身上，直接忽略了他刚才说的话。

“你刚才说什么潜规则？”崔泽天穿过众人，走到丁一一身边，居高临下地看着她，问道。

“我……”丁一一知道自己不能跟他硬碰硬，没一点儿气焰地看着桌上的杂志。

顺着她的目光看下去，崔泽天伸手拿过桌子上的杂志，脸上似乎有一丝愠怒闪过。

“为什么不回答我的话？”崔泽天唇边掠过冷笑，“自己说过的话都不敢承认了？”

“我只是觉得很奇怪而已！”丁一一霍然起身，她可不是敢做不敢当的人。

“你奇怪什么？”崔泽天看着她圆圆的脸，挑眉问道。

“对不起，我为刚才可能伤害到你的话道歉！请你原谅！”丁一一左思右想，理智还是战胜了冲动，算了，她还是不要随便惹是生非。

而且刚才他还说到浩轩表哥，丁一一大致猜到他中午一定听到了什么，所以还是乖点儿好，别把他惹急了。

“这么说，你是承认刚才说了什么中伤我的话了？”崔泽天冷冷问道。

“这个……”丁一一平时还算是伶牙俐齿，可现在却被问得一句话都说不出来。

还是老爹说得对，病从口入，祸从口出，他就教育自己要谨言慎行，可惜自己还是没能贯彻爹爹的君子作风，酿成了口舌之灾。

“对不起！”当然，错了没关系，只要勇于道歉就行了！都是同班同学，这位同学身为男性，一定会很大度地原谅自己。

丁一一诚恳地道歉，并等待着他的谅解。

“我不接受你的道歉。”仿佛一眼看穿她心中在想什么，崔泽天冷冷说道。

“欸？”丁一一抬头看着崔泽天，他不接受道歉？

“也就是说，我不想原谅你。”崔泽天话刚说完，突然人群中又挤进来一个人，走到他身边，低低耳语几句。

那个人年纪看上去稍大一点儿，目测大概是大三的学生。虽然也是少年，却有着丝毫不符合少年气质的成熟。在丁一一眼中，这又是一个“少年老成”的人。

可是这个少年在其他女生的眼中，又是一枚冰山小帅哥。

论容貌，这位突然冒出来的男生不算顶尖，可是身上有股奇怪的气质，非常煞人，让人既想多看两眼，又不敢太正视。

丁一一正盯着不认识的男生，他突然转过眼，冷冷瞥她一眼。那一眼虽然在她脸上逗留不到十分之一秒，可是丁一一却硬生生地打了个寒战。

她终于知道这个不认识的同学身上那股怪异的气质是什么了。

那是——杀气！

对，那双眼睛寒光四射，分明没有丁点儿情感，只有一股生人勿近的杀气。

果然是物以类聚，人以群分，什么样的人就有什么样的朋友。崔泽天有的时候感觉像是父亲辈的人，而这个人，则像是杀手级的人。

崔泽天听完他的低语，脸色似乎有些微的变化，他一句话没说，转身往外走去。

那个冷冰冰的稍大点儿的少年，如同影子一样，悄无声息地跟在他的身后，一同消失在门外。

几秒钟后，众女生终于反应过来，纷纷倒吸口气，仿佛空气中还凝结着丝丝寒意。

“刚才那是谁？”一个女生小声问道。

“是大三的学生吗？”

“不可能，大三的帅哥我都认识！”郑毓敏立刻说道。

“我好喜欢他！”姚月突然说道。

“那个人很可怕。”苏蕊的声音小小软软的，她一看见刚才的男生就害怕，姚月居然还喜欢！

丁一一脸色和外面的天空一样，满是乌云，她趴在桌上，又成了蔫巴巴的茄子。

债主回来了，刚才还说不会原谅她……

好可怕！

而且是被一个小气的男生记恨，好可怕！

崔泽天重新归校了，对所有的女生来说，都是一件值得庆贺的事情，可是对于丁一一，则是噩梦的开始。

而且，崔泽天不是一个人回到学校，而是带着满身的光环和一个相当俊冷的少年一起回来。

那个满身都是肃杀之气的少年，成了他们班的新成员，他叫薛玉楼。

听说，他并不是来学习的，他只是伴读。

类似于古代的书童。只是这个书童和崔泽天的关系不太像主仆，更像是朋友。

这些都是那些八卦女所说，具体他的身份，还没有人知道。

不过确实，他上课的时候并不会听老师讲课，而是抱着一堆不知所云的英文书或者学术书看。上专业课的时候，也是抱着一堆厚厚的书坐在一边，只是会不时抬头看一眼崔泽天。

他也从不参加任何活动和表演，老师也像达成共识一样，上课时，将他当成空气，而对崔泽天，多了一丝敬畏和谨慎。

这对关系奇怪又暧昧的帅哥，很快就成为盛樱明星学院的首席王子，虽然两个人都很低调，在众女生心中，却占尽了风头。

“我准备追薛玉楼！”在校运会前一天的下午，姚月突然满脸郑重地宣布。

“去吧，我会帮你收尸的。”杨陇红大大咧咧地说道。

“喂，我是说真的！”姚月满脸沉醉，“见到他之后，我才知道什么叫真命天子，那是一种荷尔蒙的互相吸引。即使他的容貌不是最出众的，可是……”

“大家肃静！我们把校运会最后的名单确认一下，开场仪式提前到今天下午！”丁一一风风火火地从外面跑进来，拍着桌子说道。

自从浩轩表哥成为她的老师以后，丁一一中午的休息时间几乎没有。除非是浩轩表哥大发慈悲，看她太累了，才会放她回去休息片刻。

这不，她正被浩轩表哥逼着在舞蹈室里练习身体平衡能力，然后收到体育老师的电话，让她将名单最后一次确认送去办公室。

教室里的人除了崔泽天、薛玉楼和张斐斐，其他人都到齐了，丁一一正在确认的时候，张斐斐踩着高跟鞋走进了教室。

张斐斐从来都不会遵守学校的规矩，当然，她也不怕被罚，据说她的父亲和辅导员关系非同一般。

而且，她平时在学校的时间很少，一个月能留在学校三天就很好了，三天能按时上三节课就更加了不起了，辅导员这才对她的服装不做过多的管制。

“哟，又在开班会？”张斐斐看了讲台上的丁一一一眼，凉飕飕地说道。

她最不喜欢这种在老师眼中的“好学生”，在张斐斐心中，这群学生全都是死读书的饭桶，以后能成为明星，简直是笑话！

“张斐斐，今天下午的开场仪式，你不能提前退席。”丁一一不理会她的冷嘲热讽，满脸认真地说道。

“嘁。”张斐斐嚼着口香糖，往教室后的几张空桌走去。

她讨厌死了校运会，要不是校运会，辅导员也不会勒令她今天必须到学校。

“今天下午提前十分钟到操场集合……”

丁一一的话还没说完，极为尖锐的手机铃声响起，这个铃声居然是一个广告的声音——张斐斐代言的某饮料广告。

所有的学生都转头看着后面的张斐斐，她不慌不忙地拿出手机放到耳边：“我都说了分手，不要再来纠缠我，OK？拜托，你这种没用的男人，现在连广告都接不到了，我留着你干吗？以后不要打电话给我了，知不知道就是因为你，经纪公司都给我警告了，我现在很烦你……别跟我提过去，你根本就不配！”

张斐斐丝毫不介意周围同学的目光，对着手机就是一阵怒骂。

在这种状况下，丁一一完全无法把剩下的话交代完，只得无奈地先等着张斐斐把电话打完。

可是看上去关于分手的争吵一时半刻还结束不了，丁一一正想着要不要先请张斐斐出去打电话，教室门口走进来两个超级帅哥。

立刻，教室里张斐斐的声音戛然而止。

她张着的嘴还没闭上，拿着手机呆呆地看着两个俊美的少年一前一后地走进来。

Evan？

那天她无意在公司听到Evan在他们的学校，当时还以为是笑谈。盛樱明星学院虽然名声在外，可是像Evan这种级别的明日巨星，怎么可能浪费最宝贵的青春和时间，待在这学校里荒废？

不会是Evan！一定不是！像她这种三线的小明星，都不愿在学校里多待一刻，有时间就想着怎么在外面找机会出名成大红星。

Evan这样的人更没时间在学校里消磨。

崔泽天和薛玉楼目不斜视地走到最后一排座位，两个人几乎是同时坐下，举动像是双胞胎一样。

张斐斐看着只隔着一个走道的崔泽天，呼吸都停止了，哪里听得到手机那端的声音？

好完美的侧脸，作为一个小小的明星，她见过不少大牌巨星，就是这种气场，在千百人中，他即便不说话，也能将你的视线牢牢吸引。

崔泽天坐在座位上，抬起头看着讲台上叽里呱啦讲话的丁一一。

丁一一趁着刚才安静的那一刻，噼里啪啦把剩下的话说完，然后挥挥手说道：“好了，大家先去操场南边集合，张斐斐，你今天要穿校服，如果没带来，赶紧找一个住宿女生的借穿一下。”

张斐斐还在看着一边的“新同学”，她这一个月只来了学校两次，竟错过了班里的新同学，真是运气太差！

崔泽天突然微微侧过脸，看了身边穿着火辣的女生一眼，淡淡说道：“你手机的通话声音能不能调小点儿？很烦人。”

他的声音也是这么好听，张斐斐一对上崔泽天的眼睛，仿佛被强电流击中，当即脸就红了，这才发现手机那边传来男人声嘶力竭的声音，她急忙挂断手机，一时间不知道摆出什么样的表情。

“张斐斐，记住要换校服！”刚才崔泽天一开口，丁一一后背就发凉，她很害怕这个“债主”，所以再次叮嘱完，立刻跟着同学们往外走去。

张斐斐第一次感觉如此拘束和不安，她紧张地握着手机，手心都冒出了汗，竟然觉得自己虚弱不堪。

崔泽天和薛玉楼对视一眼，站起身，也往外走去。

眨眼间，教室里只剩下张斐斐一个人。

操场上，许多班级都已经集合，一眼看去，学生们大都无精打采，对这次校运会一点儿兴趣都没有的样子。

说来也是，这里的俊男美女，最讨厌的就是运动啊。

如果说现在有一场新星选拔赛或者剧组选角，那他们一定是意气风发，绝不会这么萎靡。

反正校运会只是做做样子而已，他们都是明日之星，衣食无忧，谁会去做这种体力活？

丁一一站在体育老师身边，帮着他清点人数，调整队伍，可张斐斐一直没来，眼看一个小时都过去了，还是没见她的身影。

正在体育老师不耐烦的时候，远处袅袅婷婷走来一个苗条的身影。

“张斐斐！在这里，快点儿！”丁一一转头看见张斐斐，立刻招手说道。

张斐斐已经换回了校服，只是那校服穿在她身上很怪异，总觉得哪里不对。

丁一一看了半晌，恍然大悟，校服原来被张斐斐做了改动，腰间收紧了，到膝的裙子也短了两寸，领口也似乎改大了一点儿，总之，现在看上去，清爽的校服多了一丝诱惑和不该有的风情。

张斐斐低头走回队伍，因为她的个子比较高，站着的地方正是崔泽天的前面。

心脏“扑通扑通”地跳着，张斐斐刚才赶去换校服的时候，顺便恶补了一下最近学校发生的事情，这才知道那个像Evan的男生，原来是崔氏集团的小儿子。

崔氏集团……

张斐斐激动得双腿都有点儿发软，如果能攀上崔氏集团的小儿子，那她后半生都不用愁了。那些辛苦打拼大半生的女星最终才嫁入豪门，而她不用怎么闯荡，就会名利双收，过着上流社会的生活。

只要想想，张斐斐就觉得自己快喘不过气来，天哪！她是坠入爱河了吗？

一见钟情！绝对是一见钟情！

抛开崔泽天那诱人的家世背景，只凭着那张美貌无敌的脸，张斐斐就已经没法移开双眼。

体育老师左看看右看看，低头对丁一一说了几句话，丁一一的脸色立刻变了。

让她去“特训”薛玉楼和张斐斐，她才不要。

“一一，那个新同学和张斐斐交给你了，我们要求不高，走得齐整就行。”体育老师见丁一一面露难色，补充道。

这学期，张斐斐体育课还没有上过，而那个新同学体育课也是站在一边，从来不参与活动，体育老师怕影响队容，特意让丁一一给他们做十分钟“特训”。

“老师……张斐斐或许还可以，可是薛玉楼……”丁一一小声说道，“我从来没和他说过话啊！”

“所以现在可以借此机会改善同学关系，去吧。”体育老师尤为狡猾，知道那两个学生最为棘手，所以不亲自上阵。

“老师……”丁一一还想挣扎，但是体育老师一转身，走到隔壁班去了。

“休息，大家先休息。不过不要离得太远。”丁一一收到许多女生央求的目光，于是指指树下阴凉的地方，说道。

丁一一左看右看，犹豫着先走到张斐斐的身边，她站的地方离崔泽天很近，这让丁一一浑身的毛孔都紧张地收着。

“张斐斐，开幕式和闭幕式的队列，你还不是很熟悉吧？”丁一一问道。

张斐斐眉头一扬，正要反问关她什么事，可突然想到不远处的崔泽天，立刻脸上挂上笑容，声音也娇娇软软：“还好啦。”

“我们再训练下，你只要向我看齐……”

“为什么？”娇软的声音突然尖厉起来。

“因为开幕式的队列是要打分的，怕你给三班拖后腿。”姚月冷冷地说道。

“你……”张斐斐火大，正要上去骂几句，斜眼瞥见崔泽天往这边看来，立刻将剩下的半句话咽下去。

“其实不是你一个人，”丁一一怕两个人吵起来，急忙说道，“还有一位同学，也要稍微熟悉一下流程。”

“还有谁？”张斐斐的话一问出，视线却落在两位新同学的身上，如果不出所料，肯定是他们两个人之一。

“……新同学。”因为离薛玉楼比较近，丁一一的声音尤为低闷。

“好吧，快一点儿。”装作有些不耐烦，可是张斐斐的心里比谁都期待。

丁一一点点头，走到薛玉楼的身边，一会儿看看天，一会儿看看地，磨蹭了十多秒后，终于说道：“同学，马上就是入场仪式……”

薛玉楼一直放在崔泽天身上的视线，倏然转到个子娇小得可以忽略不计的丁一一身上。

一接触他的视线，丁一一猛然住了嘴，自觉地把剩下的话吞进肚中。

他的眼神好冷厉，丁一一从小到大见过许多人的眼睛，也看过许多人的眼神，从未见过这么冰冷锋利不带一丝感情的目光。

仿佛他是个没生命的人，只是某种机器。

这种想法让丁一一在阳光下都有些脊背发寒，她急忙转身，正对上姚月她们的视线。

“一一，去呀！”众女生用眼神鼓励着丁一一。

甚至连张斐斐都期待着丁一一上去搭话。

丁一一深呼吸，再次转身，笑得见牙不见眼：“薛玉楼同学，请……”

“到底有什么事？”薛玉楼冷冷发话，他有些不明白这些女生的小举动，如果有事那就直接说好了，这样转来转去，不累吗？

“呃？啊！”丁一一仿佛感受到身后女生们热情鼓舞的目光，她竟然搭话成功了！

“是这样的，你和那位女生一直没有参加我们的入场练习，还有十多分钟开幕式就要开始了，所以……”

“不用。”薛玉楼打断丁一一的话，冷冷地说道，“齐步走而已，不需要你来‘特训’。”

特训？丁一一愣住，原来他已经听到体育老师和她的对话……这家伙的听觉好灵敏！

“不用的话……那就算了。”丁一一被他如冰的眼神看得直哆嗦，几乎想也不想就放弃劝服，边说边走回女生阵营。

“一一！”姚月她们恨铁不成钢，明明都搭讪成功了，居然她又自个儿灰溜溜地回来了。

要知道迄今为止，还没人能和薛同学搭讪成功，每次女生们鼓足勇气，还没说出一个字，就被他的眼神杀了回去。

同理，崔泽天在薛同学的“保护”下，几乎没受到过骚扰。

“张斐斐，你先到这边来，我告诉你几个要点，虽然是齐步走……”丁一一无奈地装作没看见众女生的表情，走到张斐斐身边，说道。

“为什么不一起教？他都不学，我干吗要听你的？”张斐斐的声音很小，却带着点儿咬牙切齿。

她最看不惯四种人，第一种，比她漂亮的人；第二种，比她有钱的人；第三种，比她有才的人；第四种，老师眼中的优秀学生，学生心中人缘好的同学。

很不巧，丁一一占了后面两种。

如果不是因为等待“新同学”，她才不会给丁一一好脸色看。

“……好吧。”丁一一知道如果自己只“特训”她一个人，不但张斐斐不服气，而且她自己也有“欺软怕硬”的嫌疑，这样可不好。

老爹说，要以德服人，一视同仁……

“同学，虽然齐步走大家都会，但是……”鼓足了气，走到薛玉楼身边，丁一一看着他，声音却越来越小，“但是，你还是稍微配合一下工作吧，老师交代的事情，我总要完成呀。”

“我没空。”冷硬的回绝，薛玉楼有些不耐烦了。

“不行，既然是班级的一分子……”

“再说一遍，我没空。”薛玉楼浑身上下似乎都散发出杀气，丁一一不觉后退一步。

蓝天，白云，绿草芳菲。

“你现在明明有空！”寂静了片刻，丁一一清亮亮的声音响起。

所有人脸上的表情都抽搐了，唉，搭话不是这个样子的。

薛玉楼面无表情地盯着眼前娇小的丁一一，她的脸圆圆的、红红的，看上去就像一只苹果，带着点儿婴儿肥。

这张肉肉的脸又很像包子，薛玉楼突然伸手，捏了捏，手感果然和自己想象的一样，软软的滑滑的，似乎还香香的。

他在做什么？光天化日之下调戏一只包子？

薛玉楼迅速收回手，似乎什么事都没有发生过般，冷声说道：“走远点儿。”

丁一一的脸色由白转青，由青变红，她刚才被捏了脸？呜呜，可是吓死了，她还以为自己被干掉了！

所有女生的脸色也大变，那些惊呼声卡在喉咙里，等到丁一一转身走回来的时候，才爆发出来。

“啊！一一，你没事吧？”

丁一一是颤抖着腿挪回来的，她的脸上还有点儿火辣辣的痛感，脑中不停地闪现薛玉楼的魔爪伸向自己喉咙的情景。

天哪！她刚才差点儿就被杀了！

在丁一一刚才的思想里，她根本没觉得那是被人“非礼”了，换成任何人和薛玉楼的冰冷视线对峙，然后他抬手……都会神经绷到极致，有种下一刻就被他“咔嚓”干掉的幻觉。

一头扎进女生堆里，感受着温香软玉的美女们，和那个冷冰冰的男生相比，这里安全温暖得多。

薛玉楼转过身，面对靠着乒乓球台的崔泽天，看了看自己的右手——那是刚才鬼使神差地摸了包子脸的手。

“你失态了。”崔泽天靠着乒乓球台就像靠在高档的台球室里一样，只差手边没有一杯红酒优雅地摇晃。

薛玉楼耸耸肩，没有任何解释，只是将手插进了裤兜。

“她又来了。”崔泽天看见一个小小身影被人群推出来，正悲恸欲绝地往这边看，不由得闪过一丝笑。

这只苹果的毅力总是让人赞叹，崔泽天想到那天一万多米的长跑和《天鹅悲歌》，眼里的笑意更浓，直看得周围女生直接进入花痴状态。

“齐步走而已，干吗还要特训？而且是被一只肉包子训！”薛玉楼很不悦，要知道他已经很恪守自己“学生”的身份，每天穿学生制服，不早退不迟到，天天在学校里待着，让他快崩溃了，还要听一只包子摆布，那真是太跌身价了！

他才不愿意，即使校董亲自上场，他也不愿意！

丁一一在距离薛玉楼两米远的地方停住脚步，不知道为什么她突然想到表姐家的小狗，那只德牧刚进表姐家的时候，好奇心重，去闻表姐养的乌龟，结果被乌龟一口咬到鼻子，吓得以后小狗一看见乌龟就躲得远远的。即使现在那只狗已经长得巨大，依旧怕乌龟……

她觉得现在自己像是一只被乌龟捏到脸的小狗，心中有一丝阴影消散不去。

而且崔泽天还在看着自己，他可是债主！虽然最近债主似乎忘了自己，但还是要一切小心……

薛玉楼听着身后细微的动静，突然转身，吓得丁一一条件反射地抬手捂住脸颊，倒退两步。

“你到底要怎样？”好烦！薛玉楼的耐性可不好。

崔泽天黑眸中笑意隐隐，他突然想起来这里的第一天，不过是无意间亲了她一下，就被她踢了一脚，如果按照丁一一的反应，刚才应该甩手给玉楼一巴掌才是。

幸好丁一一当时吓傻了，如果她对薛玉楼动手，估计还没碰到他，就被扔到树上挂着了。

“丁一一。”体育老师实际上一直在偷瞄着这边的动静，他看见丁一一被薛同学“欺负”的时候，就心有不忍——自己实在不该给她派这样艰巨的任务啊！

现在体育老师良心发现，觉得自己实在太不厚道了，把爱将往虎口里推……

而丁一一也在帅哥冰冷的视线里等待着救赎，一听到体育老师的呼唤，神情一下雀跃起来，迅即转过身，往老师身边奔去。

“老师。”因为太紧张，丁一一手心里全是汗，她甚至能感觉到那股冰冷锐利的杀气在自己脊背上划来划去。

“破折号刚才的表情好像死里逃生。”薛玉楼转过身，崔泽天就调笑道。

破折号？

“她很烦人。”薛玉楼依旧面无表情，可是当他看着崔泽天的时候，总觉得那冰冷的眼眸中带了一丝少有的温柔。

“不过她好像很怕你，所以说平时不要绷着一张脸，”崔泽天抬头看了眼白云，幽幽说道，“既来之则安之，已经来了这里，就装作自己是这里的学生吧。”

“我能说很讨厌这里吗？”薛玉楼也看了眼蓝天白云，语气冰冷，“如果不是你，我宁愿选择在K.V。”

“那种暗无天日的生活哪有这里好，至少眼前看到的都是阳光，不是地狱。”崔泽天轻描淡写地说道，“你应该快点儿适应学校的生活，这才是正常的生活。”

“什么生活不生活，我跟在你身边就行了，其他的不去想。”薛玉楼冷峻的脸色似乎又沉下一分，眸中的那丝温柔消失了。

“集合了。”崔泽天看到队伍开始排列，从薛玉楼身边走过去，说道。

薛玉楼抿抿唇，也转身走回队伍中。

他的表现已经很好了，乖乖地穿校服，乖乖地上课下课，不多说一句话，不招惹任何人，将自己收敛成一枚果实而不是炸弹，这样崔泽天还不满意？

校运会开幕式非常无聊，十月的太阳还很热，终于熬到结束，丁一一转头看见安浩轩站在树边对她招手。

浩轩表哥虽然平时帮自己补课，可是从来不会在公共场合和她多说一句话，这也是为了避嫌。

但今天安浩轩的表情很焦急，他顾不得那么多，开幕式一结束，立刻把丁一一喊了过去。

“又要补课？”丁一一苦着脸，在众人羡慕的眼神中走到表哥身边，小声问道。

“她来了。”安浩轩一向阳光灿烂的脸上看不到一丝笑容，焦虑地说道，“一一，你赶紧跟我走。”

"去哪儿？"丁一一看见表哥如临大敌的脸色，也紧张起来，顾不得回教室收拾东西，立刻跟在安浩轩身后问道。

"你手机没带吧？"安浩轩冷不丁地问道。

"出什么事了？"丁一一着急了，她的手机关了机一直放在教室里，该不是家里出事了吧？

"我不知道该怎么说……她来了。"安浩轩满脸愁容，叹气。

"她？"丁一一乌溜溜的眼睛一转，惊叫，"那个新加坡的追求者？"

"小声点儿。"安浩轩警觉地看了眼周围，虽然这是条偏僻的小路，可还是有几个学生好奇地看着他们俩。

"真的是她？那怎么办？"丁一一激动起来，她没失忆，还记得当时冒充表哥女友的事情。

而且现在看来，浩轩表哥还准备让自己帮他演戏。

"你……你这样看着我干吗？"果然，浩轩表哥有些央求地看着自己，丁一一立刻躲避他那可怜的眼神，"哎呀！突然想到今天晚上我值日，老爸又要求六点之前到家练书法……"

"一一，拜托。"安浩轩实在无奈，如果有其他办法，他才不愿意找丁一一帮忙，因为丁一一的演技只会给他添乱。

"浩轩表哥，别开玩笑了，你随便拉个美女老师陪你嘛，"丁一一知道他想说什么，立刻拒绝，"你的异性缘那么好，同事都喜欢你，这点儿小事情，肯定有漂亮的老师愿意帮你解决。实在不行，姚月她们也比我适合啊，你想，她们的演技多好，我要是……"

"她准备回国定居，并且就在这座城市，请同事帮一次忙没问题，可总不能天天都麻烦人家……"

"天天？什么意思？"丁一一停住脚步，抬头看着她阳光英俊的表哥。

“就是说……她或许就调到这附近工作，抬头不见低头见的，总是麻烦别人多不好……一一，别跑！”安浩轩话没说完，丁一一就试图溜走，还好他眼明手快地拽住她的校服衣领。

“表哥，我真的帮不了你，再说这种事能瞒多久？”丁一一语速飞快，她一想到那天打电话的女人彪悍的声音就腿软。

“一一，你只要帮我几次，不用很长时间，我就会把她搞定，好不好？”安浩轩见她拼命挣扎，怕撕破了她的校服，转而握住她手腕，眉头一皱，立刻换用亲情攻势，“表妹，帮我这一次，看在我平时对你那么好的分儿上，我每天花费多少业余时间帮你免费补习呢……”

“浩轩表哥，你看看我的演技，你会放心让我帮你吗？”丁一一这次吃了秤砣铁了心，她坚信浩轩表哥一定有更好的人选，比如那个教声乐的美女老师，学校里不正传她在暗恋浩轩表哥吗？

与其做戏给别人看，还不如真找个女朋友，反正表哥也二十出头了，该找女朋友了。

“一一，我知道你在想什么，可你那都是小女孩思想，我不想因为这件事影响别人……”

“所以你就影响我？”丁一一掰着他的手，死活不愿意。

“因为你和她们不一样！”安浩轩也着急了。

“怎么不一样？我也是人！”

“可你……可你是我表妹啊！任人唯亲嘛。”

“你先放手。”丁一一眨了眨眼睛，说道。

“你帮我不？”安浩轩追问。

“你先放手，我考虑一下。”丁一一不是不愿帮他，虽然两个人相处的时间不过数月，可安浩轩人品好，对她好，又深得爸爸妈妈的喜欢，对她来说，也就等于亲哥哥了，所以她才不敢帮他演戏。

怕演砸了。

她的演技在这学校里，差得尽人皆知。

安浩轩看着表妹这副古灵精怪又无奈的模样，只得稍微放轻手中的力道："一一，没多少时间考虑了，她现在就在校门外等着我呢！"

"校门外？"丁一一心情更郁闷，幸好这条路是通往北门的，北门是进出学生最少的偏僻"冷门"，所以两个人躲在小树丛中拉拉扯扯并没有被几个学生注意。

"浩轩表哥，你看看身后那是谁？"丁一一挣脱安浩轩的手，飞快地往北门奔去。

三十六计，走为上计！她丁一一还是逃吧。

而安浩轩并没有回头看身后，他料到丁一一就会用这一招，所以无奈地摇摇头，快步跟上她。

丁一一的长跑速度可不是吹的，眨眼间，她就蹿出了北门，顺着北门外清冷的街道往家中跑去。

"丁一一。"在她刚蹿出一条小胡同时，温和而熟悉的男人声音在她前方响起。

丁一一收不住脚步，径直往突然出现的安浩轩怀中撞去。

"浩轩表哥……哎呀！痛！"虽然被安浩轩扶住肩膀，可鼻尖还是撞到他的胸口，好痛。

"你可真能跑。"安浩轩也有些气息不匀，别看他的表妹个子小，速度却快得惊人，他抄近路都差点儿没拦截住。

"表哥，放过我吧。"丁一一擦着汗，左顾右盼，生怕被同学看到。

"一一……"

"那个人在找你吗？"安浩轩正要说话，丁一一突然看到一个着装奇异的女人往这边走来，眼睛直直地看着她表哥。

“一一，别闹了，开这种玩笑……”安浩轩的话没说完，微微侧过脸，看到马路对面的女人。

“Alina！”安浩轩脸色一变，迅即收回目光，这里是北门和西门之间的僻静街道，Alina怎么会在这里出现？

无巧不成书，正是因为盛樱明星学院太大了，Alina不知道在哪个门口才能等到安浩轩，又是个路痴，所以从西门往北门转悠，结果越走越找不到北，却看到了安浩轩和一个娇小女孩在纠缠。

“Alina？”丁一一愣住，几秒后才反应过来，立刻要逃跑。

“一一，别走，听我解释！”安浩轩头都大了，怎么也没想到会这么巧遇见Alina。

丁一一这次还没跑，就被拉入安浩轩怀中，这一下，轮到她头大了。

刚才浩轩表哥说什么“听我解释”，现在又紧紧抱住她，这是什么意思？该不会是这就开始演戏了吧？

不行不行，即使是演戏，她也要先对下剧本才行啊！

“一一，我真的只喜欢你一个人，你想我们都要订婚了，我怎么会和别的女人纠缠不清？”吧啦吧啦一大段话，安浩轩说得声情并茂，果然是表演课的专业老师。

即使有这么好的老师引导着演戏，丁一一还是傻了，她听到脚步声往这边走来，只想着怎么脱身，完全想不到怎么应对。

而且安浩轩身上男人的味道冲到脑中，似乎和平时熟悉的气息不一样，丁一一不由得脸蛋发烫，这种感觉好怪异，听着浩轩表哥的心跳声，头脑更加昏沉。

“浩轩！”耳中传来一个女人的声音，接着噼里啪啦一大堆马来语，安浩轩似乎刚看到Alina一样，脸上都是诧异。

“Alina，你怎么在这里？”安浩轩的声音也非常惊讶，他急忙放开丁一一，笑着说道，“我还以为你和我开玩笑，我给你介绍一下，这位是我的未婚妻丁一一。”

“啊？”丁一一此刻非常窘迫，她在那个女人的怒视下，终于反应迟钝地抱住安浩轩的胳膊，在礼貌微笑和假装吃醋中，突然想起自己是“野蛮女友”，所以思忖良久，选择了表情僵硬。

现在还能逃吗？

唉，好事做到底，送佛送到西，已经到这种地步，她丁一一没法丢下表哥一个人收拾这烂摊子，只好跟着他演戏了。

“你骗我，你不是说订婚了吗？现在怎么又没有订婚？”Alina的中文还没马来语流利，她干脆换成了马来语，眼圈红红的，已经是半疯狂状态。

而安浩轩也开始用马来语和她对话，两个人叽里呱啦一阵，Alina突然狠狠盯着丁一一，“哇”的一声大哭起来，而且边哭边恨恨地跑了。

“她走了？”丁一一抬头看着浩轩表哥，她还没开始演呢。

“好了，我们也回去吧。”安浩轩像是打了一场艰难的战役，满脸都是疲惫。

“这样……就结束了？你不用追上去安慰她？她哭得那么伤心。”丁一一看着街角处消失的身影，不确定地问道。

“你以为真的在拍戏啊！”沉郁的心情被她一句话逗得想笑，看着她圆圆红红的脸蛋，突然伸手拍拍她的头，柔软顺滑的头发在掌心滑过，安浩轩微微一笑，“谢谢你，一一。”

“其实我也没做什么……我们一起回去吧，妈妈做了好吃的在家等着呢。”丁一一可受用不起这声感谢，她只是没做逃兵而已，不过早知道这么简单，她当初一口答应不就得了？

从这条巷子穿过去，虽然绕远了点儿，可是遇见学生的概率很小，而且大多数人是住校的，所以丁一一并不担心会遇到熟悉的同学。

而安浩轩几乎每天晚上都会在她家里吃饭，因为丁妈妈极为喜欢儿子，可惜只生出一个女孩，所以安浩轩回国之后，基本上丁妈妈就把他当成自己的乖儿子，要求能回家吃饭睡觉，就不要在外面吃睡。

而丁一一作为丁教授的独生女儿，当然更愿意多一个兄弟，来和她一起承受教授父亲的文化轰炸。

只要有浩轩表哥在，她每天晚上不用面对老爹严苛的管制，可以看自己喜欢的书，多舒服。

两个人一前一后地往家的方向走着，丁一一哼着黄梅调，似乎把刚才发生的事情都忘记了，安浩轩则低着头，想着那令人头痛的跨国追求者。

对他来说，追求者简直就是“追杀者”，他怎么也摆脱不了，真是让人郁闷。

好在丁一一听不懂马来语，不然她现在也不会这么轻松地哼着小曲，一脸期盼晚饭的模样。

一辆价格不菲的高级跑车里，两个俊秀的少年坐在里面，引得路人纷纷侧目。

“泽天，真的不用去参加晚宴了？”模样更冷峻一些的少年开着车，口吻也是冷冰冰的。

“不去，那么多女人，叽叽喳喳，庆功晚宴能被她们整成比美晚会，”另一侧的俊美少年胳膊搭在车门上，懒洋洋地撑着下巴，说道，“还不如去郊外看夕阳。”

“是因为张芯瑜和章娇吧？”少有笑容的冷峻少年，唇角似乎闪过一丝笑。

“喊，别提她们，要不是老头子，我能被她们缠上？”崔泽天有些不悦地说道。

“没办法，谁让崔家大哥孩子都打酱油了，崔家二哥也刚刚结婚，崔家三小姐也订婚了，只剩下你一个小儿子，谁不想攀上来？”不苟言笑的薛玉楼，在和崔泽天独处的时候，话总算多了点儿。

一声尖锐的刹车声，飞速行驶的跑车堪堪停在一个脸色煞白的小女生面前。

“一一！”刚刚一瞬间，安浩轩吓出了一身冷汗，他们刚走出巷口，丁一一正要穿过马路到对面的胡同，可是突然一辆金属蓝色的跑车冲了出来……

丁一一后知后觉，等到一股劲风掠过，她看见车头离自己不到五厘米的时候，两腿完全软了。

“一一，没事吧？”安浩轩一个箭步冲过去，将她往下瘫的身躯扶住。

生死一线，丁一一脑海中闪现的是老爹说过的无数句话：安不忘危，存不忘亡；人而无仪，不死何为；多行不义必自毙；自作孽不可活……

她可是恪守礼义、日行一善、经常会扶老奶奶过马路的好人啊！怎么会遭此横祸？

薛玉楼也是一身冷汗，他刚才的话太多，神经难得放松，谁知道会突然从巷口蹿出一个人。

只有崔泽天优哉游哉地托腮看着前面的两个人。

丁一一是被吓到了，完全灵魂出窍，刚才那股劲风迎面扑来的时候，她以为自己会英年早逝。

“丁一一，别怕，没事……”安浩轩哪里注意到开车的是什么人，要是丁一一被撞伤了，他怎么向丁家二老交代？

“老师，你在给她补习表演课呀？”崔泽天悠悠开口。

安浩轩这才发现“肇事者”原来是自己的学生崔泽天。

他正要说话，丁一一终于灵魂归位，她颤悠悠地扶住那颜色怪怪的跑车车头，一步步挪到驾驶位置旁。

“同志，这里是街道，我脚下的位置是斑马线，你超速行驶万一撞到人怎么办？”悲痛的控诉，丁一一刚才差点儿魂飞魄散，此刻哪里还管对方的身份，立刻化身唐僧，“最讨厌你们这群富家公子，没事在街道上飙车，把百姓的生命当成儿戏，好在我福大命大，万一出了事……”

薛玉楼看见小苹果煞白着脸指控他，耸耸肩，刚才的车速只有六十迈而已。

“你不是还活着吗？”崔泽天姿势都没变，凉凉地接过话。

“以后开车小心点儿，虽然这条街道行人并不多。”安浩轩不着痕迹地把双腿还打战的丁一一拽到自己身后，淡淡说道。

“老师，表演课需要经常和学生身体接触吗？刚才那一幕可真是让人感动。”崔泽天依旧托腮，语气中满是调侃。

“你说什么？他是我……”丁一一愤怒地从安浩轩身后探出头来，正要说“他是我表哥”，却被崔泽天抢断。

“未婚夫，是吧？”崔泽天的目光中似乎有些怜悯。

“不要胡说，你那天听到的……”

“哪天听到的？”崔泽天又打断她的话，他觉得结结巴巴的丁一一挺有谐星风范。

“就是……”丁一一真的怒了，她越想解释，就越被崔泽天牵着鼻子走。

“苹果，你为什么不能把一句话完整地说完？”崔泽天虽然觉得和别人的未婚妻啰唆非常无聊，但是他还是忍不住逗她。

“因为你总是打断我的话，很不礼貌哎！”终于憋上一口气，她说完一整句话。

只是，她的话音还没落，人家的跑车已经发动，疾驰而去。

“一一，我们回去吧。”安浩轩看见丁一一气急败坏的模样，摇了摇头，看来她刚才受到的惊吓已完全被愤怒代替。

“讨厌讨厌讨厌！”丁一一跺着脚，怒冲冲地走到胡同口边，踢着墙脚。

“回家了。”安浩轩看她这副小女生发怒的模样，忍不住笑了，刚才的紧张担心去了大半，伸手握住她的手腕，拉着她往前走去。

夕阳下，幽长而安静的胡同中，一个温暖的还带着一丝大男孩气质的男人，牵着生着闷气的小小女生的手，往家的方向走去。

两个人的背影被夕阳拉得长长的，温馨得仿佛一幅极美的画。

校运会是丁一一最忙碌的时候，因为她基本上担负着三项任务——选手、通讯员，还有体育委员的本职工作。

全班的一干俊男美女都躲在树荫下乘凉，只有丁一一忙得像一只蜜蜂。

“一一，我渴了。”娇滴滴的声音响起，丁一一迅速倒了杯水过去。

“一一，去帮人家看看比赛成绩，累死了……”

“一一，咱们班的通讯稿怎么写呀？”

“一一，接下来是你比赛了吧？”

丁一一已经忙得满头大汗，更要命的是她组织的啦啦队，队长都找不到了……

所有的同学对校运会这种又累又苦的活动都没兴趣，如果换成唱歌比赛的话，肯定不是这种态度。

在没有一个啦啦队队员的情况下，丁一一默默跑完一百米、二百米、八百米和一千五百米，也不出所料地捧回所有跑步项目的第一名，并且打破上次自己的长跑纪录，接着跑到播音室，飞快地在漂亮甜美的播音员身边写下通讯稿贺词……

等走出播音室后，丁一一终于看到自己班的同学们了，她们都聚集在跳高的场地那边，啦啦队的声音震耳欲聋，全都在喊着“崔泽天”……

丁一一愤愤地站在二楼播音室门外，居高临下地看着远处的比赛情况。

似乎全校的女生都聚集在那一带，人山人海中，丁一一看见一个身姿优美的男生轻松跳过横杆，周围人一阵尖叫。

正是仗着腿长欺负人啊！

不过崔同学居然答应报名参加运动会，还很配合常规训练，这点很令人感动。

“丁同学，怎么一个人在这里？你的比赛都结束了？”耳边传来浩轩表哥的声音，他手中拿着一瓶水，递过来笑问。

“今天没我的项目了。”丁一一转头看见是安浩轩，接过水，“咕咚咕咚”猛灌了几口。

“跑步的成绩很好呀，晚上我请客，怎么样？”安浩轩一直在楼上看着她比赛，因为他是老师，还不是体育课的老师，所以不便站在操场上给她加油。

“晚上六点前要到家。”丁一一很感激地看了眼安浩轩，说道。

“你忘了今天叔叔阿姨去游玩了？”安浩轩笑眯眯地看着她，提醒道。

“哎呀！我怎么忘了！”丁一一累坏了，居然忘记这几天爸爸带着老妈去海边三日游。

她昨天晚上睡觉前还想着这几天的晚饭和早饭怎么糊弄呢。

“不过……”安浩轩沉吟，不知道现在告诉她合不合适。

“丁一一，我可算找到你了！”一个瘦弱的男生冲到丁一一面前，喘着气，“你跑得太快了……”

“陈毅林？你又有什么问题？”丁一一看着面前清秀的男生，警觉地问道。

“没有，我本来要陪着你跑一千五百米的，但是还没跑一圈，就不见你人影了……”陈毅林还没顺过气来，一只手扶着栏杆，另一只手不知从哪里摸出一朵玫瑰花，颤巍巍地说道，“送给你，我……我……”

“你这是从花圃里摘的吧？”丁一一见他喘不过来气了，好心地伸手拍拍他的背，直白地问道。

“欸？”陈毅林微微一愣，这是他偷偷从花圃里摘的，可丁一一怎么知道？

“手都刺破了。”丁一一看着那玫瑰花上的刺，花店里可都是会把刺弄掉，怕划伤了手，“别动，我先帮你把刺挤出来。”

将玫瑰花别在运动裤外面，丁一一完全忘记老爹的“男女授受不亲”，事实上，只要是她主动的，她就会全然忘记老爹的训导。

“痛……痛……好痛……”鬼哭狼嚎的声音响起，陈毅林痛得眼泪都快飙出来了。

“忍忍，长成肉刺才难受呢。”丁一一口上安慰着，可手底下一点儿也没放轻力道，直到刺带着血水出来之后，她才吹了吹，然后放开手。

“好痛……”清秀的男同学都眼泛泪光了，楚楚可怜地看着自己的手指。

“好了，没事了，以后不要随便采花，古人说‘有花堪折直须折’，不是真让你去摘花！人家花儿更愿意在枝头凋落。”丁一一拿着玫瑰，可惜地说道。

“这也是我的心意嘛！人家都受伤了呀！”陈毅林很不满丁

一一的态度，她怎么跟个木头人一样，他正要多说几句，一抬头，终于看见丁一一身后的安浩轩："呀……安老师……什么时候来的……"

"已经很久了。"安浩轩微微笑着。

陈毅林的脸轰然红了，他半晌才嗫嚅着说道："你都看到了？"

"有什么不能看的？"丁一一替安浩轩问道。

"我其实……丁同学今天辛苦了，那就这样，我先走了，拜拜。"陈毅林在两个人的注视下，急忙转身，逃也似的离开了。

"他一直都是这样，怪怪的。"丁一一看着他的背影，摇头说道。

在丁一一的印象中，陈毅林不是喜欢问奇怪的问题，就是喜欢做奇怪的事，所以她也习以为常了，丝毫没察觉身边表哥的笑意。

因为是运动会，结束的时候，已经有些晚了，丁一一没时间回家洗个澡换身衣服，就穿着运动服，大大咧咧地跟在表哥身后，依旧走北门偏僻的小巷，去找饭馆吃饭。

"一一，冷不冷？"虽然中午穿着裙子也不觉得冷，可太阳一落山，秋风乍起，还是会感觉到凉意。

"还好，我脂肪厚。"丁一一穿着运动短裤短袖，毫不在乎地挥挥白嫩嫩肉乎乎的胳膊说道。

其实丁一一骨架小，只是看上去圆润一点儿而已，和正常人相比体重再健康正常不过，可是盛樱明星学院，不管是一米七的女生还是一米五的女生，每个人都严格保持着绝不上一百斤的体重，这就直接导致丁一一肉乎乎的小脸在一群瘦得和排骨一样的美人之中，显得尤为珠圆玉润。

话说回来，丁教授虽然嘴上不说，可心里对自己女儿的长相却是十分满意。因为古代男人的审美是骨小肉多肤白，五官端正，婉丽温雅。

丁教授觉得自己的女儿就很有盛唐气象……

也许每个父亲的心中，自己的女儿都是世上最可爱的孩子吧，加上丁一一在父亲大人面前恪守礼教，听话孝顺，所以形象自然就光辉起来。

可事实上，丁一一正值花样年华，最怕父亲的教条主义，所以在学校和在家中，简直判若两人。

两个人顺着冷僻的街道走到一家拉面馆——浩轩表哥第一次请客，丁一一毫不客气地要求吃拉面，还要上一份大盘牛肉。

反正太热闹的地方也不适合去，怕遇见熟悉的同学；而太高档的地方，会让丁一一想到某日不堪回首的往事。

何况，老爹从小告诫，俭乃德也！

更重要的是，她丁一一最爱的就是拉面就着牛肉吃。

“呼呼啦啦”，一大碗面扫空，面前的大盘子也空了，丁一一心满意足地擦嘴，笑嘻嘻地说道：“饱了！”

安浩轩看着她吃得红扑扑的脸，宠爱地笑了笑：“现在想出去玩吗？”

“现在？”丁一一抬头看了眼外面的天色，天已经快黑了，在老爹的严苛教导下，她可从没有晚上出去玩的习惯。

“走吧。”付了钱，非常自然地拉住丁一一的手腕，安浩轩不等她确定，就带着她出了门。

“不好吧，万一爸爸知道我晚上出去玩……”丁一一还在迟疑，虽然爹妈都出去玩了，但是老爹晚上六点左右肯定会打家里的电话嘱咐她练琴写字。

“有我呢，他不会责骂的。”安浩轩知道她的顾虑，笑着说道。

“那……这么晚了，去哪里玩？”丁一一还是有些不放心，

“八点前能回家吗？”

“丁叔叔那边有我，绝不会责怪你。”安浩轩答非所问，在此保证。

“好吧……不过要是被同学看见不太好吧？”丁一一的忧虑可真多。

“放心，绝不会有人认出你。”安浩轩笑容灿烂，握着她的手腕，在路灯中往前走去。

这样的话……是没人能认出她。

丁一一戴着猪八戒的面具，看着戴着羽毛眼镜遮住上半张脸的安浩轩，原来夜市这样繁闹，而且这个大公园每周三晚上都有一次假面舞会。

难怪浩轩表哥信誓旦旦地保证不会有人认出她。

丁一一冲进戴着奇奇怪怪面具的人群中，这么多年来，除了爸爸偶尔出差讲课交流，妈妈会无聊地带她出去看电影之外，她还真的很少在晚上六点之后出门。

一般而言，晚饭后的时间，如果老爹不加班的话，她就是在父亲大人的监导下，读古书、临魏碑、抚素琴、阅金经，以此来培养所谓的雍容博大的气质内涵……

所以这样的繁闹喧嚣的城市夜景，让丁一一感觉又陌生又刺激。

少女应有的天真活泼以及旺盛的精力和好奇心，完全在丁一一身上展现出来，她顶着猪八戒的面具，大摇大摆地走在形形色色的人群中，对着一群个头儿矮矮的戴着大头娃娃面具的小孩子们，用低沉的腔调唱起了一段猪八戒背媳妇。

“都说俺老猪肥又胖，肚皮大呀，耳朵大，有呀有福相。老猪俺今天喜洋洋，背着俺的新媳妇，一边走一边唱，一呀一边唱……”

孩子们看着眼前奇特的猪八戒，纷纷大笑起来，有个半大不小的小孩儿，干脆和她一起唱了起来："出了高老庄，一路好风光啊，叫声娘子，听俺把话讲……"

安浩轩笑微微地站在一棵树下，安静地看着他们嬉闹，今天原本接到Alina电话后阴郁的心情也变得大好。

想到自己在新加坡除了爸爸一个亲人之外，剩下的都是同学，来到这里之后，多出了一个时而闹腾时而安静的可爱小表妹，生活好像多了点儿色彩，挺有趣。

"都说俺老猪肥又胖，你比俺还有分量，像座山压身上，压呀压身上。老猪俺累得汗直淌，脚发抖来直摇晃……"

众人闹哄成一团，突然一道明亮的焰火冲向天空，紧接着是焰火爆裂的声音。

"耶，开始了！"那些和丁一一唱歌的孩子们突然一哄而散，几个穿着溜冰鞋的孩子，顺溜地往焰火的方向滑去。

"怎么了？"抬头看着漫天的烟花，丁一一自言自语。

"假面舞会开始了。"安浩轩从树下走过来，拉住丁一一也随着人群往广场中走去。

丁一一没有想到自己所在的城市，在这个时间段，居然有这么多的人聚集在这里。她正好奇地东张西望，安浩轩突然掏出手机，看了一眼，在沸腾的人声中对丁一一大声说道："丁叔叔的电话。"

"什么？"丁一一的耳朵里充满音乐声、烟花爆炸声还有人群喧闹声，根本听不清安浩轩的话。

安浩轩拿着手机，放在她眼前，自己则低头凑到她耳边大声说道："你爸爸的电话。"

"啊？老爸？"丁一一玩的心思立刻没了，老爹一定打了家里的电话没人接，又打自己的手机，结果自己没听见，这才打了表哥的电话。

“你在这里不要动，我去接电话，一会儿就过来找你。”安浩轩对着她耳边大声说道，这里太吵，实在不适合接电话。

丁一一也没听清楚浩轩表哥的话，只点了点头，没心没肺咧嘴大笑的八戒面具下，她满脸的心虚紧张，只害怕老爸知道自己在外面疯会大发脾气。

安浩轩迅速从人群中挤了出去，两分钟后才找到一处相对安静的地方，丁教授已经打了三个电话。

而丁一一茫然无助地站在人群中，被来来往往的人推挤着，不知不觉就偏离了原位，最后干脆被人潮推入广场中。

丁一一四处寻找着“夜礼服假面”，表哥戴着的面具很像夜礼服假面……

周围的人乍一看，仿佛穿越了一样，到处是乱七八糟的面具和风格奇特的装扮。

一个性感妖娆的猫女从丁一一身边走过，还伸出涂了黑色指甲油的玉手，拽了拽丁一一脸上的八戒面具；一个戴着鬼面具的人穿着斗篷，对着丁一一怪异地笑；还有一个扮成卡卡西的蒙面大叔，正猥琐地跟在身材劲爆的猫女身后……

丁一一头皮发麻，想退出去，她没见过这种阵势，而且没有表哥在身边，这世界就从有趣变成了诡异。

“你确定家族宴会不去没问题？”一个戴着羽毛装饰面具的瘦削年轻人冷冷地问道。

“这里比起家族宴会有趣多了，是不是？”另外一个人的装扮和刚才说话的年轻人一模一样，羽毛装饰的面具盖住上半张脸，只露出高挺的鼻梁和优美漂亮的下巴，皮肤很白，像一个王子。

“盛樱公司也已经催了你几次，那边已经积压下三个封面和五个专访。”穿着白衬衫的冰冷少年不动声色地提醒。

“别用这种经纪人的口吻和我说话。”王子般的少年那狭长晶亮的双眸中闪过一丝不悦。

“没办法，别人不敢催你，只有我能代为转告。”穿着白衬衫的少年正是薛玉楼，他耸耸肩，无奈地看着崔泽天闪进人群中，也跟了上去。

崔氏集团太大了，而且家族等级观念十分浓重，即便是崔泽天放荡不羁的姐姐，在家族聚会的时候，也会穿戴得稍微整齐点儿，免得老祖宗啰唆。

可崔泽天是崔氏集团总裁五十得子，崔家奶奶晚年抱的孙子，所以最为娇宠，在家规极严的崔家，他最为自由。

崔泽天看着周围奇奇怪怪的人，一只肥头大耳咧嘴傻笑的猪八戒撞进他的视线——那只猪八戒穿的衣服很眼熟，在有些凉意的秋夜里，露出白白嫩嫩的胳膊和小腿，正四处张望着。

“表哥！”人潮拥挤中，丁一一猛然发现“夜礼服假面”，欢喜地冲了过去，一把拽住“表哥”的手，几乎热泪盈眶，“表哥，我终于找到你了，我们回家吧……人太多了，不好玩，而且我的手机被挤丢了……”

崔泽天在一片嘈杂声中，没听清楚这只猪八戒在说什么，只觉得她太激动，紧紧抓着自己的手，没有想松开的迹象。

好郁闷，在丁一一怎么也等不到浩轩表哥的时候，她决定拿手机给他打电话，可是一摸口袋傻眼了——她那零钱包和手机不翼而飞！

丢手机的事情暂且不说会不会被老爸责骂，现在最主要的是找不到表哥，又没钱和钥匙……

好在夜礼服假面终于出现，丁一一的心情在一片灰暗中明亮了一些。

她被人群挤得不得不贴到崔泽天身边，因为太激动，只看到一模一样的面具，丝毫没有察觉面具下的人根本不是她表哥。

而且到处都是黑压压的人群，除了脖子以上，连衣服都看不清。

她拽住崔泽天的手，努力逆着人群往外挤，心中正嘀咕表哥今天的手似乎更加滑嫩了点儿。

崔泽天神色不动地任猪八戒非礼轻薄，跟着她往外走去，他的身后，悄无声息地跟着薛玉楼。

薛玉楼正要挥开“猪八戒”白嫩且不安分的小手，却被崔泽天用眼神制止。

这只猪八戒的小手似乎没有骨节一样，不知道是肉太多，还是“柔若无骨”的错觉，柔软得不可思议。

而且这只猪八戒很眼熟，刚才说话的时候，虽然没听清楚内容，可是那声音很熟悉，而且他好像听到娇软软的“表哥”两个字，可以大致确定，这就是那只有趣的苹果。

身高，体形，那双亮晶晶的眼睛，还有没来得及换下的运动服……

丁一一费力地抓着崔泽天的手埋头往前冲，表哥今天有点儿奇怪，身上的味道似乎有些不对，手上的皮肤也滑得像打了香皂。

她摸了几次，最后反被“表哥”握住手，手上这才安分下来。

终于从人群中挤了出来，丁一一拉着崔泽天往偏僻安静的地方奔去，长出了口气，伸手把猪八戒的面具扯掉，这才顺畅地深呼吸两口。

“太可怕了，人这么多，我以为把你挤丢了！表哥，你接个电话……”丁一一转过身，抬起头，突然愣了。

“表哥”的身后，还有一个夜礼服假面……

眨了眨眼睛，丁一一抬头看了看“表哥”，又看了看穿着白衬衫的夜礼服假面，突然触电般地甩开手，短短惊叫了一声，急忙抓着猪八戒的面具往脸上扣去。

好丢人，她好像认错人了！

赶紧先把自己的脸遮上再说。

“对不起！对不起！对不起！”手忙脚乱地戴着面具，丁一一的声音被面具捂得很低沉，“我认错人了，真的十分抱歉！”

她很真诚地鞠躬合掌，非常窘迫。

猪八戒的面具下，只能看到她乌溜溜黑亮亮的眼睛，像圆圆的黑色的猫眼石，亮亮的。

“如果我不接受你的道歉呢？”冷傲的语气让丁一一打了个寒战，怎么这个口吻和声音听起来如此熟悉？

借着城市炫彩的灯光，丁一一抬头仔细打量了夜礼服假面一眼，接着立刻抬手，捂住嘴——猪八戒面具上的嘴。

那高挺的鼻梁、优美的唇和完美的侧脸线条……

崔泽天的视线从她手上掠过，刚才那双手太柔软，现在忍不住多看一眼，嗯，手倒是很小很纤秀，皮肤色泽和指甲形状也干净健康，是一双带着点儿书卷气的手。

丁一一又看了看后面的“夜礼服假面”，那双寒气四射的眼睛和杀气让她确定自己遇到了最不想遇到的两个人。

崔家的少爷没事会喜欢参加假面聚会？

还有那个冷冰冰从不笑的薛同学，这副打扮好像暗黑帝国里的冷酷杀手。

他们刚才没认出自己吧？丁一一急忙低下头，一边道歉一边往后退去，装作没听到崔泽天的话。

“苹果，这副面具真适合你。”伸手揪住她肩膀上的衣服，崔泽天唇角挑起一抹笑，真像漫画里走出来的花样美少年。

丁一一打了个寒战，苹果……他认出自己了！

这样暗的天色，这样迷离的灯光，这样难以看清对方面容的偏僻角落，她的身份就这样被轻易识破！

现在怎么办？是走呢？还是继续走呢？

丁一一后退着，幸好脸上的面具遮住了自己的表情，可以厚颜无耻地抵赖："假面先生，你一定是认错人了，就像我刚才认错人一样……"

"不可能呀，刚才我明明看到一颗苹果。"难得抓住一个有趣的人，崔泽天可不想随便放过，反正闲着无聊。

"哪有苹果，你一定是看错了。"丁一一强行挤出笑声来，"哈哈哈，那就不多打搅了，刚才实在抱歉，再见，再见。"

"破折号，占了便宜就想走，这可不好。"崔泽天的手按在丁一一的肩头，似笑非笑地说道。

"欸？"丁一一后背直冒冷汗，占了便宜？

她什么时候不小心占人家男生的便宜了？

"刚才某只苹果吃豆腐吃得很爽，嗯？"崔泽天伸出另一只手，出其不意地拽下丁一一的猪八戒面具，崔泽天低头看着她，浑身都是逼人的气势。

丁一一想捂住脸，但是已经晚了，她僵硬愕然的表情没法收回，硬生生地撞上崔泽天调笑的神情。

"你不是说你不是苹果？"崔泽天眨了眨眼睛，伸手捏上她因为被识破而变得红扑扑的脸颊。

嗯，那天他看到薛玉楼捏了她的小包子脸之后，他就一直手痒痒，也想捏一下，这种想法有些怪异，不过今天总算捏到了。

软软的，滑嫩嫩的，肉乎乎的，除此之外，也没什么太特别的感觉，不过心里却莫名其妙地松了松。

丁一一平白无故地在广场角落里被人捏脸，这种行为在她眼中，被视为调戏！

可是眼前的人是债主！

虽然他似乎忘记了以前的事情，可是丁一一还是不敢随便招惹。

“我又不叫苹果……也不叫破折号！拜托，君子动口不动手……”

丁一一很想爆发，但是此刻她处在下风。首先，这个捏脸的是债主；其次，这个债主是自己眼拙，从人群中拉出来的。最后，也是最关键的一点，债主的身后还站着一个一直没说话却有强烈存在感的保镖！

“你不说我差点儿忘记了，某天，你似乎动了脚……”崔泽天收回手，抚着自己的唇，若有所思地说道。

“那件事完全是意外！”丁一一恨不得把自己咬死，她就怕债主翻旧账，可是自己还是不小心挑起了他的回忆。

“今天又拉着我的手，又摸又捏，说起来，你又动手又动脚，标准的花痴呀。”崔泽天一见她带着点儿婴儿肥的脸，就忍不住想笑。

嗯，眼前的少女长了一张让人心情变好的脸。特别是她的笑容，灿烂得像是某种传染力极强的病毒。

“罪过！根本不是那样，我是认错人了，才……”可怜的丁一一脸色通红，想要解释。

“对哦，表哥……我差点儿忘记你和安老师的关系了。”突然想到她英俊的浩轩表哥，崔泽天没了开玩笑的心思，安浩轩这个名字让他很扫兴。

“你不用对我解释，我对你们的关系没兴趣。”一贯深沉且老成的崔泽天，此刻终于有些少年人的感觉，也会说些没营养的话了。

“可是你曲解了事实！他只是我表哥……”丁一一着急了。

转过身，崔泽天就要走。

真是无聊透顶，早知道就不出来了，去盛樱把积攒的工作做完得了。

薛玉楼一直一言不发，看见崔泽天转身，也转过身，两个人举步就走。

丁一一见这两个人突然转身就走，立刻松了口气，还好还好，债主好像现在很讨厌和自己说话，总算躲过一劫了，可是没有手机和钥匙，怎么找表哥呢？

丁一一摸着空空的裤兜，做了一个让自己都吃惊的举动——巴巴地跟在两位夜礼服假面的身后……

她其实不想跟着他们，可是这两位好歹也是认识的同学，如果能借用一下手机的话，她就不用干等着表哥了。

这个地方离家很远，现在天都黑了，即便她走回家，可没有钥匙开门，而且没带钱，万一表哥没回家，还在外面找自己……

“天。”薛玉楼终于出声了。

崔泽天双手插在裤兜中，已经往广场外走去。

薛玉楼停住脚步，低低说道：“她似乎需要我们帮忙。”

崔泽天转过头，看着跟在身后几步远的丁一一，在夜风中，她的胳膊和腿都露在微凉的空气中，原先束着的头发也有些凌乱，手上拿着猪八戒的面具，可怜兮兮地跟在自己的身后，像只流浪狗。

“人家有表哥照顾，轮不到咱们关心。”崔泽天冷哼一声，继续往前走去。

“那个……两位同学。”细细的声音响起，丁一一权衡了好久，再这么跟着走下去也不是办法，夜越来越深，她一个女生在街上游荡很不安全。

崔泽天听到身后弱弱的声音，可依旧没有回头，大步流星地往前走去。

依照苹果不屈不挠的性格，她肯定会跟上来。

可这次他错了，丁一一鼓起勇气喊了一声之后，见他俩头也不回地继续往前走去，心中泛起淡淡的失望。

站在原地，拿着猪八戒的面具，丁一一非常无助，实在不行，她就回到广场中，继续寻找表哥吧。

或者找警察叔叔……

“泽天，她很可怜。”目不斜视走在崔泽天身边的薛玉楼冷冰冰地说道。

“呵，没想到铁石心肠的你还会可怜别人。”崔泽天原本想转身回去，可面子一时拉不下来，加上一向冷漠的薛玉楼说出这样的话，他更加不愿意回头。

他们前方是一幢墙面贴着暗色玻璃的大楼，从大楼玻璃中，可以看到苹果小小的身影站在街道边的路灯下，很是可怜无助。

薛玉楼不说话了，他是一贯铁石心肠，刚才自己真是多嘴!

只是小苹果拿着猪八戒的面具站在夜色中的样子，实在太凄凉了，连他这样冷血的人，都有些想回去问问她是不是需要帮助。

“如果你想帮她的话，我可以在这里等你五分钟。”崔泽天见身边冷漠的少年不说话了，耸耸肩说道。

“就当我刚才什么都没说过。”薛玉楼扯掉扣在脸上的面具，随手扔进路边的垃圾桶里，说道。

其实崔泽天还是很想薛玉楼能回头，他自己磨不开脸面。

丁一一看着眼前两个人越走越远，而且没有回头的迹象，最后一点儿希望都破灭了，终于低下头，转身落寞地往广场走去。

算了，她还是用最笨的方法，到一开始站着的地方等表哥吧。

可是很快丁一一就失望了，广场太大了，她站在欢乐的人群中，显得尤为渺小，找到表哥的可能性实在太小。

这个方法也行不通……要不问陌生人借下手机?

放眼看去，周围的人都戴着面具，她初次遇到这种情况，开不了口。

心中想了许多方法，最后丁一一重新往街道走去，准备找一个公话亭，给表哥打完电话后，让他来接自己顺便付钱。

“你真的不回头帮她？”崔泽天看着丁一一落寞的身影从视线里消失，心中突然揪紧了，他佯装无意地再次问向薛玉楼。

“关我什么事？”薛玉楼恢复了一贯的冷漠，脸上没有半分表情。

崔泽天停下脚步，被面具挡住的半张俊脸，只能看出一丝微恼。

看在同学一场的分儿上，我真的只是看在同学一场的分儿上！心里是这样对自己说的，可嘴上却高傲十足地说道：“你真是冷血的人。”

“你也不是爱管闲事的人。”薛玉楼见他转身，唇边似乎掠过一丝笑。

“好吧，这次算你赢了。”崔泽天说完，飞快地往丁一一消失的方向走去。

夜色浓重，广场上的钟已经指向九点了，这个时候，还没有到城市之夜的黄金时段，广场上的人只多不少，依旧在狂欢。

“该死，那么短的腿，跑起来倒挺快！”找了十多分钟后，崔泽天明显没多少耐心了，眼神也变得可怕起来。

“在那里。”薛玉楼眼神一直很犀利，他扫视了四周，看见远处的街道上，来来往往的行人中，有一个特立独行的“猪八戒”，穿着短袖短裤，顶着一张大大的面具，正失落地往灯火阑珊处走去。

丁一一好郁闷，她从来没有一个人在这个时段出来过，所以听过的一些负面新闻让她有些害怕会有变态的人出现。

虽说她在盛樱明星学院里算不上超级美女，可单挑出来，也是普通学校的校花级人物（咳咳，这是善良的小苏蕊安慰她的原话），所以她还是把拿在手中的面具，重新扣到脸上，这副模样总不会有人对她产生什么不良念头吧？

广场的周围都是小吃店和夜市摊，马路对面有个公话超市，丁一一停住脚步，抬头看了看方位和比较显眼的建筑物，以便给表哥打电话的时候好描述自己的位置。

她正抬头四处张望，突然看见夜礼服假面和冰山杀手朝自己走来。

“今天真倒霉，又遇到了一个笨蛋。”他不是这样想的，他本来想用冷淡的口吻说有什么需要帮忙。

这种话换成平时说出来，他会嘲笑自己一辈子，弄得自己不但很没脑子，也很没品位。

猪八戒的面具下，看不出丁一一的脸色，只能看到她一双晶亮亮的眼睛闪烁着点点愤怒。

她没见过这么无聊、没有同学友爱之情，甚至会说粗话的人！

他的长相和他的素质实在反差太大！真想不明白自己为什么会被他夺了初吻！

一想到初吻，新仇旧恨又都涌进心中，丁一一很想回敬几句，可想了半天，也没想出个词来。

关键还是她气势不够，对面站着的两个人，一个光芒万丈，一个杀气逼人，她能做什么？

算了，宁惹君子不惹小人，丁一一转过头，装作什么都没看见什么都没听到，准备从人行天桥走到对面马路。

崔泽天见她扑闪了几下眼睛，竟然一言不发地往天桥上走去，插在裤兜里的手握成了拳！他今天怎么这么笨？还有那只苹果竟敢不理自己！

一点儿面子都没有啊！真要疯了！

薛玉楼看了眼崔泽天紧紧抿起的唇角和似乎绷紧的肌肉，十几秒过去了，眼看丁一一快穿过天桥，他突然也往天桥上走去，飞快赶上了丁一一。

因为戴着面具，丁一一不得不低头看着路，正走着，突然一阵凉飕飕的风从身边闪过，接着，她差点儿撞到一个人身上。

抬起头，看着冰山般的冷峻少年，丁一一心中一个哆嗦，她一直很怕这个散发杀手气息的同学。

“你……你做……做什么？”不会是自己的态度激怒了人家，要杀人灭口吧？

丁一一扶着栏杆，努力镇定地问道。

薛玉楼现在也有些后悔自己冲了上来，他是觉得崔泽天突然犯傻，现在肯定更磨不开面子，所以自己如果再不出面，未免太不够意思了。

可是看着那张仰起45度角看着自己的猪八戒的脸，薛玉楼本就没有任何表情的脸上，多了一丝僵硬。

戴着面具都能惹得人想笑，她果然应该去做谐星。

“咳。”清了清嗓子，薛玉楼看了眼天桥下站着的“夜礼服假面”，冷淡地说道，“你……是不是迷路了？”

原谅他搭讪的能力，丁同学刚才欲言又止的神情，实在像是迷路了。

丁一一眨了眨眼睛，摇了摇头，不确定他想做什么。

“那你……”突然想到一开始她认错了人，薛玉楼心中明白了大半，又问道，“你是不是和别人走散了？”

丁一一点了点头，在这么“强大”的人面前，她还是少说话为好。

“需要帮忙吗？”薛玉楼语气非常冷淡，但终于问出了一句让丁一一觉得温暖的话来。

“你愿意帮我？”不确定的声音从面具后传了出来，这一刻印象大转变，薛玉楼从冷血杀手变成了救世主。

薛玉楼点了点头，看向天桥下的崔泽天，他已经走到广场边的一棵老树下站着，将自己埋进阴影中。

“真的？你太好了！”丁一一几乎雀跃起来。

薛玉楼的眼神回到她的脸上，她那双露在外面的乌亮眼眸异常漂亮纯净，带着欣喜的光芒。

“我其实……只是想借用一下手机……”雀跃之后，丁一一有些不好意思地小声说道，“我的手机丢了，找不到表哥……”

丁一一的话没说完，眼前就出现了一只略显苍白的手，手中是一部手机。

“谢谢你！”丁一一伸手接过手机，鞠躬敬谢，这是她父亲教的古人之礼。

薛玉楼看着她，没有说话，只是冷淡地别过脸，眼神又落在树下的崔泽天身上。

“那个……你没有加班级群吗？”丁一一看着他的手机，半晌才问道。

她不记得电话号码啊！

但是班级群和微信群里，有全班同学和老师的联系方式。

薛玉楼皱皱眉，他不喜欢社交软件，不过，学校的联系方式他还是记得住。

拿过手机，替她要来安浩轩的电话，拨了号码，薛玉楼才又递给她。

丁一一始终感激涕零地看着他，觉得此刻薛同学真是天使啊！

“浩轩表哥……”一听到那端熟悉的焦虑的声音，丁一一差点儿激动得落泪了，原来听到亲人的声音是这么美好！

详细地说了自己所在的位置，丁一一归还了手机，再次诚挚地表达了自己的谢意，可薛玉楼对她的感谢视若无睹，只是站在天桥上，接回手机，不说话，也不离开。

这下丁一一有些尴尬了，她拿着猪八戒面具，试图找一些友好的话题。

“薛同学是哪里的人啊？和崔泽天以前就是朋友吗？看上去你们的关系真好……”东拉西扯着，丁一一试图和他友好交谈，但是人家一动不动，对她的话置若罔闻。

“啊哈哈，薛同学其实是热心的人呢，如果平时多微笑的话，班里的同学都会喜欢上你的！”丁一一莫名其妙地想到了姚月，于是笑哈哈地说道。

薛玉楼眼神转到她脸上，轻轻扫了眼。

丁一一见他终于有反应了，开心起来，立刻说道：“真的哦，班里很多女生都喜欢你，如果你稍微平易近人点儿，肯定会很受欢迎的！”

丁一一刚说完，没想到薛玉楼就转过身，径直往天桥下走去。

“哎，同学……”

“他已经来了。”薛玉楼头也不回地说道，大步流星地往不远处的大树下走去。

他来了？丁一一环顾四周，突然看见天桥下另一个方向，有一个熟悉的身影正跑过来。

“薛玉楼，谢谢你啦！”丁一一欣喜地发现那是她的浩轩表哥，立刻转身大声对下了天桥的人说道。

如今在丁一一心中，薛玉楼是外冷内热的好孩子，瞧他不发一言地陪自己这么久，就是担心浩轩表哥找不到自己，等看见浩轩表哥，他才离开，这就是素质！

比起那个见面就骂她笨蛋的自大狂，薛同学是超级大好人。

“一一！”安浩轩冲到丁一一面前，想也不想，伸手搂过她。

他只差报警了！

要是十点之前再找不到她，他会报警的！

只是接丁叔叔的一个电话而已，回头就不见了她人影，电话里他还对丁叔叔保证一会儿就回家去，结果差点儿把丁一一弄丢。

丁一一闷在他的怀中，快喘不过气来，不过找到表哥真好，她伸手拍了拍表哥的背，示意他不要激动了。

“你手机呢？为什么关机了？”安浩轩发现自己的失态，放开她一点儿，双手还搭在她的肩上，关切地问道。

“人太多，手机挤丢了……还有钥匙也丢了。”丁一一抬头看着浩轩表哥，圆圆的脸上都是郁闷。

“丢了？”难怪他一直没有打通电话，还以为小妮子的手机没电了呢。

“嗯，钱也丢了，不然我早打电话给你了。”丁一一小声说道。

“没事了，只要人没丢就好。”摸摸她柔软的长发，安浩轩长舒了口气，温柔地说道，“我们先回家吧，我带了钥匙。”

“嗯，”丁一一点头，突然想到一件事，立刻又问道，“你接了爸爸电话，他生气了没有？”

“没有，丁叔叔让我这几天带你出来玩玩，只要不把人弄丢就好。”眼里闪着笑，安浩轩柔声说道。

“那就好……我就怕他回来会罚我。”丁一一松了口气，抬头甜甜一笑，挽着表哥的胳膊，轻快地往天桥下走去。

树下的崔泽天看着天桥上挽着胳膊的两个人，那双黑眸中闪动着莫名的情绪。

“不用担心她了。”薛玉楼走到他身边说道。

“谁担心她！”崔泽天一张口，就是暴躁的语气，他大概觉察到自己语气太激烈，转过头，压下满肚子的怒气，淡淡说道，“没一点儿意思，回去了。”

他真是疯了，居然回来找丁一一！

这只苹果不过找不到她表哥而已，自己瞎凑什么热闹！太浪费他的时间！

“去盛樱！”走了几步路，崔泽天突然说道。

“好。”薛玉楼没有问他为什么改变主意，只是应声答道。

盛樱大厦十八层，崔泽天坐在化妆间里，已经骂走了两名造型师和三名化妆师。

他今天心情非常差，盛樱公司的老总亲自来端茶送水，可他依旧黑着脸，黑色的双眸中，一点儿笑意都没有，让周围的气氛也变得无比压抑。

早上刚起床，一打开卧室的门，丁一一就闻到了豆浆和面包的香味。

安浩轩正系着围裙在厨房忙碌着，看见丁一一穿着睡衣站在卧室门口，还犯着迷糊，转头笑了笑：“起床了？快去刷牙洗脸。”

“表哥，你真是勤劳的园丁。”刷完牙洗完脸，丁一一完全精神起来，坐在餐桌边，看着已经摆好的早餐，由衷地说道。

“谁像你这样幸福，每天早上有妈妈做早饭？”安浩轩微微一笑，坐在她对面说道，“我要是不学着照顾自己，早就饿死了。”

丁一一听到他这样说，立刻低下头，喝着豆浆不说话了。

浩轩表哥从小就没了妈妈，爸爸工作又很忙，所以只能自己照顾自己。

相比之下，她父母双全，虽然爸爸管教严格了点儿，妈妈又太没心没肺，却很幸福。

“表哥，那个Alina这两天有没有找你？”丁一一想换个轻松点儿的话题，可提及Alina让安浩轩的心情更加沉重。

“她……她好像准备转到盛樱明星学院工作。”安浩轩勉强一笑，说道。

“什么？”一口豆浆差点儿没喷出来，丁一一立刻想到自己以后水深火热的日子……

“一一，”安浩轩看着她圆嘟嘟的脸，叹了口气，“你别担心，不会连累你的。”

“我只是担心你……”丁一一无力地想解释，反正她已经被拖下水了。

“如果她来盛樱明星学院，我会辞职。”安浩轩安慰道。

“为什么辞职？不行！”丁一一有些激动起来，这样温柔耐心的老师要是辞职了，换回严厉的老师，那她以后的表演课不用上了，“表哥，你放心好了，盛樱明星学院可不是一般人能进来的，当初我爸特意和校董打了招呼，你还经过了那么严格的面试，Alina……她是什么专业的啊？”

“不说她了，倒是你的表演基础，实在让人头痛。”安浩轩微微一笑，话锋转向她的表演，“一一，你的理论课成绩那么好，为什么一到表演的时候，一点儿都放不开呢？”

“我已经很努力了。”丁一一无言以对，如果不是表哥，她会讨厌死表演课的。

“现在看来，考试的时候你能及格，就已经很对得起我了。”安浩轩长叹，口中虽然这样说着，眼神却温柔地落在佯装没听见的丁一一的脸上。

吃完早饭，看了半个小时的书，然后去上学。

丁一一的生活非常规律，这都是她父亲安排的：早上闻鸡起舞，饭后读书练字或者静坐反思半个小时，然后就可以背着书包下去“晨练”——顺着那条绿化环境最好的小街道，快步或慢跑去学校，如果丁一一很不幸和教授大人一起走，还有可能耽误二十分钟在楼下打一套太极……

父亲大人说，一日之计在于晨，丁一一的早晨，是充满古典韵味的早晨。

所以，当丁一一背着书包顺着静寂的街道快步走到学校的时候，她的肚子就会又有些饿了。

校园的清晨，空气十分新鲜，丁一一在三三两两的人群中，惯例是先杀入食堂。

人家一天三顿饭，她一天四五顿饭也喂不饱。

喝着黑米粥，啃着白白的馒头，丁一一吃得津津有味，要说盛樱明星学院的食堂，那可是荟萃了东南西北的大师傅，即便是最普通的馒头稀饭，味道都是一等一的好。

“听说了没有，Evan要在盛樱明星学院选女主角和他一起演广告！”

“真的假的？什么时候的事？”

“昨天晚上十二点，各个网站的新闻头条，你没看吗？”

“那么晚了，我早就睡美容觉了，不过听说Evan就是你们学校大二超有钱的崔泽天。”

“没错，虽然Evan的每张照片不是脸部阴影太重，就是太模糊，可轮廓真像呀！”

“别乱猜了，听说今天中午有一组接受锦网采访的清晰照片，到时候去看一看不就知道了？”有一个女生不耐烦地说道。

丁一一埋头吃着馒头，耳朵自动收录了这一段话，第一个念头就是——张斐斐可能发达了！

作为二年级的新星，三班的班花，广告界的小明星，张斐斐最近似乎运气不好，这次说不准要一飞冲天了。

从食堂回来，一路上，大家都在议论Evan选女主角的事，短短半天时间，运动会俨然成了八卦场，无数的人，特别是女生，都无心参赛，纷纷利用手边的一切资源，来验证Evan的身份和这头条新闻的真实性。

而今天，集合的时候一直没见薛玉楼和崔泽天，所以大家在中午吃饭的时候，纷纷将食堂的电视转台到锦网直播。

在十二点的时候，众人终于发出一阵如雷的惊呼，将全心全意吃饭的丁一一震醒。

“Evan！Evan！”

“Evan真的是崔泽天！”

“天哪！好帅，那张照片……”

整个食堂都沸腾起来，丁一一被人群挡住视线，没看见超大的电视里出现的人，她只被耳边的惊呼声震住。

“一一！我说得没错，快点儿看！”高挑的姚月兴奋地拍着桌子说道，“我就说崔泽天肯定是Evan，美男我见多了，一眼就能看破！”

“一一，你别吃了，有点儿反应好不好？Evan要在我们学校选女主角呀，你知道要是和他搭档的话，未来那就是国际巨星！我们近水楼台，要赶紧下手啊！”黄明瑶扯着大嗓门激动地说道。

“一一，咱们不要听她们的，蹚那浑水多不好。”苏蕊小声说道，“而且崔家小儿子脾气好像很古怪，还有他那个形影不离的朋友，看一眼就觉得冷死人。”

“薛同学其实人很好的。”丁一一立刻为薛玉楼澄清，接着说道，“我比较好奇的是，人家一个有钱人，家族资产数也数不清，为什么不好好做生意，却跑来当明星？”

一般的家族企业，都会重点培养继承人，崔泽天不愁吃穿，也看不上那点儿出场费，干吗还要做日夜奔忙不已的明星？

“估计是特殊兴趣吧。”苏蕊也想不通，她要是有那么多的钱，天天只忙着在家换衣服了，才不去做什么明星呢。

“嗯，可能是想成为艺术家。”低头扒着饭，丁一一含混不清地说道。

在她心中，艺术家和艺人可不是相等的。

“你吃好了吗？”苏蕊耐心地等她吃完饭，问道。

“差不多了。”丁一一摸摸肚子，笑眯眯地说道。

“我们回教室吧，这里太吵了，大家都疯了。”苏蕊看着周围满脸兴奋的人群，摇摇头说道。

“好。”丁一一站起身，对着处于兴奋的花痴状态中的姚月及一干女友们告别。

她牵着苏蕊的小手，往外走去。

两个人刚刚走到食堂门口，就见一个少女正抱着胳膊，极高傲地带着一行人往食堂走来。

这阵势非常浩大，因为漂亮高傲的女孩身后跟着的都是西装革履外加墨镜的帅哥。

好一副黑客帝国的排场。

丁一一不觉好奇地看了两眼，苏蕊则小声说道：“这个女孩请客吗？一个人请那么多人，真可怜。”

“不对，我看着像保镖。”丁一一想了想，说道。

“我们学校的同学们行为越来越怪异了。”苏蕊只能这样感叹，盛樱明星学院经常看见cosplay（角色扮演）的人和排演的小剧场，她们早见怪不怪了，“不过她浑身上下都是名牌，还是限量版的呢。”

那个眼睛看着天的少女，目不斜视地从丁一一和苏蕊身边走过，一股香水味钻进丁一一鼻中。

“阿……阿嚏！”不是丁一一故意打喷嚏，她昨天晚上好像受凉了。

可是那群敏感的墨镜人，却纷纷转头看着她。

“着凉了吗？”苏蕊很体贴地送了张面巾纸。

“可能是昨天晚上……”丁一一的话还没说完，香风一闪，那个女孩已经站在自己面前。

“就是你！”张芯瑜摘掉暗紫色渐变墨镜，一张俏丽的脸完全露了出来。

丁一一看着她，似曾相识的感觉更加浓重，可就是想不起来在哪里见过面。

盛樱明星学院的美女太多，稍微打扮打扮，像眼前这种姿色的也不下百人，她实在记不清在哪里见过。

“把她带走。”张芯瑜扫过丁一一的脸，确定地说道。

接着，丁一一还没反应过来，两个西装墨镜男就走上前来。

“在排演什么？需要帮忙吗？”丁一一居然笑眯眯地问了句，实在不怪她镇定，对一个在盛樱明星学院待了一年多的学生来说，经常在路上看见装扮成奥特曼、怪兽、超人等形象的扮装狂，感官知觉已经麻木了。

她作为一个热心的年轻人，当然在需要客串路人的时候，会顺便客串一下。

只不过她的演技是全校出名地差，一般剧场表演，连路人都不会找她来客串。

两个墨镜男伸手扣住她的肩膀，丁一一皱了皱眉，她不喜欢这种“近身戏”。可是出于礼貌，丁一一只是问道：“需要我挣扎呢还是服从？”

没人回答她，那个美女气势十足地转身，带着一帮人，往台阶下走去，台阶边停着一辆加长林肯。

丁一一被两个大男人半提半拎到车边，眨了眨眼睛，她遇到过许多情景剧，可从没见过这么高级这么下血本的道具。

原本丁一一非常配合地走到车边，突然停住了脚步，站在车门口问道："这种表演太随性了吧？我觉得还是应该稍微挣扎一下。"

已经先坐上车的张芯瑜并不理会她，直接挥手，不耐烦地说道："快点儿！"

"别推我，我自己进去！"丁一一很不满两个大汉推她，她站在车门口，转过身，看着两个西装墨镜男，"不要离得那么近嘛，还有你刚才太用力，你看我的胳膊，都紫了。"

为了验证自己的话，丁一一卷起袖子，白白嫩嫩的胳膊上，果然有瘀青。

"就算是演戏，也要考虑对方的承受度嘛！"丁一一嘟着嘴，突然大叫一声，"非礼呀！"

所有人听到这三个字都愣了，即便是训练有素的保镖，也因为这三个字微微愣了下。

就在这个时刻，丁一一已经像一条泥鳅，从人群中溜了出去，百米冲刺般地往远处跑去。

God！她差点儿就被绑架了！

"你们这群笨蛋，快点儿把她追回来！"张芯瑜恼怒地大吼。

偌大的校园里，似乎在上演警匪剧，一个圆嘟嘟的粉嫩女生身后，跟着一大群黑衣人，看上去尤为滑稽。

丁一一不愧是跑遍全校无敌手的长跑健将，只不过她和身后黑衣人的距离越来越近，最终，她借助熟悉的地形，往最近的一栋楼跑去。

众黑衣人一见她往楼上跑去，纷纷对视，不由得窃喜这个小女生自投罗网。

只要她上了楼，除非有两只翅膀，否则别想逃出去。

两个人把住前后门，其余人纷纷进入大楼。

丁一一此刻正在一间休息室里，对着众位体形彪悍的大叔，口干舌燥地解释着。

“我差点儿被绑架了，真的，不信你们看看录像！”丁一一很无奈，她解释了好久，这群大叔——也就是盛樱明星学院的换班保安，就是不相信她。

“小姑娘，最近校运会，你们还在编剧呀？真辛苦。”一个大叔摇摇头，他们无数次被“邀请”客串，已经对这种没工资的事情厌烦了。

“这位同学，我们累了一天，要休息一下，你还是去找门卫友情客串吧。”另一个年轻点儿的哥哥不耐烦地说道。

盛樱明星学院那么大，每天巡逻都累死了，难得午休的时间，却跑来一个学生要求他们把“不速之客”撵走……

丁一一郁闷了，她也想去找门卫呀，可是一想到人家的车都能大摇大摆地从校外进来，门卫那边肯定和那个女孩有关系。

而且，学校这么大，她很可能还没跑到门卫那里，就已经被“咔嚓”了！

不，依照刚才的惊险距离，甚至她没跑到教学楼，就会被抓住。

不过现在还有转机，她可以呼救，但是，如果这些保安都不保护自己的话，其他那些文文弱弱的同学们，估计还没来得及行动，自己就已经被带走了。

她还有表哥，但是表哥一个人怎么对付得了那群人？

如果有老师来，或许还有救，关键是最近在开校运会，许多老师都和老爹一样，出去潇洒了，而且依照刚才的情势，自己根本跑不到安全的地方……

不过说不准那个女生只是想请自己吃饭，如果只是想请客，自己报警岂不是闹误会了？

“哎，同学，你不是那个丁一一吗？”正在丁一一重新挂断电话报警并且尽量往好处想的时候，一个年轻点儿的保安走过来，端详着她说道。

丁一一哪有工夫理他，那个年轻保安又笑了：“听说丁一一的演技很差耶，可是今天看起来，还不错嘛。”

这句话刚落音，门“砰”地被人一脚踹开，接着，几个西装革履戴墨镜的人出现在门口。

屋子里突然陷入寂静中，几秒后，几个年轻点儿的保安闷笑起来。

“还挺像真的哦！”

“这次是直播吗？穿得这么专业。”

“好了好了，你们每次就不能找自己的同学们演保安吗？”一个年纪稍长的中年保安满脸无奈，非常不高兴被打搅午休，“以后我们借衣服给你们，这样可以了吧？”

“小姑娘，走了走了，我们要睡觉了。”另一个年纪大点儿的保安满脸睡意地说道。

黑衣人们一个房间一个房间找来的，本来踹开门看见这么多保安，愣住了，现在一看这些保安满脸无奈，纷纷要赶他们的目标出门，这才回过神。

两个人走进门来，丁一一立刻躲到一个看上去比较面善的保安叔叔身后，她选择这栋楼，就是因为这是员工宿舍楼！

现在还是午饭时间，所以人并不是太多，再等半个小时，这里就到处都是人了！掌勺的大师傅，修理草坪的园丁，打扫卫生的老叔叔……

两个黑衣人走上前，也不说话，伸手就要把丁一一揪出来。

丁一一哪里愿意被他们抓住，“噌噌”地溜到另一个保安身后，歪出脑袋，脆生生地问道：“你们家那位小姐想干吗？是请客吃饭，还是绑架劫财？”

没有人回答她，屋子里又闪进几个黑衣人来，偌大的休息室里，一眼望去全是人。

“这位同学，你刚才的台词太平淡了，应该问，‘还是想撕票’！”有个保安哥哥摇摇头，纠正道。

“进来那么多人干吗？这里是休息室！无关人等快点儿给我出去！出去！”一个老保安见屋子里人越来越多，生气地说道。

然后一把抓住根本没提防身后的丁一一，将她推到黑衣人们面前：“你们这群学生，就不能自己组织群众演员！每次这样打搅别人，过意得去吗？”

“大叔……这次不是在排演，真的……”丁一一绝望了，无论她怎么说，大叔都是一副才不会相信“狼来了”的神情。

最终，内外夹击之下，丁一一被顺利“交接”给黑衣人。

她要的不是这个结果！她要控诉保安叔叔将她推入狼口……

“等一等。”就在丁一一彻底绝望的时候，外面突然传来一个清朗的声音。

一听到这个声音，丁一一像是死去又活过来一样，立刻兴奋起来，这是她亲爱的表哥的声音。

安浩轩原本在食堂三楼吃饭，后来看见楼下的骚动，就立刻赶过来，看上去他的表妹惹上了麻烦的事情。

“浩……老师！”丁一一眼泛泪光，她好喜欢好喜欢表哥呀！

“她是我的学生，你们是什么人？想做什么？”安浩轩站在门口，从容地问道。

几个黑衣人相视一眼，那个抓着丁一一胳膊的黑衣人开口：“我们小姐想请这位同学去坐坐。”

“你们小姐是谁？”安浩轩看着他的手，眉毛微微扬起，“请你先放开我的学生，你没看出她很不情愿跟你走？”

几个黑衣人又相互看了一眼，这时保安们也渐渐围了上来，最近学校风评很好的表演课老师也参加这次表演了？

正在众人对峙的时候，一个黑衣人突然走到窗边，歪着头飞快地说了两句话，接着转身对刚才发话的黑衣人使了个眼色，说道：“先撤了。”

看着几个人鱼贯而出，丁一一长出了口气，自己终于躲过一劫。

安浩轩也暗暗松了口气，他走到丁一一面前，控制住想伸手拉她的习惯，脸上依旧是老师该有的温和神色：“跟我去趟办公室。”

丁一一乖乖地低头跟在他身后，和他一前一后往外走去。

办公室的门紧紧关着，安浩轩看着丁一一，刚才这小妮子被黑衣人们劫持时的脸色苍白得可怕，现在终于粉润过来。

“那些人是谁？你怎么招惹上别人的？”看见她恢复过来的脸色，安浩轩问道。

“我也不知道具体是谁。”丁一一走到窗口，远远地看着食堂下面，那辆加长林肯已经不见了。

“那人家没事这么大动干戈找你干吗？”安浩轩知道事情并不简单，能在平时随便开车进入学校的人，来头也不一般。

“我倒霉呗！”丁一一随口应道，发现一贯温和的安浩轩脸色微微一沉，这才急忙说道，“我也不知道他们为什么找我。”

说完之后，办公室里陷入安静中。

过了一阵后，安浩轩认真地说道：“以后不要招惹富家子弟，特别是豪门家族的公子小姐，我刚才隐约听到最后来传话的黑衣人提起‘崔泽天’三个字。”

“那现在怎么办？”丁一一满脸的郁闷，她是受害人好不好？

安浩轩一时也想不出什么好方法，只能安慰道：“以后不要和崔家人走得太近，这件事，我会帮你解决的。”

“真的？”丁一一原本愁云笼罩的小脸上立刻万里晴空，她的表哥真好！

“放心吧，如果连你都保护不了，以后也没脸见你爹娘了。”安浩轩笑着说道。

“浩轩表哥，你真好。”丁一一对着安浩轩咧开了嘴，虽然这个表哥是接触时间最短的，可是她发现自己越来越喜欢安浩轩了。

呃，并不是因为他这次帮了自己而已……

一个下午，学校的女生们都在讨论Evan选女主角的事情，除了几个体贴的女同学，其他人似乎都没看见今天中午丁一一被众人追堵的事情。

几乎所有人的话题都集中在崔泽天身上，只有苏蕊跟在丁一一身边，询问中午发生的事情。

不，还有一个人，也跑过来询问中午究竟在演哪一出，这个人就是——陈毅林。

“丁一一，你的手机哪儿去了？”陈毅林在问了许多无关紧要和奇怪的问题之后，终于问了一句靠谱的话。

“手机丢了。”丁一一想到自己的手机，脸上又飘过几丝愁云，那可是老爸作为考试奖励送给她的，难得老爸出血用物质来奖励，结果还没到三个月，就弄丢了。

“丢了？”陈毅林沉吟半晌，突然微笑地自言自语，“难怪……丢了就好，那就好……”

“同学，你不用这么幸灾乐祸吧？”苏蕊看见他这副模样，忍不住说道。

“对呀，手机丢了有什么好？”丁一一也非常郁闷地跟着反问。

“啊……旧的不去新的不来嘛！”陈同学摸着脖子“嘿嘿”笑了起来，“丁一一，听说你爸爸妈妈这两天出去旅游了？”

“你想干吗？”正在和众女生议论崔泽天的姚月，突然回头插话，警惕地问道。

“我？我没想干什么啊！”陈毅林急忙说道。

“我怎么觉得你居心不良呢？”姚月一副老江湖的模样，走了过来，打量着陈毅林，挑眉说道，“问人家父母在不在家，怎么听都像不安好心。”

“不是……”陈毅林咬着唇，被姚月噎得半天才说话，“我是想让丁一一帮我补习文化课，她平时不是家教很严嘛，放学后就要回家报到，昨天无意间听到你们说她父母出门了，我想占用点儿课余时间……”

“无意间听说？你根本就是有心吧？”姚月冷哼一声，看着他说道，“平时你就喜欢找一一问东问西，该不是想追求人家吧？”

“姚月，别胡说！”丁一一原本只是在一边听着两个人的对话，姚月喜欢处处噎着陈毅林，经常会把文文弱弱、清清秀秀的陈同学气得眼泛泪花，可这次似乎玩笑开大了。

“你……”陈同学面部快抽搐了，为什么姚月就喜欢与他为敌？真是多管闲事的女生！

“我说错了？人家是教授的女儿，自幼家规严格，造成现在思想单纯，不会以小人之心度君子之腹，不过尔等这种小心思可逃不过本小姐的眼睛。”姚月又抢白他一顿。

“我……”陈毅林恨恨地看着姚月，心中怒火飙升，可又不知道该怎么反驳。

“好了好了，都是同学，干吗吵吵闹闹？”丁一一也听不下去了，她是家规严格，可思想也不单纯啊！

“可是她总是欺负我！”陈毅林眼泪都快出来了，气愤地指控，“我到底做错了什么，值得你整天这样针对我？我不过是想让丁一一帮我补习，你凭什么说我心怀不轨……”

“一一是我的朋友，我决不能让她羊入虎口。”姚月气势十足地叉腰，站在陈毅林面前吼道。

“你……过分！”陈毅林突然转身，飞快抹了把眼泪，头也不回地跑了。

“唉，同学之间要友爱、友爱！”丁一一看着陈毅林伤心的背影，正在想要不要去安慰安慰。没办法，姚月太强势，而陈毅林又太“娇弱”，每次一吵架，都是她去当和事佬。

“一一，去看看人家吧，陈毅林好像很伤心，可能又被气哭了。”苏蕊同情心泛滥，“月月，你以后不要这样凶别人，同学之间应该互相帮助。”

“嘁，我最讨厌娘娘腔！跟个女人一样！”姚月头一甩，又加入探讨崔泽天的女主角队伍中。

“他们俩上辈子肯定是冤家，这辈子又投错胎了！”丁一一往前走去，叹气说道。

陈毅林的性格很古怪，要是不去安慰安慰，顺便说说姚月的好话，他能哭上三天三夜并且恨姚月一辈子。

“陈毅林，别哭了！”追到假山后，丁一一成功拦截住陈毅林，说道。

“谁哭了？”陈毅林转过头，硬生生地收住眼泪。

“你是男生嘛，心胸宽广点儿，不要和月月计较，她一向刀子嘴豆腐心……”

“这世上没人比她更毒舌了，我找你说话，她插什么嘴？”陈毅林恨恨地说道。

“别生气了，以后你们多多交流，你会发现她是个很好很好的人。”丁一一耐心地说道。

假山这边人很少，所以陈毅林可以放肆地抽鼻子。

而假山后面不远的一条路，正是通往东门的主干道。此刻这条道上，正人声鼎沸，因为宽敞的路上，走着一行极为拉风的人。

为首的，就是戴着墨镜的崔泽天。身后形影不离的就是薛玉楼。

两个人身后跟着的一干人，经常关注娱乐新闻的人，一定都会被震到——造星最强势的盛樱公司老板张文岳，名导许永奎，还有著名的造型师阿米，以及带出了许多巨星的策划人黄英华。

崔泽天的墨镜遮挡了一半的脸，用极酷的姿态在一群人前走着，直震得周围同学目瞪口呆，只差口水没流出来了。

好强大的气场，几乎所有人的目光都集中在崔泽天身上，可他依旧面无表情地走着，仿佛这天下所有的人他都不放在眼里。

身后的张文岳和许永奎低语着，他们身后还跟了几个眼光毒辣的星探，正不动声色地打量着周围的女生们。

今天接受完采访之后，崔泽天本打算休息半天，却突然收到一个情报——说是张芯瑜带着人马气势汹汹地杀到了盛樱明星学院，差点儿惹出事来。

好在他的情报来得快，及时给正要动手的张芯瑜打了电话，这才平息了事情。

但是他依然十分愤怒，愤怒得一点儿也不想休息，立刻召集了这些人马来到盛樱明星学院，准备把选女主角的事情提前办了。

其实他的心中已经有了人选，那就是今天差点儿被张芯瑜劫持的丁一一。

本来这些事情应该听公司安排，可是张芯瑜又一次触到他的底线。他原本并不打算找一个苹果当自己的女主角，这一次，纯粹是为了与张芯瑜为敌。

她越讨厌什么，他就偏要去做什么。

第三章 绯闻女主角的日子

盛樱明星学院很大，但是崔泽天的目标十分明确，只要他想知道的事情，会很快得到情报，有些人就是不需要亲自打探，就能知道自己想知道的事情。

假山后，丁一一还在耐心十足地劝慰着眼圈通红的陈毅林，她其实很佩服这些说哭就能哭出来的人。以她的演技，越是让她哭，她就越想笑。

陈毅林看着丁一一圆圆的真诚的脸，突然上前一步，结结巴巴地说道："我……我其实不是怪她，只是……宁拆十座庙，不毁一门亲……"

"欸？"丁一一听着这话有些怪异，不过她很快就反应过来，立刻非常直率地问道，"你什么意思？"

"你知道，其实我的脾气有些古怪，我的家人又从小宠爱我，我挺羡慕你的，父亲是一位知识分子，不像我老爸就是个暴发户！一点儿都不会教育孩子……"陈毅林开始前言不搭后语，不过他的思维一向跳跃，丁一一已见怪不怪，耐心听他继续说下去，"还记得一年级的时候吗？那时大家都不是很熟悉，有一天我生病了，是你送我去的校医院，然后很认真地向校医询问我的情况，并且体贴地问我需不需要给家里打电话……从那时候开始，我就觉得你是个好女孩。时间也证明了我的判断，在这样的班级里，只有你能够耐心热情地帮助我，你脸上的表情从来不会骗人……”

丁一一开始还是面露微笑地听着，听到后面觉得有些肉麻，忍不住打断他的话说道：“其实班里的同学都很好啊，比如姚月就是嘴巴厉害了点儿，可人家也愿意在暑假顶着烈日做义工呢。”

“不要提她！”陈毅林突然吼了一声，接着又可怜兮兮地说道，“我的爸爸只知道赚钱，根本不关心我，妈妈只知道花钱，以为所有的事情都依着我就是对我好，其实，我缺少好多爱……”

听着他抒情的语调，丁一一头皮又麻了起来，感觉好像在上表演课呀！

可是人家陈同学越说越动情，原本红红的双眼又蓄满了泪水，仿佛他是世上最可怜的人。丁一一几次试图打断他，都被他无视。

直到最后，陈同学的眼泪快溢了出来，突然再上前半步，一把抱住了丁一一圆圆软软的小腰身，努力将头放在她的肩头，眼泪终于涌了出来。

这……这……这一幕也未免太戏剧化了吧？

丁一一无论如何也没有想到平时娇羞古怪的陈毅林会做出这样的举动，她也没想到，一个比她高十多厘米的男生，能如此“低姿态”挂在她身上，并且哭得梨花带雨。

丁一一原本要推开这个举动失常的男生，但还没来得及行动，脸上的表情更惊诧了。

因为她不小心看见假山后有一群人气势浩大地往这边走来，为首的那个正是她最不愿看见的崔泽天。

丁一一差点儿窒息，脑中突然记起中午表哥的话——富家子弟不要去招惹。

没错，她今天中午差点儿因为崔同学被人绑架了！

怎么办？眼看他们就要从假山后绕过来，几步之遥，丁一一想躲开都来不及了，紧张之中，突然提起在她肩头哭得梨花带雨的陈毅林，转身反手抱住他，将脸藏在他的肩膀边。

崔泽天肯定不会认出她。

陈毅林这会儿愣住了，连眼泪都忘了继续流，他傻呆呆地将手搭在娇小的丁一一腰上，脸上满是红晕——果然女生的同情心很值得利用，他还没开始告白呢，就已经赢得一半的胜利。

丁一一心中非常郁闷，虽然有时候表演课需要一些肢体接触，可是今天的情况让她感觉格外不对劲。

要是老爹看到这一幕，自己肯定完了。

不过现在相比老爹，丁一一更害怕的是“债主”。

快点儿过去吧！

丁一一原本以为很快他们就会走过去，可是听了半天，也没有脚步声，她不由得怀疑自己刚才是不是看错了，或者人家从另一条路走了。

崔泽天抱着胳膊，看着丁一一用非常奇特的姿势抱着一个男生，眉毛挑了挑，示意周围人不用去打搅。

没错，丁一一抱着陈毅林的姿势非常奇怪，她是前倾着身子，只用胳膊抱着别人，有些像贴面礼，只是搭上了胳膊，可身体却离人家很远。

而陈毅林原本兴奋的心情，因为突然到来的这么多“看客”而非常不悦，今天是他爱情的开始，怎么能被一群怪模怪样的人看到他接下来的表白？

不过为首的少年模样的男生气场太强，让他愣了半天都没发出声来。

这个戴着墨镜穿得很欧美范儿的少年，似乎就是同班同学崔泽天啊！

看看他身后跟着的形影不离的冷面冰山薛玉楼，陈毅林更加确定他就是崔泽天。

不怪他一开始没反应过来，一个平时穿着中规中矩的男生，突然摇身一变，穿得很潮很时尚，连发型都变了，那股气场也随之改变，耀眼度从一百飙升到一百八，让人不敢直视。

不过奇怪的是，丁一一居然一眼就认出了崔泽天。

丁一一有些累了，她这种“搂抱”的姿势很累人，要保持和陈毅林的距离，不能随便占了人家的便宜，这样很费腰力的。

就这样，一群人静默地看着两个同样静默地“抱在”一起的人。

三分钟后，丁一一终于轻轻放开了陈毅林，低头，默默地往前走去。

她坚决不回头！

因为在刚才的三分钟里，她早已明白身后八九不离十站着一群人！

她不明白为什么崔泽天这么喜欢看自己出丑！

“丁一一！你接受我吧！”陈毅林原本在三分钟的时间里酝酿得差不多，正要旁若无人地表白，可是突然丁一一头也不回地走了，这让他着急起来，顾不得还有一大堆人悄无声息地站在一边，立刻追上去说道。

丁一一听到陈毅林喊自己的名字，心脏不争气地差点儿停跳，那个笨蛋这样一喊，后面的人都知道她就是丁一一……

根本没听到他后面的话，丁一一只想捂住身后男生的嘴巴，或者找个地缝钻进去。

“刚才演的是哪出？爱情轻喜剧吗？”好听却带点儿冰冷的声音响起，崔泽天看见丁一一头也不回地仓皇逃走，不由得莞尔。

一听到崔泽天的声音，丁一一浑身都起了鸡皮疙瘩，天哪！自己刚才有多丢人？早知道这样，还不如大大方方和人家照面，真是失策！

“一一，我……”陈毅林跟在身后不懈地努力，正要继续表白，丁一一满脸通红地转过头，幽怨地看了他一眼，加快脚步往前走去。

“我说，别玩这种没意思的游戏了，做一次真正的女主角，怎么样？”很显然，崔泽天是故意曲解他们刚才在排演，也顺便给了丁一一台阶下。

没想到他会这么好心，不过丁一一可不想跟他多说一句话，依旧快速地往前走去，再走几步，拐个弯，她就能飞奔到看不到崔泽天的地方。

可是，第二步还没迈出，面前挡了一个冰冷的罗刹——薛玉楼。

“我在对你说话，听到了没有？”崔泽天心中有些不高兴了，他又被像昨天晚上那样对待了，这让他很挫败。

“拜托，刚才不是在演戏，我是真的……”这个时候，陈毅林同学插嘴了，他非常郁闷丁一一对他刚才的表白一点儿也不为所动。

“丁同学，做我的女主角。”真的有些不耐烦了，崔泽天望望天，想将碍事的陈毅林扔出去。

“不管什么主角，我不愿意，我很忙，拜托让一下。”丁一一终于说话了，她恨不能立刻撇清俩人的关系，抬头对薛玉楼说道。

“听到没有，人家不愿意，拜托你们不要再……”

“你只能点头，没有其他选择。”崔泽天打断陈毅林的话，语气微微加重，无形中有股压迫感。

“拜托，让一让。”丁一一恍若未闻，试图从薛玉楼面前走过去。

“丁一一。”崔泽天承认自己动了怒火，就连盛樱老板都要让他几分，丁一一怎么可以这么不给自己面子？

丁一一试图装作什么都没听到，可是很快，身后冷风闪过，她的衣领被拽住了，接着就被强力转了过去。

还没来得及挣扎的丁一一愕然地看着戴着墨镜的美少年。

她居然被提了起来！

天哪！这是多么没有形象的一件事！

而且她的衣服居然能支撑她的体重，没有破裂的校服，原来质量这么好！真不枉费这里高额的学费啊！

“喂，你干什么？放下她！”此刻“英雄救美”是不是有点儿可笑？

不过陈毅林可没想那么多，虽然他气势上不够，但是自己喜欢的女同学被刁难，作为一个男人，应该挺身而出。

“你插什么嘴？走远点儿。”后面走上来两个人，伸手将陈毅林挡住，说道。

“就是她？”站在后面一直没有说话的盛樱老板端详了丁一一很久，终于说话了，“带她回去试镜。”

“试镜？你们弄错了吧？我可是盛樱明星学院表演成绩最烂的学生……”丁一一当然不愿意跟他们走了。

对她来说，这种机会还是留给别人吧，她没想当明星，虽然没什么零花钱，但是也不缺那些代言费，总之，平平安安简简单单的生活才是她想要的。

“不用试镜，我已经定下她了。”崔泽天不紧不慢地开口，确定地说道。

没有人敢反驳他的意见，虽然这个女生看上去还不够出挑，不过有盛樱公司，再平凡的女生也能包装成耀眼的明星。

“我还没同意！”除了不怕死的丁一一敢反对之外，所有人都沉默着，“而且我也不会同意，什么女主角？干吗的？我为什么要听你的？快点儿放开我！”

“你不会忘记还欠我一笔债吧？”轻描淡写的一句话，堵住了丁一一所有的话。

崔泽天松开手，搭上她的肩头，唇边掠过一丝得逞的坏笑，说道。

“欸？”如果可能，丁一一真的很想忘记，她好担心会提到这个问题。

结果，还是被崔泽天提到了。

好吧，如果她按照老爸安排的生活方式，每天上学散学，身上带的硬币够她施舍给路边的卖艺人，她生活确实无忧无虑。

可是，如果加上那一大笔医疗费和饭钱，她的生活可能就没那么悠闲了。

至少老爹知道这个消息，会气得吐血。

“你……一码归一码，你这样有点儿像威胁恐吓……”丁一一被人家戳到软肋，说话声音也小了下来。

“等一下，什么债？”被当成空气的陈毅林不甘心地又插上一嘴，问道。

“你别问了，赶紧回去吧！”丁一一此刻非常郁闷，她转头就对陈毅林说道。

“多少钱，我给她还！”陈毅林挺了挺胸脯，颇有男子汉气概地说道。

别的他没有，除了钱。

“谢啦谢啦，不过你还是先回去吧，不用你帮忙。”丁一一不想把陈毅林牵扯进来，因为他从某种程度上说，也是一个麻烦。

崔泽天一直没说话，只是转过头，墨镜后冷锐的目光从陈毅林脸上掠过。

他现在有些讨厌这个叽叽喳喳的男生。

两边的人似乎知道崔泽天的意思，立刻将陈毅林往一边“请”

去。

“想还债的话，就跟我走。”话是这样说，可崔泽天是扣着丁一一的肩头，半强迫地将她推到导演面前。

丁一一转着乌溜溜的眼睛，看着这位名震影视界的名导。

她虽然是盛樱明星学院的学生，可是对娱乐八卦一点儿都不感兴趣。

每天被老爸逼着看《新闻联播》和《艺术世界》，如果此刻面前站着一位京剧男旦，说不准她还能叫出名字，可眼前这位艺术味浓厚的“名导”，她实在认不出来。

许永奎看见眼前的娇小女生看着自己的目光只有好奇，并没有畏惧和慌乱，心中对她的印象稍微提高了点儿。虽然她长相并不属于顶尖美人，只能算上清秀可人，不过皮肤透亮细白，眼睛也非常漂亮，黑眼珠大大的亮闪闪的，像是戴了超水亮的美瞳。

盛樱明星学院的学生底子都不是很差，而且有可以化腐朽为神奇的化妆师，他倒是不担心这个女主角的相貌，他只担心，这个女主角能否在广告中压住阵脚。

要知道，这是崔泽天，也就是Evan在亚洲拍的第一个广告，如果女主角演得不好，很可能让这第一个广告成为缺憾。

他需要的女主角是拥有极大的可以和Evan相匹配或互补的气场，能够在崔泽天耀眼的星光下，具备一定的存在感，如果可以相互辉映，那更是求之不得。

要是广告拍出来，所有人的目光只集中在Evan身上，那要这个女主角有什么用？

这个女生虽然底子不差，可是气场太弱了点儿，只剩下了萌萌的肉感……

原本他们是打算让西班牙新晋小名模来客串女主角，但是崔泽天却一定要选择新人，并且选择这种气场奇怪的女生，让他们都大跌眼镜。

丁一一也没想到自己会这么“幸运”，她无奈地被众人夹在中间，往外走去。

这一次，她不奢望浩轩表哥来救她，因为已经走到保姆车车门边，她都没有看到浩轩表哥……

呜，人生多么悲惨！

她丁一一当初为什么要冲动地打人？老爹从小就教育她，忍一时，风平浪静；退一步，海阔天空。

崔泽天看着坐在最里面的丁一一，她正低着头，像是被警察带走的可怜犯人，满脸愁苦与悔恨。

“David，广告脚本。”坐在丁一一身边，崔泽天说道。

坐在后排的一个男人递过一个剧本。

“我很讨厌浪费菲林的人，所以，你最好下点儿功夫，否则，可能回不了家哦。”看似闲淡的语气，却让丁一一脊背升起一股寒气。

“我都说过自己不行，拜托你另选他人吧，我……”丁一一哭都没有眼泪，她压低声音，可怜兮兮地商量道，“我可不可以用其他方式来还债？”

“其他方式？”崔泽天眉毛稍稍一挑，他的墨镜已经摘下，那双漂亮如秋夜寒星的双眸闪着细碎的光，上下打量她一眼，说出一句差点儿让丁一一吐血的话，“用什么？身体？”

“我……以后可以给你的剧组打工……”丁一一被他那句话噎到内伤，急忙摇头。

“剧组可不需要你这种只会吃的人才。”崔泽天见她压着怒气的小脸，忍不住继续和她斗嘴。

“我会做美编……的副手，也可以帮忙修改剧本，再不济……我也可以当道具师的助手，我能搬很重的道具，速度又快，干活不会拖后腿……”丁一一很不服气地说道。

崔泽天满脸对她的不相信，伸手将剧本扔到她腿上：“先把这些背下来，别说我没提醒你，如果到时候NG（失败镜头）太多，后果你自己负责。”

丁一一没辙了，她拿起剧本看了起来，台词很少，只有几句，不过上面写得非常详尽，她需要做很多夸张的表情，还有热舞。

丁一一迅速看了一遍，将剧本合上，摇头说道：“我真的做不来。”

“晚上会有专业老师来给你分解动作，如果你交不出令人满意的成绩单，晚上可真的回不了家。”崔泽天一点儿也不像开玩笑的样子，“到时候，你的那位表哥，一定会急坏了吧？”

“崔泽天！”丁一一恨不得将他丢下车去，她自己的演技真的很差，而且从来没“触电”，一个连考试都不及格的表演系学生，怎么可能在一个晚上就成为演技派？

丁一一被按在盛樱公司化妆间的椅子上，几个化妆师和造型师对她初步评断之后，造型师先拿了几套衣服出来，让她试穿。

丁一一非常不情愿，她很想回家，而且不知道浩轩表哥现在有没有找她。

被两个女助手半强迫地脱去原来的衣服，换上新的服装，丁一一根本还没来得及歇息，就被化妆师和发型师团团围住。

丁一一第一次见到这么大的阵势，脸上被又擦又拍，头发也被抓得乱七八糟。正在她快睡着的时候，化妆师和发型师看着镜子里的瓷娃娃，满意地对视一眼，点了点头。

“小姑娘，别睡了，出去吧。”一个年龄稍大的女人拍拍丁一一说道。

丁一一正迷迷糊糊间梦到自己老爹责骂自己，被人一喊，立刻惊醒了，睁大眼睛，茫然地看了眼四周，这才想起自己在盛樱公司。

她的视线从镜子里掠过，突然愣了愣，觉得里面有个人有点儿眼熟，再次瞟了眼镜子，丁一一差点儿跳起来，那……那里面是谁？

一个漂亮的、带着点儿天真可爱的婴儿味的瓷娃娃？

没错，粉嫩粉嫩的几乎掐出水的肌肤，乌溜溜灵动的大眼睛，浓密得有些夸张的长睫毛，小巧却挺直的鼻子，还有粉嘟嘟水润的红唇，以及那像洋娃娃一样的可爱卷发……

这是自己？

丁一一不太相信地往自己脸上摸去，却被一边经理人模样的女人喝住："不要弄乱了造型，外面等着呢，快点儿。"

虽然五官还是自己的，并且没有做多大的改动，只不过睫毛贴得很夸张，眼睛画出一点点妖娆的曲线，加上甜蜜的淡巧克力色眼影，脸上打了一层薄透的粉底和略带桃红的腮红，可丁一一怎么看都觉得不像自己。

似乎眼睛太大了，嘴巴太小了，而皮肤又太透明了，整个人的质感都变了。

仿佛被美颜相机过度修图一样不真实！

有些……太夸张了！像个瓷娃娃和假人！

忐忑地走出门，在众人的带领下，往另一个房间走去，丁一一十分不适应现在的发型，她甚至能想到崔泽天看见自己大笑的模样。

唉，她不想被人嘲笑。

尤其是崔泽天。

这间房间似乎是摄影室，一个角落里堆满了道具，而崔泽天和薛玉楼正坐在宫廷式的沙发上，慵懒地和身边的经纪人说着话。

丁一一刚走进来，突然一道耀眼的白光唰地打到她的身上，让她不由得抬手挡住眼睛。

干吗？这是什么阵势？

丁一一站在白光中，眼睛一时没适应过来，只能站着一动不动。

“谁给她弄的这个发型？难看死了！”崔泽天的声音从极近的地方传入耳中，丁一一不由得退让半步。

果然被嘲笑了……

“还有这是什么衣服？一点儿也不适合她，换！”依旧是崔泽天挑剔的声音，丁一一觉得衣服被他扯了扯。

“这条项链……造型师是怎么想的？要打造成公主还是天使？”崔泽天发了一通牢骚，很快，丁一一就被拉了出去，重新造型。

这一次速度很快，不一会儿，丁一一又被推进摄影室里。

崔泽天一看见她穿的衣服，眼里已经有了点儿不耐烦，皱眉说道：“这次不是公主……你们是想把她整成芭比娃娃吗？不要这么夸张的睫毛，这次不是平面拍摄！”

她已经很累了，被折腾了两个小时，要是再换造型，她恐怕没多少耐心。

事实上，化妆换造型，两三个小时并不长，相对其他艺人来说，动辄就要花上大半天的时间，而如果皮肤太差的艺人，只打粉底和遮瑕膏，就要打上一两个小时。

“换，换，再换个造型。”一边的导演急忙说道。

“其实我觉得挺好呀，她比较适合这种粉嫩晶莹的妆面。”摄影师一直站在旁边观看，凭借他多年的摄影经验，发话道，“而且她的眼睛很漂亮，夸张点儿的睫毛可以突出完美的眼睛。”

“我不喜欢。”转过头，看着摄影师，崔泽天一字一顿地说道。

“拉去再换个造型。”金牌策划人黄英华立刻说道。

“我有点儿饿，可不可以先吃饭？”丁一一开口，眉头轻皱，现在是不是过了晚饭的时间？她想吃饭。

“你的妆容都没搞定，怎么吃饭？”

崔泽天的脾气，这里的工作人员多多少少都了解一点儿，但是很多时候，崔泽天都会控制自己的脾气，很少像今天这样大发脾气，几乎是吼她。

“我等你三个小时了！结果出来就是这个效果！还要吃饭？像你的身材上镜后会更胖，我看你早该断食减肥了！”

莫名其妙被他骂了一顿，周围的工作人员和老板都不敢说话，而丁一一只有深呼吸，再深呼吸，压下怒气，不断地告诉自己不用对这种人生气。

嗯，毕竟这种人是自己的“债主”啊！

“天，喝杯咖啡，很快就会搞定。”造型师阿米端了杯咖啡过来，说道。

“给我杯红茶。”崔泽天看也不看咖啡一眼，隐下几丝怒气说道。

他本来并没想发火，只是看见娃娃一样精致透明的丁一一，没来由地烦躁起来，他为什么要选择这个女生做女主角？

仅仅只为气张芯瑜吗？那样根本不值得！

而且这个化完妆精致漂亮毫无瑕疵的女生，还是个“有夫之妇”！

这种感觉很让他倒胃口，开始觉得自己的决定太唐突，并且十分任性。

“张总，消息已经发出去了，媒体的见面会也安排好了。”一名成熟端庄的女秘书走进来，对坐在阴影中的张文岳说道。

“很好。”张文岳刚才一直在观察丁一一，她上了妆后的脸，其实小小地震撼到了他。至少，他开始觉得崔泽天看似任性妄为的选择，并没有错。

这个小女生，可以塑造成气质纯净自然的新星，而且她的气场是渐渐渗出的，气质清新俊秀，一张娃娃脸却有些许的古典格调，与崔泽天逼人的气场完全相反，说不准可以互补。

只是，调查了她的表演功力之后，张文岳又有点儿担心，一个明星如果只靠脸，肯定无法走远。

丁一一被吼得心情低落，她真的饿了，在第三次换衣服化妆的时候，肚子不争气地叫了起来。

“很饿吗？”造型师阿米体贴地问道。

丁一一点了点头，抬眼看向衣着非常有型的光头造型师：“我可不可以吃点儿什么？”

“不可以哦，等这个造型通过了，拍几组照片之后，才能吃饭。”阿米非常温柔地笑，却说出让丁一一极为失望的话。

“那我能不能借用一下手机？”丁一一想给表哥打个电话。

自从上次走丢之后，她终于把表哥的电话号码背下来了。

“工作的时候，是不允许打电话的。”这次，是一个模样很严厉的女人发话。

丁一一失望地不说话了，她心里越发讨厌这里，还有当明星！

果然一点儿自由都没有，还要坐在椅子上白白浪费大好青春！

最后一次的造型，勉强通过崔泽天严厉的双眸。

只是他脸上一点儿笑意都没有，绷得很紧，低气压围绕在他的身边，让人大气也不敢出。

既然女主角已经准备好了，那摄影师也准备开拍。

这次不过是热身而已，只是让两个人找找感觉，并且看看是否上镜，明天才是正式拍摄。

丁一一一面对镁光灯和摄像机，就完全找不到自己了，这里比表演课考试还要让她觉得压抑。

按照导演的安排，这次只是两个人相遇，眼神交汇时要透出小小的喜悦和光芒。

只有这一个镜头而已，崔泽天在左，丁一一在右，两个人擦肩而过，然后回眸。

丁一一紧张地看着对面俊美的少年，她脸上的肌肉完全僵硬了，非常不自然，连脚步都异常沉重。

更加可恶的是，当对面的异常俊美的少年华丽地向自己走来时，丁一一就腿软。

没错，是腿软，她总是想到那顿无比奢华的“午餐”，想到自己拼了命地长跑，还有莫名其妙被他这种人阴魂不散地缠上……

往事不太多，可丁一一想起来眼神就复杂了，她是万分不情愿，又无法掩饰自己内心的不喜欢。

相对有范儿有型的华丽美少年，她勉强走了几次之后，都被NG了。

崔泽天突然走到摄影师身边，看着镜头里的丁一一，两道帅气的眉，皱了起来。

她站在中间，在化妆师的打理下，五官是漂亮到了极致，可是像个没灵魂的瓷娃娃，脸上连笑容都没有，只茫然而无奈地看着前方。

“收工。”崔泽天看了回放的几个镜头之后，薄唇只吐出这两个字来。

紧接着，他就拿起外套，头也不回地往外走去。

“泽天，怎么了？”张文岳快步跟上去，他实在捉摸不透这崔家小儿子的脾气。

“不拍了。”崔泽天冷硬地说道。

“为什么？刚才不是很好？只是那个女生第一次接触摄像机，所以比较紧张。”导演许永奎也走了出来，说道。

“我不想和她拍了！”崔泽天停住脚步，一字一顿地说道。

“天，不要太任性，这个女生是你亲自挑选的，你必须对自己的言行负责。”这次说话的是一个年约四十岁的漂亮女人，她从旁边的门里走出来，口吻和其他人不同，十分严厉。

“我就是想换一个女主角，跟她在一起拍没感觉。”崔泽天双手插兜，转过身，看着那个女人，说道。

“之前我们要为你找搭档，结果被你一一否定，现在消息都已经发了出去，你又说要换人？”气质优雅的漂亮女人很生气，她一直在这边的房间里监看他们拍摄的现场，“你以为这些都是在玩吗？公司有公司的规矩，你必须改改你的脾气。”

“崔总监，你不是神通广大又会炒作吗？换女主角这种事，刚好可以炒得沸沸扬扬。”崔泽天盯着“崔总监”说完，转过身，大步流星地走向电梯间。

“你……”崔萱看着少年笔直挺拔的背影，气得说不出话来。

丁一一站在门边，将他们刚才的对话都听在耳中。她听到崔泽天要换女主角时，心中不知多欢喜，可是一见这么多人阻止他，高兴的心情又低落下来。

而那个很严厉的漂亮女人，刚才听周围的工作人员私语，好像她是崔泽天的姑姑。

而且，在刚才短短的半分钟内，丁一一还敏锐地捕捉到几个敏感字眼——“崔家曾经最为叛逆的女人”“将Evan打造成国际巨星”“幕后最强大的总监和策划”“盛樱最有能力的女人”……

这些话足够说明这个崔总监多么厉害。

当崔萱转过身，看向丁一一的时候，丁一一也不由得微微打了个寒战。

她看过很多人的眼睛，但是像这样严厉得让人不敢正视的精光四射的眼睛，她是第一次看到。

“小妹妹。”大步走到丁一一身边，这位非常漂亮也非常有女王气势的女人低头看着她，“刚才做得不错，多试几次就OK了。”

咦，她是在夸奖自己吗？丁一一不敢相信一个严厉的总监能对自己说出这样的话。

“加油，多面对几次镜头，你会很快找到自己的style（风格）。”看见丁一一脸上乌溜溜的一双眼睛，崔萱不由得赞叹，这是一双少有的没被污染的美目，非常纯净。

“谢谢……我现在可以走了吗？”丁一一确定她是在夸赞自己，差点儿冒出虚汗来，她实在是汗颜，刚才那种表演都能被赞美，眼前这个漂亮的气势十足的女人，可真是好心人。

崔萱依旧打量着她，很好，即使她其他地方还不够完美，只要有这样一双灵气十足又清澈漂亮的眼睛和健康少女味十足的脸庞，就足以吸引所有人的视线。

如果日后想要有更大的发展，她需要减肥，只要减一点点，从珠圆玉润，蜕变得玲珑有致，那时候，她会形成自己的风格，并会超过所有人的预想。

只打量了她一眼，崔萱就大致定下了她以后的明星之路。

她最疼爱的小侄子眼光很毒，没找一个毫无特色的美女，这让她唇边不由得浮起一丝淡淡的笑来。

崔泽天那小子，虽然脾气比自己还古怪，但终究是一脉的血缘，连看人的眼光都这么相似。

“饿了吧？我请你吃饭。”崔萱见她似乎有些紧张，笑着说道。

“谢谢您，不过我还是先回家，家里人不知道我来这里，会担心的。”丁一一见她居然露出牙齿微笑了，脸上满是温和，和刚才的严厉判若两人。

“不用担心，我已经给安老师打过电话，你的父母还在外地，就没有惊动他们。”崔萱微笑着说道。

“安老师？”丁一一愣了下，这个女人怎么知道安老师的电话？

还知道自己父母在外地旅游？

“不是你的表哥吗？”崔萱伸手拍拍她的肩膀，笑着说道，“去卸妆，我等你吃饭。”

丁一一这次不说话了，默默地转身往化妆室走去，她有些害怕这种人，好像是联邦调查局里的特务……

卸完妆，穿回自己的校服，丁一一跟在崔萱身边，少了几分拘谨。

“对，就是这样的笑。”崔萱带她来到一家中餐厅，坐在包间里，看着丁一一，突然说道，“如果对着镜头，你能笑得这么自然的话，那就好办了。”

“欸？”丁一一正对着满桌子的食物喜笑颜开，一听到崔萱的话，不解地看向她。

“一一，有人告诉过你，你的笑容很美很灿烂吗？”崔萱一直保持一个姿势，非常有气势，可脸上淡淡的笑容又不乏温和。

丁一一摇了摇头，只有人说她笑得很傻。

“如果能在镜头前呈现这种笑容的话，你会在短短的时间里，让所有人都记住你的脸，成为拥有自己style的明星。”崔萱说道。

“我不想成为明星。”丁一一没了笑容，满脸认真地说道，“如果我以后毕业了会走入娱乐圈，那也是以其他身份。”

“你喜欢做幕后？”崔萱看着她问道。

“幕后多自在，不用怕被偷拍，不用赶通告，也不用每天坐在化妆间浪费时间，更不用时刻顶着厚厚的妆……”丁一一想到今天的造型，就浑身起鸡皮疙瘩，她不要再进化妆间了，简直是浪费生命，“崔阿姨，您这么漂亮，明明也可以成为耀眼的明星，为什么您要做总监呢？”

没想到小妮子话锋一转，扯到自己身上，崔萱深深地看了她一眼，拿起筷子说道：“先吃饭吧，一会儿我送你回去。”

一听到吃饭，丁一一双眼发亮，丝毫也不矜持，立刻开动起来。

崔萱看着她吃饭的模样，唇边又浮起一丝微笑来。也许在这小妮子的心中，被崔总监单独请客还不如回家吃馒头，并不知道这种机会是多少人求之不得的。

在这一行业，心思单纯的孩子已经很少见了，崔萱看着她快乐的吃相，突然很不想这么个苗子从自己手中溜走。

她是丢弃了一切，一步步走到今天的位置。

做过星探，做过编剧，做过记者，做过设计师，做过策划，一直到今天，她成就了一个原本没落的公司——盛樱。

这一切都让她不愿轻易放弃任何一个可能成就盛樱更灿烂未来的明星，Evan是她打向国际的第一张牌，丁一一可以是第二张。

她希望找到一个女孩，能够牵制住Evan太过耀眼光芒的女孩，并且让Evan懂得沉淀和收敛的女孩。

公司所有的女艺人都无法和崔泽天气场互补，只有选择新人，而丁一一稍加磨炼后，应该可以成为候补。

她不希望自己的侄子在明星之路上，走得那么孤独，更不希望原来乖巧听话的侄子，变得处处和她作对，所以，她要找一个人当作润滑剂……

丁一一被崔萱开车送到自己家楼下，目送她的车远去之后，才长长地出了口气。这个女人实在是太有气势了，而且说出的话，似乎总让人无法反驳。

她也想练就这种气势，以后就不会再被崔泽天欺负了。

走回家后，丁一一发现表哥一直坐在客厅，手中是厚厚的英文书。

“我回来了！”看到熟悉的家，丁一一觉得自己好像是从地狱走了一遭。

不知道安浩轩是想心事想得入神了，还是看书看得入迷了，在丁一一说话之后，才抬起头，看向她：“回来了？”

“是，累死我了……”丁一一把自己扔进沙发里，闭上眼睛喃喃地说道。

“喝点儿水。”安浩轩起身倒了杯水放在她面前，说道。

“谢谢浩轩表哥。”端起水，一口气灌下，丁一一勉强打起精神，往浴室走去，“我洗洗睡了哦，表哥也早点儿休息。”

“好。”安浩轩欲言又止，看见她抱着衣服走进浴室，重新坐到沙发上，抱着那本英文书“入迷”地看了起来。

洗完澡终于神清气爽了些，丁一一穿着睡衣走出浴室，发现浩轩表哥还是用刚才的姿势抱着书坐在沙发上。

“什么书这么好看？”丁一一拿干毛巾擦着湿漉漉的头发，好奇地走到安浩轩身边，这一看，不由得咯咯笑了起来，“浩轩表哥，你在看什么？《牛津词典》？”

安浩轩从银铃般的笑声中收回心思，抬头看着她，她洗了澡似乎精神了一些，没有刚才满脸的灰暗和疲惫。

“一一。”安浩轩正要说话，丁一一发梢的水滴到他手背上。

他放下《牛津词典》，伸手将她拉到身边坐下，然后将她手里的毛巾拿过来，仔细轻柔地为她擦了起来。

他所有的举动都体贴而自然，像是天生就如此绅士温柔。

“浩轩表哥，《牛津词典》你还能看得津津有味，真厉害。”丁一一自得地享受表哥的温柔，坐在沙发上闭着眼睛说道。

安浩轩看着她白净天真的脸，她太年轻，年轻得不懂男人的心。

加上丁教授“长兄为父”的教育，他无法在短短的时间内，让她去接受什么。

丁一一是完全信任的放松状态，微微仰着头，长长的浓密的睫毛像安静栖息的蝴蝶，粉润的唇上，带着一丝淡淡的笑意。

安浩轩突然很想亲吻她。

这种感觉刚刚冒出头，就成星火燎原之势，锐不可当地烧向他理智的神经。

突然感觉到安浩轩手上的动作有些僵硬，丁一一有些不解地睁开眼睛，正对上他灼热的目光。

表哥今天的眼神有些奇怪，而且脸色也有些发红，不会是发烧了吧？

丁一一眨了眨眼睛，伸手摸上安浩轩的额头，关心地问道：“浩轩表哥，哪里不舒服吗？”

安浩轩看着她黑葡萄一样的眼睛，艰难地移开目光，摇了摇头，为她擦着湿发：“我很好。”

丁一一有些不相信地看着他，可安浩轩是什么人？表演课的老师！所以看了一会儿，丁一一也看不出其他异常，她眉头微微一皱，突然想起一件不对劲的事——从她回来到现在，浩轩表哥都没有问起自己下午到晚上发生的事情。

“浩轩表哥，你今天为什么没有问我下午去哪儿了？”丁一一立刻问道。

“你不是去了盛樱？已经有人告诉我了。”安浩轩微微一笑，说道。

“那你为什么不问我一点儿别的？”今天晚上安浩轩和平时判若两人，他好像对自己的事情丝毫不关心。

“你想让我问什么呢？”安浩轩脾气很好，视线掠过她的红唇，笑着反问。

丁一一微微一愣，是呀，她要表哥问她什么呢？像老妈那样啰啰唆唆，还是像老爸那样严厉逼问？表哥毕竟不是自己的监护人。

丁一一抓过毛巾，有些烦躁地擦着头发。

她烦躁两件事情，第一是盛樱让她做女主角，第二是表哥今天不对劲。

那句反问，让她心里很不舒服，虽然表哥不是自己的监护人，但是爸爸妈妈都不在家，长兄为父嘛！好歹也应该关心关心她的去向，哪怕严厉地骂她几句，也会让她感觉这是个温暖的家。

潜意识里，丁一一已经将回国不久的安浩轩当成家庭一分子。她像是某种群居动物，本性中被热爱古代文明的父亲完整地保留下一些很原始的思想，所以那些表哥表姐在她心中就是亲人。

“一一，你不是困了吗？去睡吧。”将她脸上的表情都看在眼里，安浩轩却没法点破，他知道丁一一今天的苦恼，却无法帮她摆脱这苦恼。

“浩轩表哥，你……”丁一一肚子里总是憋不住话，但是今天她看见安浩轩的表情，想了想，还是什么也没说，点了点头，“那我回房间了。”

“去吧，不过要把头发吹干才能睡觉。”安浩轩叮嘱道。

丁一一再次点点头，站起身往自己的房间走去。

关好房门，丁一一坐在书桌前，翻着一本诗集，等着头发自然晾干。

这是仓央嘉措的全集，薄薄的一本，竖版编排，非常古旧，是丁教授最珍贵的收藏之一，平时不让她碰，怕翻坏了。

这几天老爹不在，丁一一就将书房里她所有感兴趣的书都抱到自己房间里，包括老爸明文规定的“禁书”……

托腮看着竖排的字，丁一一的睡意越来越少，她有些心神不定，看不进书。

轻手轻脚地走到门边，开了条门缝看出去，客厅的落地灯还亮着淡黄的光芒，沙发上端坐着的安浩轩，手中托着那本《牛津词典》，半天也没翻过一页。

表哥还在看书。

从这个角度看过去，安浩轩的姿势有些落寞，英挺的五官被灯光照射得尤为深邃，他像是一尊寂寞的雕像。

丁一一见表哥如此“专注”地看书，返回书桌边，拿起桌上那本仓央嘉措的书，轻手轻脚地走了出去。

“浩轩表哥，你准备考英语八级吗？”轻轻地走到安浩轩身边，丁一一有些懊恼自己的搭讪水平太低。

安浩轩听到甜脆的声音，收回恍惚的心神，抬头看向丁一一，不答反问：“怎么还没睡？”

“哦……我有些诗看不懂，想请教表哥呢。”丁一一庆幸自己拿着书出来了，立刻坐到安浩轩身边，随手翻到一页，指着那上面的诗句问道，“这个，这句‘你爱，或者不爱我，爱就在那里’……咦……”

丁一一念着念着就念不出声音了，这是什么诗？

“呃，我翻错了，是这句……”丁一一大窘，自己好傻，她急忙往前翻去，“对，是这首‘长干小生最可怜，为立祥幡傍柳边。树底阿哥须护惜，莫教飞石到幡前’。”

终于找到一首不是白话文的诗了，丁一一念完之后，转头看向安浩轩，却发现他正深深地注视着自己，根本没有看她手中的书。

“浩轩表哥……”被他突然间的凝视弄得茫然无措，丁一一试探地喊道。

“那句话是说君子之爱人，应及于其屋之幡。”安浩轩似乎知道自己失态，放下手中的《牛津词典》，说道。

“哦。”丁一一并不是真的想问诗意，她只觉得今天晚上安浩轩似乎有些反常，想陪陪他而已。

“浩轩表哥，你今天是不是有心事？”两个人之间的空气很安静，丁一一终于问道。

“为什么这样问？”安浩轩转头看着她，微微一笑，他的演技还不够好吗？

“感觉……”丁一一微微皱着眉，上上下下打量着安浩轩，“是不是那个新加坡女孩又来骚扰你了？”

她首先想到的是那个新加坡的狂热追求者，能让表哥有这种表情的，应该是她无疑。

“一一，你演过感情戏吗？”安浩轩看着她翕动的粉唇，突然说道。

“欸？”丁一一愣了愣，浩轩表哥不会是在苦恼她的演技吧？

虽然自己的演技很烂，但是表哥太放心上，她会很内疚的。

“你教过喜怒哀乐的情感，我演得还不够熟练……”心里发虚，丁一一不安地说道。

“感情戏，我指的是，关于爱情。”安浩轩打断她的话，说道。

“我……不太会演活的东西。”丁一一虚汗直冒，这么晚了，表哥不会还要给她开小灶吧？早知道她就不出来了。

“一一，看着我。”见她心虚的模样，安浩轩对她此刻的迟钝很无奈。

丁一一笑容很勉强地抬头看着安浩轩，嘴上紧张地说道：“不是肢体表演课程还没有结束吗？心理活动的表演太高级了点儿吧？

表哥，我们还是慢慢来，一口吃不成一个胖子，基本功要打好啊……”

“眼神不要躲。”安浩轩看见她躲闪郁闷的目光，她只要一上表演课，最不喜欢的就是和对方用眼神交流。

因为丁一一的眼神一贯直白，让她用眼神去演一场戏，基本上她都是茫然而毫无焦点的。

据丁一一自己说，那是因为眼睛是心灵的窗口，她既然无法把自己带入表演世界里，当然眼神就不能聚焦……

伸手揉了揉眼睛，丁一一深吸口气，对上安浩轩的眼睛。

咦，浩轩表哥的眼睛里，似乎有烟花在绽放。

丁一一不由得想往更深的地方看去，却看见他的瞳孔里映着自己圆圆的小小的脸。

看见眼前明媚的少女努力看着自己的眼睛，安浩轩心中某个柔软的角落竟然有些疼痛起来。他想起回国前的那个晚上，爸爸对他说的话。

——浩轩，这次回国不仅仅因为工作的调动，在这个国家待了几年，依旧没有找到家的感觉，我想念一些朋友，也想让你找一个中国女孩作为对象。

——你还记得丁叔叔吧？在你小的时候，我经常出差，你又没有母亲，每次走的时候，都把你送去丁叔叔家中暂住，让他代为看管。如今你那个丁叔叔的独生女儿已经长大了，我想能不能两家亲上加亲，你结婚了，就不会觉得很孤单。

他记得当时听到这些话的时候，很吃惊，因为他还没有想到那么多感情上的事情，更不愿意和一个十几岁的少女谈恋爱。

他二十三周岁，已经是青年了，单亲生活也让他过早地成熟。他一直想做像爸爸那样有担当有责任心的男人，最尊重的，也是爸爸的决定。所以，当爸爸说出希望他能和丁家女儿结为连理时，他将惊讶和不情愿埋在了心中，口头上答应尽量交往。

丁教授和丁妈妈对这个“准女婿”也心照不宣地满意，在他们眼中，安浩轩符合他们所有的要求：有良好的家教，礼貌温和，体贴细心，善良孝顺，并且英俊稳重。

总之，这么个优秀的女婿，完全配得上自己的女儿！

丁家二老不着急捅破这层窗户纸，在丁教授的心中，女儿要是在古代，这个年龄早该谈婚论嫁了，不过现在社会不同了，他也不希望丁一一在求学的时候接触爱情，所以先打好感情基础，毕业后结婚刚好。

为独生女儿规划好顺风顺水的感情生活，他们就没其他的担忧了。

毕竟这世上充满诱惑的东西太多，丁教授不愿自己的女儿被太多外界的东西所迷惑，他只希望丁一一能够顺利快乐地走完一辈子。

丁一一当然不知道父母的想法，这种事情，作为有些古董思想的教授父亲也不可能告诉她太早。所以她看见安浩轩眼中复杂的光芒时，只有不解。

浩轩表哥这么晚了还打算给她上课，想到这里，丁一一的困意又上来了。

“表哥，我有点儿困，还是先去睡了，明天一早起来补课行吗？”丁一一又想躲开他的视线，她第一次在安浩轩面前有点儿慌乱。

因为安浩轩的眼神很复杂，让她猜不透表哥的心思，有些无所适从。

安浩轩看着她的无所适从，突然想起第一次见到她时，那如月亮般皎洁的脸，干净可爱，没有一点儿瑕疵。

在回国之前，他见过丁一一长大后的照片，那是学校会演的照片，她扮成了一棵圣诞树，傻傻呆呆地摆着pose，一脸郁闷和期待结束的表情。

他一直认为自己不可能喜欢这样的女孩子，只是为了父亲的叮嘱，遵从了长辈的安排，调去她的学校，和表妹有更多的时间接触。

没想到只是一个多月而已，自己竟然会突然涌上这么强烈的感觉，这是他始料未及的。只要在他看不见丁一一的时候，就会想到她吃面包时噎着的可爱表情，想到她费力地爬墙洞，想到她非常烂的演技……

就像今天晚上，她被盛樱的人带走了，即便接到了崔萱的电话，他也一直心乱如麻，想去把她接回来。只要看不见她的脸，他就觉得像是少了什么。

"浩轩表哥。"看见他一直不说话，只看着自己，丁一一发虚地喊道。

"一一，你想去盛樱当明星吗？"安浩轩终于开口，因为长时间的静默，他的声音有些微沙哑。

"不想，我已经对那个崔总监说了，不会去做什么女主角。"丁一一见安浩轩终于开口，并且终于问了一个正常的问题，立刻回答道。

没想到表哥是在考虑她的未来啊。

长兄如父，果然没错。

"如果他们一定要让你去呢？"安浩轩盯着她继续问道。

"不去，又没签合同，还怕被他们绑了去不成？"丁一一此刻心里很轻松，她最害怕的是崔泽天，只要崔泽天不让她做女主角，那这个世界上没人能逼着她做不愿意的事情。

只是，丁一一完全忘记了此刻正在和老妈"度蜜月"的严父！

丁一一很早就起床了，这是老爹要求的“闻鸡起舞”。

两个人吃完饭，看了一会儿书，默默地一起下楼。

这里是M大的教职工住宅楼，因为住的不是教授，就是副教授，综合素质非常高，所以年年都是最优秀的小区。楼下的环境也相当好，设施非常完善，在这里不用担心会遇到盛樱明星学院的人。

只是丁一一刚走下楼，就看见一辆漂亮的车停在楼下，车窗摇下，副驾驶上坐着一个非常有气质的漂亮女人——盛樱总监，崔萱。

“一一，今天不用去学校了，我已经帮你请了假，跟我走吧。”没等丁一一惊讶，她就下了车，走到丁一一和安浩轩面前，微笑着说道。

“啊？”丁一一诧异地看着眼前这个漂亮夺目的女人，不由得再次感叹崔家的遗传基因真好。

“跟我去拍摄外景。”崔萱微笑不改地说道。

“为什么？”丁一一依旧惊讶地看着她，昨天晚上她不是已经明确拒绝再去盛樱了吗？

“因为我很看好你。”神秘美丽的微笑背后，带着不容置疑的肯定。

“她不愿做艺人。”这次是安浩轩开口，他已经不动声色地将丁一一的手腕握住，不着痕迹地将她拉到自己身边。

“是安先生吧，你好。”似乎这才看到安浩轩，崔萱笑容变得有些礼貌和程序化，但是并不让人讨厌。

“请不要让她做不愿意的事情，也请离她的生活远一点儿。”安浩轩十分礼貌却疏远地说道，然后转头对丁一一温和地笑道，“我们走。”

丁一一不由得抬头看着表哥的脸，不知道为什么，她突然想起一句话：越礼貌，越冷漠。

“等一等。”崔萱挡在他们的面前，脸上的表情似乎一直没有多少变化，甚至带着笑容。

安浩轩看着眼前气势十足的美丽女人，正要说话，轿车里下来的那个司机兼保镖，伸手将一份文件递到崔萱的手中。

崔萱晃了晃手中的文件，笑容像是有些扩大：“我手中这份合同，是她的父亲丁鸣鹤教授签了字的，要不要看一看？”

丁鸣鹤？丁一一和安浩轩心中都一紧。

安浩轩急忙伸手取过这份合同，丁一一虽然心中有些不妙的感觉，但是一想到她的老爹一向坚持“富贵不能淫，贫贱不能移，威武不能屈”，肯定不会出卖自己。

当丁一一探头看向表哥手中的那份合同时，心中“咯噔”一下——完了，她虽然只看见几句话，但是脸色已经变了。

她那傲骨铮铮文人君子的老爹，居然真的把她卖了！

一定是哪里弄错了吧，丁一一伸手将安浩轩手中的合同拿过来，先翻到最后一页，上面赫然落着老爹颇有魏碑之气的三个大字——丁鸣鹤！

脑中一阵“嗡嗡”的响声，丁一一真想晕过去，可惜她身体太好，摇晃了两下，还是没有晕眩的症状。

她老爹是太缺钱还是太缺头脑？

丁一一只想吐血，她在晕不下去的情况下，愣了半天，才抬起头看着同样眼里有诧异的安浩轩，现在该怎么办？

“你们不会以为这份合同是假的吧？丁教授的字可不是别人能模仿来的。”崔萱莞尔一笑，丁鸣鹤确实是个顽固的老古董，不过在她崔萱面前，还没有攻不克的难关。

“浩轩表哥……”丁一一腿有点儿软，现在她只能求救地看着安浩轩，希望他能为自己拿主意。

“别急，我给丁叔叔打个电话。”安浩轩也觉得不可思议，丁鸣鹤一贯认为戏子无情，他希望女儿成为艺术家，而不是艺人，这份合同一定是哪里弄错了。

安浩轩走到安静的角落，拨通丁鸣鹤的电话号码，而丁一一站在原地，看着崔萱。

她希望一定是弄错了，虽然那确实是老爹的字……

“这是我亲自出马搞定的合同，怎么会弄错呢？”像是看透了丁一一的心思，看着她的眼睛微微一笑，崔萱越来越喜欢这双漂亮的眼睛，这眼睛里没有任何欲望，只有纯然和清澈。

“我爸爸不喜欢我去做什么明星，他也不可能不问我的想法就签这份合同。”丁一一嘴巴上这样说，可心里越来越不确定。

因为对面站着的女人，据说是崔家最叛逆也最厉害的女人。

“你还小，大人的想法你是不会明白的。”笑容越发妩媚起来，崔萱看着丁一一说道，“而且大人的世界，可不是你想的那么单纯哦。”

不明白她到底是什么意思，丁一一转过头看着树下的安浩轩，不愿意再说下去。

不多时，安浩轩拿着手机走了回来，脸上的神情非常凝重，他没有想到丁叔叔竟然真的会答应这种事情。

昨天晚上崔萱马不停蹄地坐专机赶到丁鸣鹤夫妇所住的度假村，下半夜又飞了回来，仅仅用了几个小时的时间，就拿到了这份丁鸣鹤签字的合同。

名不虚传的魔女！

丁一一看见安浩轩这种表情，心里也差不多完全绝望了。

“一一，丁叔叔要和你说话。”低沉的语气，安浩轩将手机递给她说道。

“爸爸。”握着手机，丁一一困难地喊道。

“乖女儿，要听崔阿姨的话，一年的时间很短的……”

“为什么要我进盛樱？”丁一一听到老爹这样对她说，知道自己真的被卖了，心中无比愤怒。

“我觉得你应该趁着这个机会多接触社会，而且我和你妈妈一致认为，一个健全的人格，要经历社会的打磨……”丁鸣鹤谆谆教导起来，这一说就没完没了。

“可是，您没有征询我的意见就擅自做主！”丁一一的家里，虽然“等级制度”非常严格，但是也一向标榜着“自由民主”。

“我打电话没人接，说起来，我们不在家，你是不是都成野丫头了？”老教授有些心虚，立刻转换话题，装模作样地问道。

“爸爸，我不想……”

“就这样了，你妈妈要和你说几句。”丁教授急忙将手机递给夫人。

“爸！”

“其实我也没什么对你说的，你听崔阿姨和浩轩哥哥的话，我们明天下午回来，挂了，拜拜。”丁家夫人说完立刻挂断电话，拍了拍胸口，对丁教授说道，“第一次见你怕女儿。”

“怕？”丁教授负手而立，很不屑地说道，“自古君为臣纲，父为子纲，夫为妻……”

“好了好了，别跟我说什么三纲五常。”丁夫人一听到他说这些就头痛，“一一现在肯定很生气。”

“她敢生爸爸的气？”丁教授表面上不以为然，其实心中也有些无奈。

只怪丁家遇到了崔家的女人，没办法呀！

抚着桌上那套稀罕至极的《嵇康文集》，又看了眼床上那幅名画，再次摇头。昨天崔萱颇是“礼贤下士”，送来晋朝的玉砚宋朝的画，唐朝的书法明朝的玉，完全是吃准了他的兴趣爱好。

这些东西他不能收，可人家崔萱三言两语，轻描淡写地为他分析了如果不收下的后果，如果找个准确点儿的形容词，应该是“恩威并用”……

总之，面对崔萱这种人精，考虑再三，他还是签了合同。

这不仅仅是因为这些礼物，更是因为他要保障女儿日后的生活。

他真的是愚昧老古董？呵，读过万卷书，行过万里路，他比谁都清楚，什么事情该拒绝，什么人不能得罪。

两个小时后，丁一一被带到拍摄外景的地方，这是城市外的海边别墅，拍摄剧组早就到场了，已经做好一切准备，就等着丁一一的到来。

丁一一刚下车，就被拖进别墅里的临时化妆间。

她非常无奈，对老爹一肚子的火没法发泄。

闭着眼睛任他们化妆，丁一一没法违约，因为违约的后果是她所不能承受的。

不知道为什么，丁一一总是想到自己上车时浩轩表哥复杂的眼神，让她莫名地觉得自己很可怜……

似乎她是一只被别人牵走的狗，而原主人站在原地，百感交集地看着她被拉走……

此时，别墅外停下一辆车，走出两名少年。

一看见崔泽天到了，崔萱就大步走了过去，微微蹙着眉，脸上的表情是一贯的严厉：“你让这里所有的工作人员等了你两个小时，原本今天上午要完成一组拍摄，因为你的迟到……”

“你大可对媒体说，Evan今天又要大牌。”崔泽天平视着她，这个女人是他曾经最崇拜和喜欢的崔家人，可就是在她把自己一步步推向明星之路时，两个人之间的矛盾和摩擦越来越多。

崔泽天不喜欢一切炒作，而名为盛樱总监，实为盛樱的救世主的崔萱，却是一个深谙娱乐圈游戏规则的人。

她知道现在的崔泽天就像年轻时的自己，叛逆不羁，觉得全世界都应该围着自己旋转。

不按时上通告，不喜欢一切媒体，讨厌公司为他安排的一切……

崔萱并不会真的去责怪崔泽天，她还没有结婚，没有孩子，最疼爱的就是这个小侄子。

而且两个人的反叛性格也出奇相似，崔泽天在十二岁的时候，就想做一个拍遍天下美景的摄影家，她就利用一切机会，带他去看全世界的美景。

在崔泽天十四岁的时候，突然对创作歌曲产生兴趣，她不断地鼓励，并且用一个暑假的时间，为他出了全世界只有一张的专辑。

再后来，崔泽天想做一次模特，从此，被她领上明星的道路。

而那时，崔泽天十六岁。对于崔萱来说，这个年龄足够去承担一些事情，也足够确定以后的道路，她不允许自己兴趣广泛的侄子再朝三暮四。

他们骨子里的血液如此相似，两个都是崔家最“不务正业”的人，成了并肩前行的战友。

只是，两年时间的专业训练，他们走得越近，分歧却越大。

崔泽天喜欢自由的生活，而作为一个明星，很大程度上没有自由，因为这个冲突，他和崔萱没少吵过架。

崔萱现在是骑虎难下，她的小侄子随着年纪的增长，越来越有主见，两个同样强势的人在一起，交流难免会越来越困难，但是她不能就这样放纵崔泽天，更不能让他半途而废。

踩着十厘米高的高跟鞋，身材高挑的崔萱平视了他好久，转头对工作人员说道：“带他去化妆间，看看女主角准备好了没，先拍女主角的场景。”

工作人员立刻带着崔泽天往化妆间走去，从今年年初去欧洲拍摄一组广告图片开始，他们没少见姑侄两人意见相左。

此时化妆间里还坐着一个可能又会引起两人大战的人——丁一一。

昨天晚上崔泽天已经说了换女主角，他一贯说出口的话，必须立刻做到。

结果崔萱偏偏神速地把丁一一签到公司里，并指定她为女主角，谁都不能换。

崔泽天见崔萱没有再抵触自己，也就不再顶撞她，跟着工作人员走到化妆间里。

因为是在别墅临时清理出一个房间，所以并没有为他准备单独的化妆间，他对这些倒没什么要求，毕竟只要不是拍摄什么妖冶类造型，基本上不用怎么化妆，只要弄下造型就OK了。

可是今天，崔泽天走进化妆间里，脸色立刻难看起来。

因为端坐在化妆镜前的女生，正是他昨天说不要再见到的女生。

丁一一看见镜子里出现的帅哥，见他蓦然冷厉的眼神扫过自己的脸，心中一哆嗦，她也是无奈啊，她也不想再见到他呀！

崔泽天看见镜子里洋娃娃般的女生，立刻转过身，几乎是气急败坏地往外冲去，刚走到别墅的大厅，就看见崔萱也走了进来。

“我说过要换女主角。”强行压抑着不悦，他是一贯骄纵的崔家宠儿，不能容忍自己说出的话，被人当成耳边风。

“我很看好这个女主角。”崔萱淡淡地说道。

“那你就换个男主角！”面对姑姑的崔泽天完全没有平时的老成和镇定，倒是更像一个任性妄为被家族宠坏的公子哥。

他说完，就举步要离开。

“站住。”崔萱秀美的脸上掠过一丝怒气，她冷冷地说道，“今天不能完成拍摄，你就别想走出这扇门。”

“我想走，谁也留不住。”崔泽天咬牙，他谁都不怕，但偏偏对姑姑没办法。

“你尽管试试。”崔萱声音更冷，女王气势全开，“把门关上，室内戏先拍。”

一直没有说话的冷面小帅哥薛玉楼，一双鹰眸冰寒地盯在几个关门的工作人员身上，只要崔泽天给一个眼神，他就能立刻带他冲出这扇门。

相比外面的剑拔弩张，化妆间里的丁一一看着镜子里焕然一新的自己，心中正五味杂陈。她绝对没有想到，短短一夜的时间，自己的命运就发生了这么大的转变。

想不通啊想不通，她一直以为自己即使踏入影视圈，也只是个跑龙套的命而已，没想到盛樱的总监竟然认定她是主角。

人的品位真是奇怪。

“好了。”这次她的化妆师换了一个年轻的意大利男人，据说是崔萱特意给她请过来的专业化妆师。

为一个新人如此下功夫，在盛樱除了Evan之外，就是原本普通的女生丁一一。知道她是崔萱看中的新人，周围的工作人员也对丁一一礼貌有加。

丁一一对这种“和国际接轨的化妆师”一点儿也不感冒，让她唯一欣喜的是，这个名叫“乔”的男人，用了不到一个小时的时间，就把她全套造型弄好了。

对她来说，不用坐在化妆镜前，默默地等待时间流逝，是一件多么值得庆幸的事情。

乔满意地打量着自己的作品，和身边的助理用英语交谈了几句，接着，助理就对丁一一笑着说道：“小妹妹，跟我来。”

丁一一跟在助理的身后走出“化妆间”。这座别墅一共三层，化妆间是二楼的一间客房临时改用的，所以刚走出门，丁一一就发现整个大厅弥漫着怪异而凝重的气氛。

薛玉楼站在冷然的崔泽天身边，冰寒的表情下，有着未知的强大力量。

门已经关上了，落地玻璃窗外的阳光很灿烂，大厅的光线尤为明亮。

崔萱站在两个冷傲的少年面前，气势一点儿也不输给他们。

薛玉楼静静地等着崔泽天的指令，作为崔泽天的“伴读”，他是崔家奶奶亲自从顶级保镖集团中选出的人，一生中只有一项任务——听从崔泽天的指示，保护他的生命安全。

他冰山般的性格，是在毫无情感可言的集团里训练出来的，所以，他一向能用最冷漠也最冷静的大脑去判断当下的状况。

他察觉到崔泽天和崔萱之间很微妙，他们虽然是姑侄，但更是最了解彼此的人。

诸如现在，在崔萱决不后退的情况下，崔泽天也无法在大家的注视下，给盛樱总监难堪。

虽然在崔萱面前，崔泽天有时候就像个没长大的孩子，但是他的任性，只展现给最亲近的人，这么多外人面前，崔泽天不得不收敛起自己的性格，稍微放低姿态。

看着自己的侄子，崔萱的眼中闪过一丝不易察觉的笑意，她转过头看着造型师，语气里有着无法抗拒的威严：“带他去换造型，准备开拍。”

站在二楼的丁一一好奇地看着这一幕，崔萱不笑的时候，真是让人生畏。

她心中不觉更加敬畏这个女人，能把崔泽天治得服服帖帖，她简直要膜拜这位总监大人。

“今天拍摄麻烦了。”助理看见崔泽天的脸色，摇摇头，叹气说道，“小妹妹，先下去吧。”

崔萱的头衔虽然是盛樱总监，可是她的职务并不仅仅局限于总监，事实上，她的权力比总裁还要大。

而且，也只有她才能对付崔泽天，所以，崔泽天的所有通告，都必须有崔萱在场。

崔家的人，没人敢得罪，包括盛樱的老板和最牛的导演。

丁一一走下楼梯，心情很忐忑，因为她知道自己的演技有多烂，估计一会儿崔萱肯定会后悔把她签过来。

想到这里，丁一一的眼睛一亮，一条计策悄悄浮上心头……

“女主角准备好了？”崔萱转过身，看见装扮一新的丁一一下了楼梯，刚才不怒自威的表情换成了柔和的浅笑，赞赏地说道，“很漂亮。”

造型师兼化妆师乔站在楼上，似乎听得懂她的话，愉快地微笑了。

“台本刚才化妆的时候，助理已经说给你听了吧？”看着丁一一，崔萱问道。

“说过。”丁一一点头，接着说道，“不过我的演技一向不好，恐怕……”

“对自己要有信心。”崔萱冲着她笑了笑，“我找了最好的导演和团队，一定能顺利完成拍摄。”

“是吗？”丁一一脸上挂着笑，心里却打着小算盘。

“当然。”崔萱非常自信，她看到工作人员都准备得差不多了，于是说道，“清场，准备。”

第一个拍摄场景就是在这布置典雅奢华的别墅大厅里。

这一组镜头，名为“享受生活”，可是脚本上居然没有说具体要演绎什么，只有一个要求——男女主角闲雅地享受室内生活就可以了。

这是最奇特的一次拍摄，没有脚本和具体内容，让男女主角随心所欲地去演绎。

原先编剧给的脚本被崔萱扔到了垃圾桶中，她了解过丁一一的表演基础，知道要让她一开始就找到感觉很难，一次就过更是妄想。

所以崔萱做了个大胆的决定，不要任何形式上的拘束，放手让崔泽天带着丁一一进入情境。

她对自己的侄子有信心，虽然今天他的心情很差，但是对待工作，崔泽天会和自己一样认真负责。

丁一一坐在漂亮的餐桌边，餐桌上摆的是诱人的食物和水果，按照导演的要求，她要表演出一天的美好从早餐开始。

丁一一看见美食，肠胃习惯性地蠕动起来，她好想吃……

“卡！”丁一一还没开始表演呢，导演突然喊道，“幸福，你的脸上要有幸福！”

幸福？她都被老爸出卖了，还能有幸福？

丁一一转过头，僵硬地笑了笑，站在摄像机前，比上表演课还要紧张。

就这样坐在餐桌边，丁一一像是老僧入了定。

摄像机对着直勾勾看着桌上美食的丁一一，半分钟后，崔萱走到导演身边，低语了几句。

导演立刻转身对摄像大哥低语了几句，然后崔萱抱着胳膊走到二楼，俯瞰着整个大厅的场景。

“萱姐，这个小女生面对镜头，完全找不到感觉啊！”黄英华站在她身边，低低说道。

“她现在是不情愿去演。”崔萱注视着助理走到丁一一身边，淡淡说道，“只要让她认清现实就好了。”

助理走到丁一一身边，笑着说道："小妹妹，导演说如果镜头再不通过，浪费的菲林和人员精力，全部由你负责哦。"

啊？丁一一看着年约四十精明能干的助理，她怎么从来都没有听说过NG的后果由艺人承担？

"小姑娘看上去也不笨，也不至于让我们先礼后兵。"黄英华对稍作装扮后的丁一一十分满意，她属于温润而不刺眼的那种清纯可人的美女。

"先礼后兵？"崔萱不由得淡淡一笑，"瞧你说的，她不过是个单纯的丫头，只要听话，公司不会亏待她的。"

两个人正在说话间，二楼的一扇房门打开了，崔泽天已经换好了造型，粉色T恤，白色裤子，和丁一一正好是情侣装。

崔泽天目不斜视地从崔萱身边走过，大步下了楼梯，没等导演说话，就径直出现在镜头里。他伸手拉开椅子，坐在丁一一的对面。

丁一一看着对面坐着的大男生，她还没见过哪个男人能将粉色穿得如此好看，三分帅气四分酷，还有一分清爽、一分温暖和一分莫名的柔软。

似乎平时他的"戾气"少了很多，这副模样看上去很居家很温暖。

看见对面扎着俏皮歪马尾的女孩睁着圆溜溜的大眼睛花痴地看着自己，原先都快进入状态的崔泽天一下就抽离出来。

他对着这样的女主角，真的有点儿找不到感觉。

如果换个陌生的演员，他还能镇定自若地演下去，但是丁一一……似乎因为认识，所以无法完全放开。

抿了抿唇，崔泽天看着像一朵粉色月季花的丁一一，几秒钟之后，将一切都压在黑眸下，唇边突然漾起一丝温柔的笑来。

丁一一正看着他，突然见他微微一笑，心脏"扑通"一声，差点儿就跳了出来——他的反应好奇怪！不是很讨厌自己当女主角？他应该是给自己臭脸看才对。

哎呀！他这样突然温柔的笑容，自己根本招架不住啊！

丁一一脸色通红，想要移开眼睛，却被他的视线牢牢吸引着，这次她不是老僧入定，而是老僧被点穴了。

她半张着嫣红的唇，傻愣愣地看着崔泽天不可思议的温柔笑脸。

站在二楼的策划人黄英华眼中微微放出光来，像是在自言自语：“有戏了。”

“嗯。”崔萱看着自己的侄子，他的气势虽然霸道至极，可是演起温柔的角色来，也能手到擒来，温柔得让人心碎。

女人们绝对招架不了这张脸温柔起来的样子。

“崔泽天不走演艺之路，实在是暴殄天物。”黄英华啧啧惊叹，这是他第一次在拍摄现场看到崔泽天的表现，“他对任何角色都能驾驭得很好，假以时日，一定能成为真正的百变天王。”

“他的脾气要是不改掉，这种话说得还为时过早。”崔萱转过头看着黄英华，眼里有一丝否定。

“年轻人总有点儿脾气，泽天已经很好了。”黄英华似乎觉得她说得太严重，在他心中，有这种背景的小少爷能够做到对工作人员礼貌相待，已经非常难得，“而且不是还有你吗？他一向最听你的话。”

“那是以前的事情。”崔萱脸上似乎掠过一丝阴霾，摇头说道，“先不说这些了，今天能拍摄完三个场景就算超额完成任务。”

黄英华见她似乎有些不开心，也不再多说什么，看着坐在餐桌边的两个人，似乎导演要正式开拍了。

崔泽天依旧轻松地坐在丁一一的对面，伸手拿起一颗红艳艳的樱桃，微笑着递到对面丁一一的唇边。

这原本是一幕青春逼人浪漫无比的室内场景，可是丁一一却被他的举动吓得差点儿从椅子上跌下来。

她总有种错觉，只要崔泽天伸手，就是要捏自己的脸。

看见她骇然地往后躲闪，崔泽天唇边的温暖微笑凝固了，黑眸中闪过一丝阴寒，她就这么害怕自己吗？而且……这明明是自己对她的吸引力不够，如果换成其他任何一位女主角，此刻应该正被自己迷得七荤八素，立刻进入情境才对。

拿着樱桃的手修长有力，仿佛钢琴家的手指。他的手停在丁一一的面前，点漆般的眼睛里，笑意被抽离。

一看见他没了笑意的双眼，丁一一觉得周围的温度立刻降到零下，她扶着椅子，做好随时逃跑的准备。

导演原先露出欣喜的脸也立刻沉了下来，这个小女孩不是盛樱明星学院的吗？有这么好的搭档配戏，她怎么一点儿都不知道接？

而且在崔泽天面前，导演是不敢喊“再来一次”的，他只有抬头看了看崔萱。

崔萱示意一切继续，不用喊停，于是摄像机重新准备好，多角度对准两个人。

丁一一好想逃跑，她觉得自己是可怜的小红帽，而这里就是狼窝。

崔泽天收回手，深吸了口气，抑制住自己的脾气。他在这么多人面前，能自制的时候，一定会冷静。

而且，二楼上的姑姑还看着他，他不想被姑姑看低。

站起身，崔泽天往丁一一身边走去。

丁一一看见他站起身时，就条件反射地立刻想跑。

崔泽天眼明手快地按住她的肩，强制性地半搂住她，如果她要跑，估计抓住她要费很大的力气。

毕竟是学校的长跑冠军啊！

丁一一有些哆嗦，努力地往一边移去，她害怕，她想回家……

她移开一点儿，崔泽天就靠近一点儿，她继续坚持不懈地一点点移动，直到快掉下椅子，而这时的崔泽天已经“鸠占鹊巢”，端坐在她刚才的椅子上，搂着她肩的手，移到她的腰上。

这只苹果的腰摸起来倒是挺有手感，很柔软，而且腰围不大，只是肉乎乎的。

周围的人鸦雀无声地看着他们，几台摄像机最忙碌，而丁一一被摸到了腰，抖了抖，差点儿要笑出声来，她最怕摸这里，很痒……

崔泽天伸手揽住她的腰，将这只看上去很有肉感的苹果拎到自己的腿上坐着，然后面不改色慢条斯理地伸手拿过一颗水晶葡萄，往苹果口中递去。

丁一一此刻脸上像是着了火，有这么演戏的吗？这是赤裸裸的占便宜！

当然，在外人的眼中，谁占谁的便宜还不一定呢——只怕绝大多数人都在感叹丁一一占了大帅哥的便宜。

葡萄递到上了一点点唇彩的水亮嫣红的唇边，崔泽天的眼里依旧有着温柔，只是这次，在温柔之下，是不耐烦和阴郁。

丁一一不愿意吃，她无言地抗议，紧紧闭着唇。

被一个男生用这种姿势抱着，能有心情吃葡萄吗？

而且居然没有人喊“卡”！

导演他们都是怎么了？这哪里是在演“幸福”，明明是少儿不宜！

崔泽天拿着葡萄五秒钟之后，突然收回手，放入了自己的口中。

丁一一眨了眨眼睛，看着他自己吞下那颗小小的水晶葡萄，还没等她的视线从那好看的唇上收回，崔泽天的另一只手突然按住她的后脑勺，性感好看的薄唇就快贴到她嫣红水亮的樱唇上了。

“轰”一声，丁一一脑袋里像是一锅热油里倒了一碗凉水，一下炸锅了。

丁一一再也忍受不了，她挣扎着大喊：“合同上没规定要被人占便宜，说过不会有任何亲热戏，我要一个解释！解释！”

周围是吃惊到极致的眼神，没人说话，也没有人来得及阻止。

崔泽天松开手，任她飞奔到崔萱身边，他自己则是优雅至极地坐在餐桌边，端起牛奶浅浅地喝着。

相对一楼餐厅的闲雅，二楼则是惊天动地的哭诉。

丁一一要罢工，丁一一不要再和崔泽天搭戏，她不要什么精神损失费了，她只要离开这里！

珍惜生命，远离崔泽天。

崔萱面对抓狂的少女，只能先息事宁人，她没想到自己的侄子会这样。这次太突然，她始料未及，所以只能先沉默地等着丁一一发泄完。

丁一一更加失控地对着崔萱哭诉，她要回家，她不要在这里多待一秒，她以后都不要在盛樱出现，永远永远永远在这群人中间消失。

“一一，冷静点儿，要不今天先回去休息。”崔萱遇到这样意外的情况，也只能尽量安慰。

丁一一此刻眼里的泪水打着转，她永远都不要再见到崔泽天：“崔阿姨，拜托您解除合约吧，我不是演戏的料儿，我讨厌这一行……”

看着她闪着泪光的乌亮的眼睛，崔萱不由得有些心软，她毕竟刚成年，刚才那一幕对她来说太过分。

“Evan，还不道歉？”在工作的时候，崔萱对崔泽天就像是对待普通的艺人，从来都不会开后门。

而且今天他的举动简直就是一点儿没教养的流氓！

富家子弟的劣根性和优越性，让她恨不能好好给他上一课。

“应该是她道歉吧？一个简单的情景，浪费了多少菲林！”崔泽天的声音蓦然在丁一一身后响起，他冷哼道，“这么多工作人员等她一个人，难道你不该责骂她？”

听到耳边突然传来崔泽天的声音，丁一一心跳差点儿又停止了，她转过头，含着泪水的眼睛看到崔泽天离自己不到十厘米的距离。

红红的眼眶里本来蓄满了眼泪，被他一吓，像断了线的珠子，一串串掉了下来。

看见她睁大的眸中，掉下晶莹的泪来，不知为何，崔泽天的心脏微微一紧，很想伸手把她脸上的泪擦去。

她原本就是娃娃脸，瞳孔又大又黑，而且让人感觉好无辜。

这样一落泪，仿佛自己很恶劣地欺负过她一样。

在崔泽天的世界里，刚才是他吃亏好不好？

他这么帅，难道丁一一不感觉荣幸吗？

“我说，要是你再哭，我可真的吻你了。”崔泽天心里很不是滋味，这个世上居然会有人这样讨厌他的亲近。

一听到他这样说，丁一一想要收住眼泪，可越是违心地想不哭，眼泪就掉得越多。

呜，早知道她就拼命学好表演课，至少可以让眼泪收放自如。

崔泽天被她的眼泪搅得心烦意乱，她真的这么讨厌自己？

阴鸷地盯着她，周围的气压都低了下来，崔泽天伸手捉住她的肩，一不做二不休地霸道蛮横地要再次吻下去。

丁一一微张着嘴，愣愣地看着他深不可测的双眸，抓住栏杆，半天也没发出声来。

看见她无意识半张的红唇，崔泽天皱了皱眉，突然停住了。

“还愣着干吗？去补妆，再演不好的话，就真吻了。”吐出卑劣的威胁，崔泽天瞥了眼崔萱。

丁一一看着他的眼神里多了一分恐惧，她发现在这里，无论崔泽天想做什么，都没人敢制止。

助理在崔萱的示意下，急忙走了过来，将微微发抖的丁一一往化妆间带去。

这一次，丁一一乖得很，也不知是不是被吓坏了，还是真的怕崔泽天会做什么出格的事情，默不作声地含着眼泪跟在助理的身边走进化妆间里。

“你太过分了！”化妆间的门一关，崔萱脸色冷到了极点，立刻对着面前的美少年呵斥。

“你不觉得我这一招比你的合同还迅速有效吗？”崔泽天不以为意，丝毫也不将崔总监难看的脸色放在眼里。

这时候，周围的工作人员都知道暴风雨即将来临，纷纷该干啥干啥去了，连黄英华都识趣地走得远远的。

“她还是个新人，需要时间适应这个环境，你这样只会吓着她！”崔萱非常生气，虽然刚才她没有阻止崔泽天，可是她决不允许这种事再发生。

“她刚才也没反抗嘛。”满脸的毫不在乎，崔泽天摸了摸唇，挑衅地说道，“崔总监，不知道你的青春期是怎么过来的，这可是一件令人愉悦的事情，你怎么能用‘吓着’这个词？”

“你……”崔萱脸色微微一变，她的侄子最近越来越毒舌了。

“姑姑，我觉得你还是该找个男人，这样单身久了，会提前更年期的。”崔泽天很“关心”地说道。

“住嘴！”崔萱抬手抚上额头，气得有些头晕，只能怪她以前太宠崔泽天，现在这孩子越发胆大包天。

看见姑姑被自己气得脸色发青，崔泽天也见好就收，耸耸肩，转身往化妆间走去。

丁一一正在补妆，她眼眶还有点儿发红，湿润润的，像是一颗被水银包裹的黑宝石，尤为动人。

崔泽天靠在门边看着乔为她补妆，他第一次发现，强悍的小苹果也有楚楚动人的一面。

错了，不是第一次发现，他在那次假面舞会上，就发现她可怜起来特别让人无法拒绝。

丁一一从镜子里看到崔泽天，脸色一下煞白，好在刷了一层淡淡的腮红，看不出脸色的异样，只有那双漂亮的眼睛，泄露了一丝害怕。

很快就补好妆，丁一一被助理带出门，经过崔泽天身边时，她的心跳加快，双腿不争气地打着寒战，好害怕他会对自己做什么。

好在崔泽天并没有做出其他出格的举动，只是跟在她身后一起下了楼，重新坐到餐桌前开拍。

这一次他再拿起樱桃的时候，丁一一顺从地张开了嘴，只是她的表演太僵硬，NG了几次之后，丁一一努力地让自己找到感觉。

她不想再被崔泽天吃豆腐，所以她必须很努力很努力地演好……

丁一一从没有想过自己的表演天赋会在这种“压力”之下爆发，她发挥了十七年来所有的潜力，逼迫着自己完成了一次蜕变。

“卡！”终于，第一个场景，导演满意地喊“卡”了。丁一一如释重负地瘫倒在椅子上，掌心都是汗。

“不错。”导演特意走到丁一一身边，赞扬道，“保持这个水准就可以了，下一个户外场景要继续加油。”

“……”丁一一无言地看着导演，她刚才完全在灵魂出窍中演完了这一段“幸福温馨”的室内剧，现在根本记不起自己做了什么……

“换道具，给主角换衣服。”剧组嘈杂的声音中，丁一一被领进化妆间，换下一套衣服。

等到丁一一看见下一套衣服之后，再也无法沉默，惊骇地说道：“这是什么衣服？”

“泳衣。”用蹩脚的中文回答她，乔英俊潇洒的脸上有点点微笑。

“为什么要穿这个？”丁一一看着样式迥异的几件泳衣，完全不解。

“要去海边，当然要穿泳衣，白痴。”已经换好造型的崔泽天走了进来，冷哼一声，说道。

“啊！”看到崔泽天的模样，丁一一尖叫一声，脸上迅速升温，急忙闭上眼睛。

他这么完美的身材，难道不该流着口水尖叫吗？

心里非常不高兴，崔泽天转身就走。

听到脚步声消失之后，丁一一才偷偷地睁开眼睛，为难的视线又转到那些花花绿绿的泳衣上面。

“还没换好？”崔萱走了进来，看见乔无奈地耸肩，知道丁一一不愿意穿泳衣。

其实她和爸爸妈妈一起去海边的时候，穿过略为保守的泳衣，可是她不愿意在这么多工作人员面前，穿这种衣服。

关键是还有崔泽天。

杀了她吧！

“我给你挑一件。”看见丁一一满脸不情愿，崔萱笑着把她拉到更衣室里，那里面挂满了各式各样的衣服。

“我不想穿泳衣。”丁一一小声说道，她知道自己在这里完全没有自由和说话权。

“我给她找的，都是最适合她的衣服。”外面传来乔半生不熟的汉语。

崔萱并不理会任何话，伸手从众多衣服中取出一件绿色的分体式泳衣。

娇艳的年轻的绿色，上面是挂脖式的短衣，下面是带着裙摆的超短裤。

丁一一看见这件泳衣，连连摇头，她不要穿得这么暴露，小肚皮都露在外面。

崔萱对着外面说了几句英语，很快乔就拿进来一个盒子。

“来，我帮你换上。”崔家人似乎都有种高贵不可欺的气势，无论说什么话，都不容许反驳。

“我不……”

“不要耽误时间，现在男主角的都开拍了。”崔萱伸手帮丁一一脱下外衣，看着只穿着内衣的女生，不由得抿唇一笑，“小身材还不错嘛。”

“我……我自己换。”不愿意在崔萱面前脱得光光的，丁一一拿起泳衣就冲到布帘后。

“很漂亮，你看绿色多衬你的皮肤。”崔萱见她耳朵都红了，也不再逗她，将她拉到镜子前，满意地看着她露在外面的雪白肌肤，被清新娇艳的绿色衬得无比健康而青春。

“可以吗？”丁一一感觉好暴露，虽然她穿得和班里的啦啦队差不多，但是在大庭广众之下，她总觉得不好意思。

“走吧。”像是看出她的心思，崔萱握着她的手，牵着她往外走去。

换好衣服之后，又坐在化妆镜前，这次乔没有动手，而是崔萱为她裸露在外面的肌肤抹上防晒霜和一些奇奇怪怪的东西。

“年轻真好。”摸着丁一一娇嫩的肌肤，崔萱感叹道，“不过以后要慢慢学着保养自己，想做一个让人记得住的人，要花费很多的时间和精力。”

“我不想做……”小声反驳，丁一一觉得今天是最暗无天日的一天，她是怎么熬过来的都不知道。

耀眼的阳光下，蔚蓝的大海让人有种想扑进去的感觉。

沙滩上聚集了一堆工作人员，看上去崔泽天的单独拍摄已经完成。

穿着深蓝色泳裤的崔泽天，正在姿势优美地冲浪。

洁白的浪花卷起，他像一只矫健的鹰，或者说像一只优雅的海鸥，划过蔚蓝的天际。

丁一一非常不安地被崔萱拉到海滩上，阳光下的她，是一抹清新的绿色，让人想起了春天。

站在摄像机前，丁一一感觉自己好像在拍什么不可见人的东西，一点儿也放不开，紧张得只想捂住所有露在外面的肌肤。

“Take easy（放轻松）。”导演看着蓝天大海下乌发黑眼的少女，不住地让她对着镜头放松。

可是谈何容易，穿成这样还要做出开心的动作，丁一一简直要哭了。

“哗啦”，一个浪头打到沙滩上，凉凉的海水渐渐温柔地席卷到丁一一的脚上，又一丝丝地往后退去。

丁一一光着脚站在沙滩上，觉得好冷。

虽然是正午时分，其实并不冷，但丁一一觉得又冷又饿，可是刚才崔萱说必须拍完海边场景之后才能进食，否则容易影响身材。

天哪！她从小到大就这身材，吃一顿饭能暴涨十斤吗？

而且这是什么剧组啊，女主角要吃一口饭，都不允许。

崔泽天不知什么时候已经抱着冲浪板往这边走来。

他刚才运动了一会儿，神清气爽，心情也明媚了很多。

远远地看见剧组正在进行拍摄，女生雪白的肌肤在阳光下闪着耀眼的光芒，他第一次看见一个人的肌肤能洁白到反射光芒。

而且，他意外地发现，那个娇小的女生，居然曲线玲珑，穿着泳衣，小身材比例好得让人大跌眼镜。

穿校服的时候，他记得完全和现在不一样啊！

海风一阵阵卷来，丁一一长长的黑发被吹得乱七八糟，她太饿了，肚子在不争气地叫，而且海风吹得小肚皮凉凉的，在太阳下都发冷。

“你太笨了吧？这种动作都做不到位！”崔泽天站在一边看了几眼，再也看不下去了，大步往丁一一身边走去。

丁一一本来专心对着镜头，突然听到他声音，转头见他往自己身边走来，本来就怕他，又想到自己穿成这样，条件反射地伸手护住胸，往后退去：“你干吗？别过来……”

崔泽天见她如临大敌的样子，而且那举动好像自己是个恶霸一样，忍不住大笑起来。

难得看见崔泽天会笑成这个样子，剧组的人眼睛都直了，而稍微年轻点儿的女人更是张着嘴不可思议地看着崔泽天。

“我又不是毒蛇，你怕什么？”崔泽天往前走一步，丁一一就后退一步，保持两米的安全距离。

“崔……崔总监……”丁一一当然害怕他，他比毒蛇可怕一百倍。

可是这次，崔萱却眼眸微微一亮，并没有及时上去解救被“调戏”的丁一一，而是与摄像师和导演低低交谈着。

“喂，你最好不要往后退了。”崔泽天见她苹果般的脸，好心提醒道。

丁一一突然想到那天在酒店摔倒的事情，急忙迅速地回头看了一眼，后面什么都没有。

就在这时，崔泽天闪电般地逼了过来。

“啊！崔阿姨！”丁一一幸好有所准备，在他欺身过来的时候，立刻撒腿就跑。

摄像机迅速追逐着两个人的身影，而丁一一丝毫没发觉，只想着跑得远远的。

“我说你……你这两条短腿怎么这么能跑！”海滩上转了一圈又一圈，崔泽天刚刚冲浪结束，而丁一一像见鬼似的拼命跑，他居然半天没抓住她。

“你别过来……”今天上午别墅的地方太小，丁一一跑不起来，可现在不一样了，碧海蓝天，地球有多大，她就能跑多远。

不过现在她也累得气喘吁吁，丁一一捂住胃，她没吃饭，好饿……

“喂，别往后退了！”崔泽天见她捂住胃继续往后退，看见她身后一个小浪头打来，急忙说道。

“谁……”丁一一才不相信他的鬼话，而且她更加警惕地往后退了几步，生怕被他抓住。

“哗啦啦”，一个浪头从背后打过来，“呼啦啦”，浪很快就退去了，留下干干净净的沙滩——刚才粉嫩鲜艳的小苹果没了。

“救命……”远处的海面上，传来丁一一的呼唤声，她只会套着游泳圈在浅水区和救生员的视线内玩水，这一离开游泳圈，她就快不行了。

海浪让她的意识渐渐模糊，丁一一突然想到如果自己挂了，老爸和老妈会不会立刻生个儿子呢？他们那么喜欢男孩……

崔泽天没想到这一个浪头将她卷得那么远，他急忙往海里游过去，这时，也有个身影跳进了海中，迅速往前游去。

“天，交给我吧，你休息。”游到崔泽天身边时，薛玉楼说道。

他知道崔泽天刚才消耗了不少体力，现在肯定很累，他可不想让崔泽天出任何意外。

崔泽天看着薛玉楼径直游到漂远的小小身影边，终于长出了口气，他刚才不过是和她恶作剧而已，如果丁一一真出了什么事，估计崔萱会先把自己凌迟了。

薛玉楼半拖半拽，将丁一一往沙滩上拽的时候，工作人员也准备好了救生圈和小船，一群人七手八脚地把“女主角”救了回来。

所有的工作人员看着躺在沙滩上的女主角，她呛了很多水，医护人员一时不能赶到，而唯一有救人经验的就是自小被严格培训出来的薛玉楼。

严格地说，薛玉楼不仅知道如何救人，而且懂得各种恶劣情况下的急救和护理。

薛玉楼处理得差不多了，可丁一一还没有清醒的意思，气息也越来越弱。

“送去最近的医院需要多久？”

“医务人员现在到哪儿了？”

周围的工作人员打电话的打电话，求救的求救，因为在海边的别墅，所以一时找不到医院和医生。

“快给她做人工呼吸。”崔萱跪在丁一一身边，果断地说道。

还在给丁一一做急救处理的薛玉楼愣了愣，抬头看向崔泽天。

“还愣着干吗？快点儿。”崔萱已经不耐烦了，她伸手按着丁一一的胸口，声音蓦然变得严厉。

“我来。”崔泽天看着丁一一完全失去血色的肌肤，连唇膏下的唇，都感觉是苍白的，他突然觉得自己今天真的有些过分。

如果不是他去抓她，她就不会被浪卷走。

跪在她的头顶，捏住丁一一的鼻子，深吸口气，崔泽天靠近她的唇。

涂着淡淡唇膏的唇近在眼前，像春天最柔软的花瓣……

“咳……咳咳……”被崔萱按着胸，最后一口堵在气管中的水，还没等崔泽天给她渡气，丁一一就咳了出来，崔泽天猝不及防，满脸都是咸咸的海水。

迷迷糊糊地睁开眼睛，在刺眼的强光下，丁一一看见的是一张放大的俊脸，这是勾魂的小鬼？没听说过小鬼长得这么帅啊！

而且小鬼的脸上还滴着水，很恶心……

崔泽天见她迷茫的眼神，狠狠抹了把脸，转身往海边走去，太恶心了，她居然吐他一脸水！

这水还不知道经过了她哪些器官……

本来想要发火，可是看见她那无辜迷茫的眼神，就突然不忍心了。

崔泽天站起身，扑到海里，用力洗着脸，算了算了，只要她没死就好，这笔账以后慢慢再和她算。

“饿……”在众人七嘴八舌的慰问下，这是丁一一死里逃生后说的第一个字。

丁一一生病了。

她发烧感冒还头痛，反正浑身都难受。

不过她很庆幸自己一贯强壮的身体会在这种时候“识时务”地生病，如果可能，她希望永远都这样病下去。

保姆车将她送到自己家楼下，丁一一坚持不要去医院，她只想回家等爸爸妈妈回来。

而崔萱也细心地给安浩轩打了电话，让他从学校回来照顾丁一一。

抱着一大堆药，在初秋里捂得严严实实，丁一一双腿虚软地下了车，一见表哥站在楼下等着，几乎泪流满面。

天知道她看到这张熟悉而温柔的脸有多高兴，好像是从狼窝里逃出来的小女孩看见了至亲。

一头扑了过去，丁一一恨不能永远和表哥在一起，不要再回到恐怖的盛樱。

安浩轩礼貌地和保姆车里的工作人员道了谢，将丁一一轻轻推离一些，拉着她的手往楼道里走去。

“嘁！她看上去好得很，根本不用我们担心。”坐在另一辆车上的崔泽天看着远处两个人的身影，不悦地说道。

“那你还不放心地尾随过来看看。”薛玉楼一向说实话。

“我以为她一个人在家，怕她死了没人收尸。”崔泽天冷冷地说道，“谁知道她那应该在学校的表哥会回来？不是今天下午的校运会闭幕式要这位表演课老师发言吗？”

“你了解得真清楚。”薛玉楼发动车子，适时地转移话题，“下午还有一组拍摄，他们找不到你，崔姑姑一定会生气。”

“女主角都不在了，我一个人去拍什么？”耸耸肩，崔泽天拿出已经关机的手机，扔到车后座。

“天，你不会是喜欢上那女生了吧？”薛玉楼看了他一眼，良久，终于还是问道。

“胡说什么！”崔泽天像是遇险的刺猬，浑身的刺都竖了起来，进入完全防御姿态。

“你一向不喜欢和别人过分亲近。”薛玉楼实话实说，他对崔泽天从来不会有任何隐瞒。

愣怔了一下，崔泽天突然想到丁一一柔润香甜的唇，他立刻扭过脸，冷哼一声：“人总是会变的，今天喜欢的，说不准明天就会讨厌，你这种冷血的人知道什么。”

丁一一穿着毛茸茸的家居服，裹着毛茸茸的毯子，半躺在沙发上，心安理得地接受表哥无微不至的照顾，原来爸爸妈妈不在家，也可以这样幸福。

现在想想，真是多亏了老爸老妈当初喜欢男孩，认了一大堆干儿子，所以自己现在才能这么幸福。

“一一，怎么还没吃药？”正在厨房忙碌的安浩轩转头看见丁一一的药还放在桌上，脸色立刻沉了下来。

“我喝点儿水就好了。”丁一一指着玻璃杯里的白开水，笑嘻嘻地说道。

“不行，生病了就要吃药，否则病不会好。”安浩轩走到丁一一身边，又倒了一杯白开水，将药递给她说道。

“不会好，那最好。”丁一一咕哝着，只要生病就不用去盛樱了，她就这样保持病情吧。

“听话，把药吃了，别胡说八道，身体最重要。”安浩轩温柔耐心地说道。

“不吃行不行？”丁一一央求地看着表哥。

“不行。”安浩轩很坚决地回答。他看着她卸了妆有些苍白的脸色，心疼起来。

“那……放这里吧，我等水温了一些就吃。”丁一一退而求其次，能拖就拖。

安浩轩无奈地看着像一团粉色小熊的她，正要说话，电话突然响了起来。

“丁叔叔？”安浩轩接起电话，那边正是丁家二老。

“嗯，我会的……你们什么时候回来……飞机赶不上了？……哦……好的……”

丁一一竖着耳朵听着安浩轩和爸爸的谈话，她等着爸爸和自己说几句的时候，一定装可怜，要让他们后悔把自己签给盛樱……

可是没这个机会了，安浩轩挂断电话，转头看着一脸复杂表情的她说道：“他们周末不回来了，周一上午九点的飞机。”

“啊？爸爸没说我什么吗？他们知不知道我差点儿死了？”丁一一不甘心地问道，老爸怎么一点儿都不关心她？难道真的要把她给卖了？

“他们已经知道了，让我好好照顾你。”安浩轩看着她黑亮的眼睛，丁一一的表情，总是让他忍不住想宠爱。

“其他的什么都没有说？”丁一一不死心地问道。

“把药吃了，我再告诉你他说了什么。”安浩轩没忘记让她吃药。

“哎呀！厨房在做什么呢？有点儿煳味。”丁一一突然说道。

“糟了。”接个电话忘记时间了，安浩轩急忙往厨房冲去。

丁一一飞快地拿起药，用面巾纸包住，扔进垃圾桶中，然后端起水，慢悠悠地往嘴边送去。

她突然觉得自己现在的演技好强哦。

经过了不堪回首与魔共舞的一上午，她现在质变成演技派了。

安浩轩再次出来的时候，丁一一喝完大半杯的水，一脸乖巧地笑：“我吃完药了，爸爸还说什么了？”

“他说人生经历得越多，就越能体会生命的醇厚。”眼神掠过茶几上剩余的药片，安浩轩用酷似丁教授的语气说道，“如果有幸经历过生死一线，那更会懂得生命的美好。”

“扑通”，丁一一差点儿跌倒，她根本不该指望爸爸会有什么忏悔之心……

生命的醇厚和美好她没体会到，她只觉得现在自己的人生像海水那样苦涩悲怆。

美美地吃了一顿安浩轩亲手做的桂花粥，丁一一看了眼外面的天空，突然想到今天下午的闭幕式好像要新老师代表发言。

“浩轩表哥，今天下午你不是要做发言吗？”这可是重要的事情，差点儿被她耽误了。

“没事，已经换代表去了。”安浩轩收拾着碗筷，说道。

“不行，盛樱明星学院里，这种该露脸的时候一定要露脸！我来收拾，现在赶去还来得及。”丁一一不由分说抢过碗筷，把安浩轩往门外推去。

一般新老师中选出的代表，以后可都是学校骨干人物。

“一一……”安浩轩哭笑不得，看她认真紧张的模样，好像这不是普通的发言，而是总统竞选演讲。

“去吧去吧，不用管我，我睡一觉就没事了。”丁一一看见他腰上还系着围裙，一副居家好男人的模样，急忙伸手去解他的围裙系带。

“一一，你别动，我来。”安浩轩吸了口气，按住她在背后乱扯的手，说道。

“四点半钟就要到场，现在都三点五十了。”丁一一急吼吼地说道，她头昏脑涨，丝毫没觉得自己和表哥的这种姿势没什么不妥，帮表哥解围裙嘛，只不过……是从前面抱着他的腰。

她有点儿晕头转向，忘了绕到他身后去，怎么方便就怎么来了。

“一一，我……”见她完全把自己当成了兄长，安浩轩不知道应该高兴，还是应该愁闷。

“快点儿换衣服，别愣着了。”丁一一把他的围裙野蛮地扯了下来，有气无力地催促道。

“校董已经换了其他人，我现在去也没用。”安浩轩叹了口气，温柔地说道，“而且我也不想去，我想待在家里，可以吗？”

丁一一拿着围裙，抬头看着他英俊的脸，浩轩表哥的眼睛很清澈，一眼就看到了底，那里面有着阳光的温暖和对自己的宠爱，只是他的脸怎么突然离自己越来越近，近得都能感觉到彼此的呼吸？

安浩轩一点点俯下头，她像一只诱人的苹果，挂在清晨带着露水的枝头上对他摇晃……

丁一一愣愣地看着那张渐渐凑近的脸，突然觉得呼吸困难，胸口闷得喘不过气来。不好，她还有想吐的感觉，丁一一慌忙伸手扶住玄关的鞋柜，费力地吞着口水。

都怪自己没按时吃药，现在感觉发烧变得严重了，眼前的景象都晃动起来。

安浩轩见她脸色突然惨白地扶着鞋柜，额上虚汗直冒，猛然停止自己差点儿就犯错的举动，急忙伸手抚上她的额头，滚烫的肌肤带着冷汗灼得他心中一疼：她需要去医院。

不管丁一一情不情愿，安浩轩拿起钥匙抱着她就往楼下的医疗室跑去。

"浩轩表哥……我……我自己走……"被他晃得头好晕，丁一一想吐，浑身难受得要死。

将她送到楼下的校医疗室里，这是大学专门为教职工准备的急诊室，里面少不了老爸的同事和邻居。

而且平时三姑六婆们就喜欢在医疗室外面坐着聊天。

"哟，一一也会生病啊。"某位教授的二姑诧异地说道。

"我还以为一一永远不可能进医院呢，看这珠圆玉润的样子。"

"浩轩，过来过来。"几个挂号的年轻点儿的小媳妇纷纷对安浩轩抛着媚眼，咯咯笑着打趣道，"人家丁教授不在家，你就成一一的亲爹亲娘了，昨天做了什么菜呀？说来我们听听，也让我家那位学学。"

"浩轩也会做饭呀，真是十项全能，我家那位只会叫外卖。"

安浩轩自从回国之后，这栋楼的人几乎都认识他，加上他模样俊秀，人又礼貌谦和，小媳妇和大姑娘们少不了和他套话。

可现在安浩轩哪里顾得上和邻里打趣，急忙将丁一一送到病房里，小媳妇们一路跟着，丝毫也不放过丁家未来的女婿。

“浩轩，听说一一被盛樱签去和一个帅哥配戏，你放心吗？”一个知情的副教授夫人也不放过安浩轩，眨眨眼问道。

“阿姨，您就别开玩笑了，被一一听到不好。”看着已经呈半昏迷状态的丁一一，安浩轩脸色微红，说道。

“哟，还脸红了，呵呵，我们可等着吃喜酒呢，你呀，差不多就赶紧定下来，”那个教授夫人带着小孙子来看病，小孙子吊水，她正闲着无聊，逮着安浩轩就不放了，“一一是越长越漂亮了，以后成了大美女，万一被别人追跑了，有你后悔的。”

“阿姨……”安浩轩生怕被丁一一听到，急忙转移话题，“您家的小林林怎么了？感冒了？”

“别提了，一入秋就容易生病，上吐下泻，又是发烧又是感冒，愁死我了。”教授夫人终于把目光转到那孩子身上，摇头说道。

这边几个小媳妇加夫人们都挤在丁一一所在的病房里，对丁家未来的女婿兴趣十足，想想也是，人家安浩轩好歹也是帅哥一枚，在病房里这么无聊，能看见帅哥，肯定抓着不放。

丁一一昏昏沉沉地醒来，病房里的人还不见少，大姑娘小媳妇们三五成群地坐在另外两张病床上，该吊水的还在吊水，只是嘴一点儿也没闲着，安浩轩只恨不得从这群三姑六婆里杀出条血路。

“浩轩表哥……”在一片嘈杂声中，丁一一发出低微的声音。

“一一，你醒了？”安浩轩惊喜地俯下身，看着她慢慢睁开眼睛。

“好吵……我想回家……”丁一一声音细若蚊蚋，和平时生龙活虎的她判若两人。

“等等，还要输一瓶。”安浩轩温柔地在她耳边说道，惹得小媳妇们纷纷捂嘴窃笑。

“那我再睡一会儿，你要记得输完之后喊我回家……”病来如山倒，这话果然不假，丁一一说完，又闭上眼睛陷入半梦半醒的恍惚中。

就在这时，不知谁把挂在墙壁上的电视机打开了，这里并不是重症室，所以为了更好地服务病人，安装了卫星电视，让病人可以度过无聊的吊水时间。

不知道被调换到哪个台，正在播放娱乐新闻，而三姑六婆最喜欢这种明星八卦，一大半的人放过对安浩轩的轰炸，开始热情地讨论起八卦来。

“天，这是谁？”正在安浩轩为丁一一擦着额上细密的汗水的时候，一个抱着两岁大的孩子的小媳妇突然尖叫道，“一一！有没有弄错？”

安浩轩一听见丁一一的名字，急忙转头看向壁挂电视，上面果然清晰地出现丁一一的笑脸，娱乐解说员正在解说：“众所周知，神秘的小天王Evan一直只是在欧美活动，可最近他动静颇大，似乎准备进军亚洲娱乐界。而就是画面上这位笑容甜美的女生，幸运地成为Evan进军内地的第一个广告的女主角……据最新的消息，这两位年轻人在私底下关系非常亲密……”

当即，一屋子的人都陷入尴尬的沉默之中，再接着，画面一闪，是丁一一穿着绿色泳衣和崔泽天在海边奔跑的画面，接着就转到了“人工呼吸”的镜头。

众人虽然经常开玩笑，可一时无法接受丁教授家乖巧懂事的女儿，会拍出这样的照片。

可画面上的少女青春明媚，虽然化了淡淡的妆，但是一眼就能认出那是丁一一……

“想知道Evan和这位可爱的女生还有哪些关系吗？”衣着鲜艳的主持人对着镜头，神秘地一笑，“我们先进一段广告，千万别走开，接下来的节目会更精彩。”

电视节目往往在精彩的时候插播广告，可今天没人埋怨。一个年长些的妇女，抱着孩子站了起来，僵硬地笑着：“啊呀，我儿子该去打针了。”

“我要给女儿做饭去了，小萍，你不回去做饭吗？”一群小媳妇在尴尬之后，纷纷找着借口，不一会儿，一屋子的人散得干干净净，只剩下昏睡着的丁一一和安浩轩。

安浩轩的脸色铁青，丁一一下午回来之后，没有和他提起遇到过这些事情，她只是说自己不小心被海浪卷走，又受了风寒，就被剧组送了回来。

他不知道盛樱为什么要将这些照片透露给媒体，难道他们不知道保护新人？

这种照片对丁一一的名誉极为不利，她还是纯真的小女生，怎么能面对如此复杂的娱乐界？

可是自己却无力阻止她被盛樱带走……

安浩轩看着皮肤泛着潮红的丁一一，她还什么都不知道。

安浩轩猛然起身，走出病房，掏出手机，给盛樱的崔萱打去电话。

“为什么那种照片要传出去？”开门见山的质问，安浩轩的手在微微颤抖，他必须阻止对一一不利的事情。

“我们正在采取补救措施，这是个意外。”崔萱冷静的声音响了起来，她似乎知道安浩轩会给她打电话。

“意外？如果你们想牺牲一一去炒作……”

“安先生，请相信我。这件事原本全程保密的，不知道为什么会流出照片，而且丁一一是我选出的新人，我肯定不会用这种方式去炒作。”崔萱语速很快，吐字清晰地说道，“现在我们正在调查这件事，并且已经通知所有的新闻媒体将这件事的影响降到最小。

如果没其他事，等我忙完再给你打电话，好吗？”

“希望你能处理好这件事，”听见那边似乎一片忙乱，安浩轩深吸了口气，压下自己的冲动和暴怒，“否则，无论付出什么样的代价，我都会阻止——去盛樱。”

“有什么事我都会依照合同来做，就这样，再见。”对安浩轩的语气有些不满，崔萱淡淡地说完，挂断了电话。

盛樱此刻上上下下都忙成一片，这是他们从来没有遇到过的情况，居然上午拍摄的场景，下午照片就莫名其妙地流传出去，这是哪家狗仔做的？

媒体一向对有崔萱所在的盛樱比较敬畏，如果没有事先打招呼，根本不敢报道盛樱艺人的负面消息。

崔萱脸色非常难看，因为接到安浩轩电话不久，崔泽天也打电话过来，两个人又吵了一架。

崔泽天如今不再像小时候那样完全信任自己，他认为这又是一次手段低劣的炒作，可今天的事情，真的是完全误会她了。

崔萱不知道为什么这种照片会传到媒体手中，盛樱的保密工作向来严密，当时又是清场的，他们的行程一向保密，所以只能是内部人员做的。

如果崔泽天知道这种照片会流传出去，也一定不会在众人面前强吻丁——。

作为公众人物，他不仅仅是一颗冉冉升起的巨星，更是势力庞大的崔家子弟，谁敢不经过他的允许私自放出这样的照片，那就等着第二天停业整顿吧。

崔泽天脸色阴沉地看着网上的新闻，虽然经过了盛樱的及时处理，大部分消息已被删除或者封锁，可是，他接到了奶奶的电话。

崔家奶奶虽然七十多岁了，不干涉崔氏集团的任何事情，却是崔家最说一不二的人。老太太说一句话，别说现任的崔氏总裁，就是整个家族的人加一起，也不敢不听。

这都是因为四十年前，崔家爷爷因为决策失误，差点儿将崔家偌大的基业毁掉，而崔爷爷眼看无力回天，居然从此消失了。

而那时三十九岁的崔家奶奶，硬生生地担起整个崔家的命运，几乎是重新创业，十年起家，十年巩固，再十年，将崔氏集团推向了鼎盛。

崔家奶奶是当时的风云人物，一直站在创业和守业的潮头，崔家现在不可撼动的地位，就是这老太太一手创下的，所以她现在虽然退出了集团，安享晚年，可她说一句话，能改变整个崔氏集团的命运。

而这老太太，今天突然给最疼爱的小孙子打电话，第一句话就是“新闻上的女孩是谁”。

老太太语气十分不悦，她本来就对孙子放着祖业不继承去当什么艺人而大为恼火，这次闹出这样的花边新闻，让她更加生气。

当初小孙子踏足娱乐界，由她最固执的四女儿崔萱扶助，老太太下的命令是，不准闹出任何对崔家不利的新闻，不准和任何女星走得太近。

老太太虽然退隐了，可是她最讨厌的就是女星削尖了脑袋往豪门嫁。所以一看见报纸上的新闻，就大为恼火。

“我去查清这件事究竟是怎么回事。”薛玉楼开着车，说道。

“晚上必须去参加家庭会议，烦死了。”崔泽天最担心的还不是晚上的家庭会议，他更担心奶奶会对丁一一有什么想法。

“没事，我想崔姑姑会妥善处理好这件事情。”薛玉楼像是在安慰他。

“我总感觉落入了什么圈套，照片怎么可能外泄？而且有几张照片的角度，看上去很像偷拍。”崔泽天的长指在笔记本上轻点，拉取几张图片对比，说道。

“崔姑姑不是说可能是内部人员泄密吗？”薛玉楼看了一眼电脑上的图片，淡淡地说道。

“不管怎样，这段时间你派人多盯着丁一一，不要让她出任何事。”一瞬间，崔泽天不再有丝毫少年的稚气，恢复了深沉和敏锐。

“OK。”

车停在一栋半山腰的别墅外，这别墅像是一座欧式的古堡，大得不像话，而周围的风景也美得不可思议，里面有成群的工作人员和保安，这就是崔家奶奶余淑华老太太常住的一栋别墅。

第四章

崔奶奶最不喜欢的就是——明星

晚上六点十分，崔氏家族的人陆陆续续来了五十多位，这些都是崔氏集团的骨干成员。老太太说六点半开会，谁都不敢迟到哪怕一秒。

余淑华坐在超大的会议桌首席，身边站着的俊美少年，就是崔泽天。

崔家的孙子辈，只有崔泽天刚刚成年。而这五十多个人中，崔家孙子辈也只来了三个人。

崔泽天，还有他的亲哥哥崔希华，以及他顽劣风流的姐姐崔岚画。

作为崔家最小的孙子，崔泽天的位置一向是老太太身边最近的地方。

余淑华端坐在首位上，虽然年已古稀，可眼神灼灼，风采绰绰，三分慈祥七分庄严，带着一股冷厉的气势，让人不敢正视。

这就是商界传说中最强悍的女人。

老太太脊背挺拔，目光缓缓巡视周围一圈，不紧不慢地发话了：“时间都到了，还有一个人没来。”

她的声音很温和，却带着隐隐的王者之气。

似乎崔家正脉都是如此，有着俯瞰天下的气魄。

崔泽天巡视了四周一眼，知道她说的是崔萱。

崔家最叛逆的四姑娘。

崔萱此刻正在路上，她在车里也没休息，一直在打电话安排事情。今天老太太突然要开会，而且指定她必须回去，肯定和下午的新闻有关。

她在百忙之中留意了一下，崔家股票因为那个花边新闻，下跌了三个点，而盛樱的上市股票，却涨了八个点。

老太太除非过年，平时无论开会还是家庭宴席，都不会强求她回去。

自己也算伤透了她老人家的心，当初老太太刚生下自己，爸爸就抛下崔家的烂摊子，不知所终，老太太为了重振家业，对她的关心最少。

等到崔家事业稳固之后，老太太才想起这么个女儿，对她百般照顾，努力弥补当初少给的母爱，并且看中了她的能力，要将崔家最重要的一家企业交给她打理。可惜自己那时正是叛逆期，固执己见，一定要自己创业，磕磕碰碰几十年，她没成为商界第二个余淑华，却成了娱乐界最厉害的幕后女人。

只是到底还是违背了老太太的初衷，她不愿走妈妈为她安排好的路，也注定了和崔家越走越远。

在车来到别墅外的时候，崔萱终于挂断最后一个电话，此时已经是七点十分。

她在下车前，整理好仪容，在管家的带领下，大步流星地往会议室走去。

会议室里一片肃静，老太太正在用不急不缓的语气对站在一边低头不语的崔岚画说话："……总之，这几天你也太不消停了点儿，奶奶看你也不小了，以前你玩心重我也不说你，可你现在快三十岁的人了，怎么还不收心呢？"

"哪有三十，人家才二十五……"一向御姐气势的崔岚画在老太太面前，大气也不敢出，低着头站得规规矩矩，低低说道。

“别怪奶奶擅自为你做主，这个名单你拿去看看，看中了哪个青年才俊告诉奶奶一声，今年就把婚事定下。”余淑华说完，身边的一个仆人立刻递给崔岚画一份文件。

崔岚画平时最敬畏的就是老太君，现在在这种气氛下，当然不敢说什么，只能乖乖地站在旁边听着教导。

“妈。”会议室的大门悄然打开，崔萱大步走了进来，歉意地微微鞠躬，“对不起，我来迟了。”

“没人敢责怪你。”老太太眼神复杂地看了她一眼，“你是大忙人，能来已经是给我这老太婆面子了。”

“妈，别这样说，公司出了点儿事，所以耽误了。”

“好了，既然人都已经到齐了，那就说说今天会议的主要内容吧。”崔家奶奶一点儿也不啰唆，看见崔萱到了，开门见山地说道，“大家都知道，我是最不喜欢娱乐界，崔家这么大的产业，只要你稍微努力，这一生都不愁吃穿，站在财富的金字塔顶尖……”

崔萱已经坐下了，知道老太太意有所指，也不出声，只是看了崔泽天一眼。

会议室里，三个孙子辈的人都没有座位，崔泽天一直站在老祖宗的身边保持一个姿势不动。

崔家家族太大，这是因为崔老太太十七岁嫁给崔家爷爷时，崔家爷爷三十多岁，已经娶过三个老婆，所以支脉庞大，非常复杂。

崔家的衰退有很多原因，可导火线却是一个女星的插足。

那个女星一出道走的是纯情路线，被誉为玉女，迷倒万千男人。

偏偏就是这个“玉女”插足崔家，野心勃勃。

崔家奶奶那时整日忙于打理内务，等到她发现这个女星已经聚敛了崔家无数财产之后，勃然大怒，毅然从崔老爷子背后走到幕前。

所以她讨厌娱乐界的女明星，也是有缘由的。

“崔旭。”老太太慢条斯理地点了一个人的名字。

崔旭立刻从座位上站起来，大为紧张地低着头。

他是崔老爷子第二任妻子的第三个儿子，已经是快六十岁的秃顶男人。

“听说你最近花钱很大手笔，你负责的公司业务很好？”老太太喝了口茶，优雅地问道。

“回四妈的话……还可以。”崔旭额上虚汗直冒，这老太太当初几乎是一个人扭转了崔家的命运，而且没有丢弃老爷子的前几任太太的孩子们，他有今天，都是崔老太太的功劳，所以他对余淑华一向又敬又怕。

“一辆二百多万的跑车，一座三千多万的别墅，一张无限额信用卡，还有一驾私人飞机，眼都不眨一下就送了出去，看来你的公司是赚了不少钱。”

依照崔家的财力，这点儿钱不过是九牛一毛，可是崔老太太为什么要提？

因为这些东西，是送给了一个漂亮的性感女星。

崔旭做得已经够小心了，而且根本没有任何媒体报道，可老太太平时不出门，为什么会知道？

“四妈……”崔旭不知道该说什么，掌心直冒虚汗。

难怪今天把这么多人都喊了过来，原来以为只是崔泽天的花边新闻，根本没必要劳师动众，可现在看来，老太太是来清算账务的。

“如果你觉得自己足够有钱了，崔氏集团也不需要只出不进的人才，”余淑华淡淡一笑，“我已经安排好更适合的人接管你名下的两个公司，你做好交接的工作后，就有大把时间开车兜风了，周游世界都没问题。”

“四妈，我错了……”崔旭腿一软，他不过是送了辆车和房子给那个明星而已，不用这么严厉吧？

“你们坐在这里的人，都应该记得崔家是怎么濒临倒塌的，如果不想崔家再现三十年前的场面，就要防微杜渐！”余淑华声音蓦然一厉，“有钱就忘记了糟糠之妻，有钱就可以大把花在女人身上，你可听过‘戏子无情，婊子无义’？你们都忘记了崔家衰败时，是谁拿着崔家大把的钱在你们面前笑？”

崔萱一直沉默地坐着，她听到“戏子无情，婊子无义”的时候，抬头看了一眼崔泽天。

崔泽天站在老太君的身后，细碎的刘海在眼睛上投下一片阴影。

他知道奶奶非常不想让自己踏入娱乐圈，可是没想到奶奶今天会当着这么多人的面，痛斥“戏子”。

他知道等奶奶收拾完那些犯错严重的叔叔们之后，就会轮到自己。

不，准确地说，是轮到丁一一。

奶奶不舍得真的责骂自己，她肯定会把矛头指向丁一一。

崔泽天看着叔叔们的脸色，突然想如果丁一一见到这个场面，会不会吓得双腿发软，或者吓哭？

想到丁一一上午含着眼泪的乌黑眼睛，他一直觉得丁一一肉肉的，长得又难看，可是今天下午看到新闻的时候，居然觉得她楚楚动人……

可能是她比较上镜吧。不过一般都是越瘦的人面对镜头越好看，她那么胖，为什么在镜头里却显得健康自然呢？

“天儿。”老太太七分慈祥三分威严的声音把正在胡思乱想的崔泽天拉了回来。

“奶奶。”崔泽天急忙扶着奶奶的肩，微微低下头。

“你在想什么呢？”老太太不用看他，似乎就知道他在走神。

“我……我在想您说了这么久，是不是累了？要不要回房休息？”崔泽天对付老太太有自己的方法，而那些叔叔，也都指望着他能把老太君哄回去。

“别跟我打马虎眼，说说下午的新闻吧。”关键时刻，余淑华才不会被孙子三言两语糊弄过去。

她招了招手，投影仪对准她的身后，几张照片闪了出来。

“妈，那些都是我的错。”崔萱立刻站起，先把责任揽到身上。

“天儿亲人家女生也是你的责任？你怎么不说是导演安排呢？”余淑华看了崔萱一眼，语气渐渐冷了下来，“天儿说大不大，说小也不小了，年轻人面对诱惑犯错，我们也不能去责怪。可是这个小女生看起来还很小吧，年纪轻轻就知道勾引男人，我觉得也没必要留在盛樱……”

“奶奶，不是这样的。”崔泽天见矛头果然对准丁一一，立刻想要解释。

“哟，已经让我家的孙子为她讲话了，现在的年轻人真是不可貌相。”余淑华冷哼一声，她非常不高兴，“要是她进了崔家的门，你还会把奶奶放在眼里？”

“奶奶，您怎么……”崔泽天没想到奶奶对自己这么“不讲理”，不过说起来，这间会议室里几十个人，也只有自己敢打断奶奶的话，并且据理力争。

“开始埋怨起奶奶了？啧，这小丫头还真不能小看。”崔奶奶指了指画面，出现丁一一和安浩轩牵手的画面，还有丁一一快乐地扑向安浩轩的画面，“瞧瞧，小姑娘已经成精了，啧，不愧是盛樱明星学院每年的第一名。”

“奶奶，您从哪里弄来的这些照片？”崔泽天一看见丁一一和安浩轩的照片，觉得事情果然不简单。

“你这是惊讶还是紧张？”老太太随手一点，画面一换，变成了丁一一和另一个男生亲热的照片，第一张是男生趴在秋千架下的丁一一身上，第二张露出了男生的正脸，拿着玫瑰花，被丁一一握着手……

崔泽天正觉得这男生眼熟，看到正脸之后，猛然想起，这不是班里的陈毅林吗？

后面居然还有陈毅林抱着丁一一的画面。

“这个女生还真是潜力股啊，这些男生的背景都不错，虽然和崔氏集团不能比，可也是千万富翁或者高官的孩子，这么小就已经会物色对象，找的不是豪门就是官二代。”老太太晃晃手，大大小小的照片全是丁一一和班里男同学稍微亲近点儿的照片。

崔泽天从没看过这些照片，照片里的丁一一笑容都是一如既往地灿烂，只是身边的对象一换再换。

“奶奶，您怎么可以偷拍别人的隐私？”崔泽天惊愕之余，是隐隐的愤怒。

“奶奶可没时间也没兴趣去调查一个小女孩，只是，奶奶不愿自己的孙子和这种人走得太近。”余淑华看见崔泽天眼里的愤怒，优雅地笑道，“你未来的妻子，必须是名门闺秀，而不是这种见谁都扑的野女孩。”

“萱，今天找你来，就是想告诉你，天儿要踏进娱乐圈，本来我就不愿意，是你一再担保他不会惹出任何事情的。我也说过，天儿当艺人，第一，不准有任何绯闻；第二，配戏的女星一定要过我的眼；第三，任何负面新闻都不能流出。如果这三点不能保证，天儿还是回来乖乖做他不愁吃喝的小孙子。”余淑华抿了抿茶，看着崔萱说道，“现在你怎么解释？”

“我只想说，我选择的人不会有任何问题。”崔萱直视着余淑华，“妈，能告诉我，这些照片是谁给您的吗？”

“这个小姑娘，我只希望她以后不要在盛樱出现，也不要再和我家天儿有任何瓜葛。”老太太并不回答，而是淡淡地说道，“如果天儿还想继续在盛樱明星学院学习，那就把这小姑娘调去其他学校。要是再不济，就让老彭给他们家一笔钱，让他们永远在这座城市消失。”

“奶奶，您太霸道了！”原来霸道也是遗传的，崔泽天虽然对丁一一没什么感觉，可是这件事因他而起，假如拖累了丁一一，他会觉得自己很没用。

“就这么定了，我有些累了，散了吧。”余淑华像是没听到孙子的话，淡淡说道。

“奶奶，您根本不能这样决定，我绝不会同意。”崔泽天没想到一条新闻，要改变丁一一的命运，他当然不能允许奶奶这样做。

“妈，我也不会同意。”崔萱走到余淑华面前，语气平静，神情却很坚定。

说完，她伸手拉过崔泽天，拉着他大步往外走去。

一屋子的人怔怔地看着崔家四姑娘带着崔泽天往外走去，没一个人敢出声，就连崔泽天的母亲也坐在那里眼睁睁地看着儿子被他姑姑带走。

余淑华坐在椅子上，一直面带微笑，只是眼里闪过一丝冷意。

此时，坐在车上的两个人，终于不再吵架，而是像很久以前那样，成为亲密的战友。

“现在怎么办？奶奶说过的话，一定会做到。”崔泽天面对更加强势的奶奶，觉得世界好昏暗。

“我已经派人暗中保护一一，如果奶奶行动，我们还有时间阻止。”崔萱闭上眼睛疲惫地说道，“现在关键是要找出谁在背后捣鬼，那些偷拍者背后一定有某个利益集团。”

“那也不至于对一个毫无背景的女生下手。”崔泽天握拳在唇边，沉思起来，“我总觉得应该好好和奶奶说，我们这一走，肯定激怒她老人家了。”

“啧，你还有冷静的时候啊。”崔萱睁开眼睛看了一眼崔泽天，忍不住笑道，“臭小子不是脾气冲动得很吗？”

“你说什么？”崔泽天不悦地看了她一眼，冷哼一声，“那是因为你太讨厌，还不把自己嫁出去，你想孤独终老啊？”

“又满嘴胡言。”崔萱佯怒，轻轻敲了敲他的脑袋。

“老女人！”不满地别过头，崔泽天说道。

“天，你不觉得这件事像是有预谋的吗？我查了一下，应该和奶奶没有关系。至少奶奶不会抹黑你的名声，要对付那个小姑娘，抬抬手指就够了，何必把你牵扯进去？”崔萱不再开玩笑，一双眼睛在暗夜中闪着锐利的光芒。

“如果我猜得没错， 应该和张芯瑜有关。”崔泽天虽然年轻，可心思深沉不比一般人。

奶奶已经退居二线，最多盯盯崔家的大事业，不会主动关心孙子辈的事情。

那她拿到的那些照片，就是别人给她的了？

“那你怎么没有在奶奶面前点破？”崔萱眼中闪过一丝赞赏，问道。

“没有证据，如果说了，只会让奶奶更加以为丁一一是妖孽。”崔泽天依旧看着车外的风景，虽然他一开始很不待见丁一一，可怎么说丁一一的气质清纯乖巧讨喜，应该是奶奶喜欢的类型才是啊。

咦，怎么突然想让奶奶喜欢丁一一？今天脑袋烧糊涂了。

“呵呵，这次学乖了。”崔萱淡淡一笑，“不过也未必是张芯瑜。”

“这条新闻是由她叔父所负责的娱乐网站第一时间发出，然后几百家网站争相转载，如果不是她暗中捣鬼，谁敢发这种新闻？”崔泽天转过头看着姑姑，问道。

“我总觉得不会这么简单，张芯瑜不会傻到轻易地让你怀疑她做这件事。”崔萱摇了摇头，“毕竟她是老太太的孙媳妇候选人之一……”

“别提这个。”崔泽天脸色蓦然沉了下来，奶奶什么都好，唯一不好的就是喜欢给他物色未来的媳妇。

他不明白崔家势力已经这么大了，为什么还要利用“联姻”来扩大更多的势力。

奶奶为他找的几位“孙媳妇”候选人，不是烟草大王的女儿，就是高官千金，或者是环球公司的富家女们，让他不胜苦恼。

而现在比他更苦恼的是安浩轩，一一病了，安浩轩不想再让她知道媒体八卦照片的事情，据他所知，这条娱乐新闻一出来，网上的讨论沸沸扬扬，而从来没有任何知名度的丁一一也荣登搜索榜榜首，她所有的资料都被人曝光出来，这一次不知道要带给她多少麻烦。

丁一一昏昏沉沉地躺在病床上，她当然不知道此刻外面有多少双眼睛关注着自己，也不知道有多少人嫉妒自己，有多少人痛骂自己，还有多少人羡慕自己……

短短的一下午，她成了话题女王，也成了绯闻女星。

“浩轩表哥，这瓶输完，可以回去了吧？”丁一一从来到医院开始就在睡觉，现在夜里十一点了，她终于挣扎着醒过来，弱弱地问道。

“可以了，我们回去吧。”给医生使了个“千万不要乱说话”

的眼色，安浩轩扶着她坐了起来。

“我以后一定按时吃药，哎呀……”丁一一在昏昏沉沉中，还在后悔自己中午没有吃药，和生病相比，还是健健康康更好。

“腿麻了吗？”给她穿上鞋，听她突然叫了一声，安浩轩急忙抬头问道。

“有点儿……”丁一一勉强笑道，她躺了太久，只吊水没吃饭，腿不知道是发麻还是饿得发软。

“慢点儿，我扶着你。”安浩轩扶着她慢慢地往家里走去，他之前已经和医生护士们以及外面热烈讨论的三姑六婆打好招呼，不要在丁一一面前提任何关于新闻的事情。

一觉醒来，丁一一感觉自己好多了，至少走路不打飘，头也不是那么疼了。

于是，丁一一在家里享受浩轩表哥无微不至的关怀。

只是她觉得很奇怪的是，安浩轩不允许她看电视，给她拿了一堆书。

还有件奇怪的事情是，崔萱竟然也没有给她打电话，让她去盛樱“上班”。

不过她享受这样闲雅的周末，可以看自己喜欢的书，饿了就吃，困了就睡……

“表哥，我们出去走走吧。”喝完安浩轩为她准备的下午茶，丁一一看着外面晴朗的天空，觉得自己好像完全康复了，于是提议道。

“不好，医生说你必须静养一段时间。”安浩轩抱着一本厚厚的书，坐在沙发上，看了她一眼说道。

“生命在于运动嘛，我今天好多了！”丁一一开始活蹦乱跳，和昨天下午的死气沉沉判若两人。

“真的好多了？”安浩轩注视着她稍微好了点儿的气色，问道。

“真的，我打一套太极给你看。”丁一一好想去公园蹦上几圈，吸收天地精华。

“那好吧，你几天都没有补习表演课了，既然身体好了，那就补课。”

“呃……其实，我还是静养一段时间比较好。”丁一一急忙打断安浩轩的话说道，“这随便一动，头还是有点儿晕呢。”

好笑地看着她乖乖坐在落地玻璃窗前晒太阳，安浩轩收回宠爱的目光，继续低头看着书。

他今天起得很早，准确地说，他几乎一夜都没睡。

出去买了够吃两天的菜，顺便在丁一一醒来之前，上网查询了昨天照片流传后的情况，发现仅仅一夜时间，那些照片和新闻居然都被主要的门户网站删除，并且封了评论。

而且关于新人丁一一和崔泽天的字眼，也都被慎重筛选过，全被一些广告代言之类的新闻代替。

只有一些论坛还留有照片，只是已经被换成了“广告花絮”。总之，盛樱处理得非常及时到位，没有让这件事扩大，反而变成一种隐晦的宣传手段。

崔萱的能力和手段不容小觑，可即使这样，昨天的那条新闻还是被很多人看到，昨天在各大论坛热议，今天那些新闻虽然被封了并且做出澄清，但还是无法让丁一一回到从前那样平静的日子。

如果现在丁一一出门，难免不会被人指点议论，所以，他在丁教授夫妇回来之前，他不会让丁一一出去。

看着坐在书房飘窗台上的丁一一，安浩轩想起昨天晚上自己的冲动，不由得又自责起来。现在只要看见她还不知情的明媚笑容和对自己完全的信任，安浩轩就有种犯罪感。

他今天不止一次地想坦承昨天晚上的事情，可每次听到她甜甜的“浩轩表哥”，就不由自主地把话吞了下去。

算了，还是等丁教授夫妇回来之后，他立刻向丁一一表明心意，赶紧确定关系吧……

而丁一一今天想上网查资料的权利也被安浩轩剥夺了，只能看看书，练练毛笔字，等着吃晚饭。

她不知道，今天盛樱上下依旧在为昨天照片的事情忙碌着，所以才多放了她一天假。

崔萱一定要将这件意外的事情变成一场对盛樱有利的炒作。

她绝不会让这次“暗伤”事件成功，不管是谁在背后捣鬼，她都不会后退一步。即便余淑华出面，她也不会让丁一一离开盛樱。

迎难而上，是她的性格，不服输，也是崔家人的性格。

而此时，崔泽天正在遥控一个“快递员”。

“叮咚”，丁一一家的门铃响了起来。

正在拨弄着古琴的丁一一听到门铃声，立刻站起身要去开门。

“我去开门，你继续练琴。”安浩轩一听见门铃声，脸色微微一变，立刻抢先一步说道。

“是不是爸爸他们回来了？”丁一一第一个反应是爸爸妈妈提前回来，给她惊喜。

安浩轩从猫眼儿里往外看了一眼，意外地发现是丁一一的惠湘表姐。

“惠湘表姐！”已经迫不及待地冲到玄关处的丁一一看见是惠湘表姐，又惊又喜，急忙喊道。

而安浩轩看见是自家人，也暗暗松了口气。他最怕的不是盛樱的人找上门，而是那些三姑六婆忍不住过来八卦。

“姐姐，听妈妈说你已经在实习了，是吗？”丁一一为李惠湘端上茶水，削着苹果问道。

“是啊！所以这么久没来看你。”揉着表妹黑亮的头发，李惠湘温柔地笑道，“一一看上去好像瘦了，气色好差，是不是浩轩表哥虐待你了？”

以前上学的时候，她每周都会来这里一次，现在忙了些，好多天没见表妹，感觉丁一一好像憔悴了点儿，婴儿肥的肉肉小脸都瘦了一圈。

“没有，浩轩表哥最好了。”立刻为安浩轩辩护，丁一一笑着说道，“是我昨天生病了，一天都没吃什么饭，所以就饿瘦了。”

哪有一天不吃饭就饿瘦的？

“一一昨天真的差点儿被海浪卷走了？”李惠湘立刻问道。

“咳，惠湘，我刚好有点儿事想打听一下。”安浩轩立刻给李惠湘使了个眼色，将她拉到书房里，确定丁一一听不见谈话，才低低说道，“昨天的新闻你看了？”

“是啊！大家都知道了，我正要来问清楚呢。”

“小声点儿……”

丁一一好奇地转头看着两个人在书房窃窃私语，总觉得哪里不对劲，她想了半天，突然想到惠湘表姐怎么知道她昨天被“海浪卷走”？

是安浩轩给她打电话说的？

不对呀，浩轩表哥什么时候和惠湘表姐这么亲密了？

他们只见过几次面，虽然同为表哥表姐，不过关系泛泛，没好到自己生病了还通知惠湘。

歪着小脑袋，直到两个嘀嘀咕咕的人走出来之后，丁一一才问道：“惠湘表姐怎么知道我昨天遇险……”

“哦……呵呵，没有，我不是听……我刚才在楼下听到张家嫂子说昨天你生病了……好像说什么落海……”李惠湘学的是金融，可不是表演，很不自然地说道。

“昨天是在医疗室待了一晚上。”丁一一听到她这样一说，也不再多问，“反正昨天多灾多难，回来的时候电梯还坏了，是浩轩表哥把我从楼下背上来的，厉害吧？”

李惠湘听到这个，不由得捂着嘴笑了起来，意味深长地看了安浩轩一眼：“没想到浩轩哥还能背动你……”

“我去做晚饭吧，你们先聊着。”见李惠湘拿自己开涮，安浩轩立刻站起身，往厨房走去。

“要我帮忙吗？”李惠湘歪着头问道。

“不用，你陪一一就好。”安浩轩微微一笑，他以前在国外，吃不惯外面的饭菜，经常自己做饭，习惯了照顾自己和别人的生活。

“浩轩表哥，有需要就喊我们。”丁一一将削好的苹果递给李惠湘，“惠湘表姐，吃苹果。”

“一一。”看见安浩轩走进厨房，李惠湘接过苹果，并没有吃，而是放在一边，仔细地打量着丁一一，眼里带着莫名的笑意。

被她突然这样打量着，丁一一有些不自在地看了看自己的衣着，她今天穿着正常，没什么不妥啊！

“一一，到卧室去。”李惠湘转头看了看厨房，小声说道，“给你看一样东西。”

“什么？”见惠湘表姐这么神秘的模样，丁一一跟着她一起走到自己的卧室。

李惠湘反手关上门，小心地锁好，这才从手提包里掏出一个比普通苹果大两倍的苹果来，那红红的苹果外面有一层丝绒，看着倒是煞为诱人。

“惠湘表姐，这是什么？”送给自己的礼物吗？这种东西摆在哪里比较好呢？丁一一好奇地拿着那毛茸茸的玩具苹果，问道。

“打开看看。”李惠湘走到窗边，将窗帘内衬的白纱撩了起来，笑着说道。

丁一一在苹果上面忙了半天，才发现这只苹果的机关在蒂上。轻轻地按了按绿色的蒂，苹果缓缓地打开，里面居然有一部手机。

非常漂亮精致的一部女生手机，粉色超薄的机身，看着很有质感，价格不菲的样子。

丁一一看见手机，讶异地愣住了。她的手机前几天丢了，惠湘表姐不会给她买了这么贵重的礼物吧？

她正要发问，苹果里面的粉色手机突然响了起来，铃声非常好听。

“接啊！”见她一脸诧异的模样，李惠湘坐在飘窗台上，笑着说道。

“我……我接？”丁一一看向李惠湘，更加惊异。

“是啊，快接嘛。”温柔地笑了，李惠湘催促道。

优美的音乐依旧响着，来电号码只有一个字母——“A”，丁一一看了看表姐，终于好奇地按了接听键，放到耳边。

“苹果，休息了整整一天，你该……”那端熟悉的好听的男声一响起，丁一一像是被雷击了，愣了片刻，立刻闪电般地将电话挂断，转过头，愕然地看着惠湘表姐。

如果没听错，刚才是崔泽天的声音。

不不不，怎么也没法将崔泽天和惠湘表姐联系到一起。崔泽天怎么可能让表姐带一部手机过来，崔家人虽然神通广大，但也不至于做这么无聊的事吧？

“怎么挂了？”李惠湘见丁一一直愣愣地盯着她，黑亮亮的眼中闪着不解和一点点害怕，于是问道。

“是崔泽天！”丁一一只说了四个字，神情更加复杂地看着李惠湘。

握在手上的手机又响了起来，丁一一像是握着一颗炸弹，扔也不是，不扔也不是。

“是他让我交给你的，快点儿接吧。”李惠湘走到丁一一身边，拿过她手中的手机，替她按下接听键。

“不要接，我不想……”丁一一半句话卡在喉咙里，手机被李惠湘拿到耳边，她清楚地听到那端崔泽天的声音。

“没关系，你只要敢再挂断我的电话，这一辈子也不用接任何人的电话了。”蓦然变得温柔的声音后面，是可怕的威胁。

丁一一脸色非常难看，但是她真的不敢再挂断电话，因为崔泽天说的话，总能变成真的……

“有没有在听我说话？”听见那端没声音，崔泽天有些不耐烦地问道。

“有……”丁一一万分无奈地吐出一个字来。

“五分钟后出来，下面有辆车接你，带着你的手机。”崔泽天坐在车上，懒洋洋地发话。

“我……”

“就这样，别让我多等。”崔泽天不等她说话，挂断电话，对着薛玉楼微微一笑，“听上去她病得没那么严重嘛。”

“有人在跟踪我们。”薛玉楼急转车，闪进另一条街道。

崔泽天看着后视镜，摸摸下巴，闲散地说道：“没事，让他们跟踪，他们的动静越大，狐狸尾巴就会露出越多。”

“确定不用甩掉他们？”薛玉楼问道。

“嗯，直接去苹果家楼下。”崔泽天毫不在意地说道。

薛玉楼听到他这样一说，车拐了个弯，往丁一一家驶去。

丁一一站在卧室里，脸上的肌肉抽搐，她怎么这么命苦？崔泽天为什么能收买惠湘表姐？

“一一，快点儿换衣服。”李惠湘靠得非常近，听到手机那端的声音，立刻说道。

“惠湘表姐，你怎么认识崔泽天的？”丁一一可不想下去，她抬头问道。

“别问那么多，反正姐姐不会害你。”李惠湘笑着说道，已经走到她的衣柜边，帮她找起衣服来。

“我不想出去。”丁一一看着放在桌上的手机，突然伸手拿过来，按了回拨键。

“我生病了，身体不舒服，不想下楼，就这样！”丁一一听见对方接通，一口气说完，立刻挂了。

“一一。”见小表妹一副豁出去的模样，李惠湘立刻走过去，揽过她的肩膀，“怎么生气了？”

“我不想见到他！更不想听他的话！”丁一一将手机装进那颗苹果里，放到李惠湘的包里，转身往外走去。

算了，她还是不要问李惠湘和崔泽天是什么关系了，这是人家的自由，她管不着。

看着丁一一拉开门走了出去，李惠湘站在卧室里，无可奈何地摇摇头。

“一一，吃药了没有？”安浩轩在厨房里忙着，没忘记嘱咐丁一一吃药。

“现在就吃。”看了眼时间，已经下午五点了，丁一一倒了杯水，看着钟上的秒针一点点转着。

一分钟过去了……

一分半钟过去了……

李惠湘走到丁一一身边，看她这副模样，轻声说道：“一一，换衣服下楼吧。”

“不要，为什么要听他的？”丁一一别过脸，低下头喝着水。

看着小表妹的唇角倔强地抿着，李惠湘叹了口气，走到落地窗边，往下看去。

一辆黑色轿车从远处驶来，停在了楼下。

卧室里的手机铃声又响起，这次在厨房里忙碌的安浩轩也听到了，听到响了半天也没人接，于是从厨房探出半个身子来，对李惠湘说道："惠湘的电话响了吗？"

"哦……"李惠湘见丁一一不说话，也一直没有挪动，听到安浩轩这样一问，急忙往卧室走去。

丁一一见李惠湘走进卧室，也站起身，往厨房走去。

"浩轩表哥，有什么需要帮忙的吗？"在安浩轩身边晃来晃去，丁一一不嫌厨房的空间小，她就想待在浩轩表哥身边，这样有安全感。

因为她感觉这个电话像是不定时炸弹，可能一会儿就要爆炸……

所以此刻丁一一的心情无比忐忑，只能找点儿事情来做，消除紧张不安的感觉。

"不用了，你去休息，这里没需要你忙的事。"安浩轩熟练地切着菜，说道。

"我帮你洗菜吧。"不想出去，看到李惠湘在卧室里似乎在接电话，丁一一就有着巨大的不安感。

"不要碰冷水。"放下菜刀，伸手握住丁一一的手腕，安浩轩将她往外拉去，"厨房不好玩，去看看书吧。"

"不是有热水吗？"丁一一才不想出去呢，在表哥身边多有安全感，她一只手拽着洗菜台，"我洗菜会很干净的……"

拗不过她，安浩轩只有松开手，看着她调着热水，欢欢喜喜地洗着菜，眼里流露出一丝温柔和宠爱。

丁一一洗着菜，脸上有着笑容，可心中却在默默地数着时间，现在应该过去三分钟了吧？咦，她今天的演技好像提高了耶，至少脸上带着笑，心里想着事，没有被安浩轩一眼看穿。

"一一，刚才怎么了？为什么不去陪惠湘表姐？"正在丁一一惊讶于自己的演技时，安浩轩切着菜，用很平静的口气问道。

“……啊？”丁一一微微一怔，看来自己还是太高看自己的演技了。

“叮咚”，门铃突然响了，丁一一心脏一跳，头有些发晕。

她脑中只盘桓着一个人的脸——崔泽天。

算算时间，现在差不多五分钟了，她不会真的“一辈子不用接任何人的电话了”吧？崔泽天的威胁在耳边回响，丁一一拿着洗菜篮，真希望自己是幻听。

“我来开门吧。”李惠湘已经往门边跑去，对着走到厨房门口的安浩轩说道。

“现在会是谁来？检查天然气管道的工人？”安浩轩擦干净手，也要往外走去。

丁一一伸手拉住安浩轩的围裙，心跳如雷地等着李惠湘开门。

安浩轩终于发现丁一一的异样，见她脸色有些苍白，眼睛也湿润了，浑身都散发着紧张不安，立刻伸手抚上她的头，掌心传来的温度让他稍微放下心来，丁一一没有发烧，只是额头上渗出了一层细密的汗珠。

“一一，怎么了？是不是哪里不舒服？”安浩轩关心地问道。

“……”当丁一一看见玄关处走进来一个笔挺俊美的少年时，脸色一下煞白，大脑“嗡”地就短路了。

“一一？”见她脸上完全没了血色，黑亮的眸中露出一丝恐惧来，安浩轩听到很轻微的脚步声，他顺着丁一一的目光转头往外看去。

崔泽天站在餐厅的桌边，薛玉楼站在客厅处，而李惠湘则是一脸歉意地站在薛玉楼身边。

李惠湘也没有办法，她即便和崔泽天没见过面，也挡不住两个少年进门。

更何况，她现在半只脚踏进崔氏集团，根本没办法拒绝崔泽天的任何要求。而且崔泽天之前就说绝不会伤害丁一一，他只是要送给她手机“赔罪”，所以她才会答应。

一一肯定不会怪自己的，安浩轩也会理解自己……

可是现在的情况看上去并不是那么一回事，至少崔泽天这副模样，不像是来“赔礼道歉”的。

崔泽天的眼神阴沉地落在厨房里的两个人身上，一个系着围裙的男人，心疼地摸着娇小女生的额头，这幅画面怎么看怎么不爽。

感觉好像自己闯入了一对年轻的小夫妻家里。

而且苹果居然紧紧抓着安浩轩的另一只手，看自己的眼神里充满惧怕和不喜欢。

第一次被女生用这种直白的“不喜欢”甚至讨厌的目光看着，崔泽天心情越来越差，差到想把丁一一拽过来，一口口吃掉。

安浩轩的眼神从一脸歉意的李惠湘脸上掠过，心底微微叹气，转过头，对着丁一一温柔地说道：“一一，先回房间吧。”

“我不出去……”丁一一看着安浩轩，满脸的不情愿，她不想离开表哥身边，而且从这里去卧室，要经过崔泽天的身边，她不要靠近那个可怕的人。

紧紧攥着安浩轩的手，丁一一掌心全是汗。

“我送你回房间。”看出她的害怕，关了熬汤的火，安浩轩解开围裙，拉着她往外走去。

“丁一一，”终于，低沉的声音响起，崔泽天黑色的瞳孔闪着幽暗的光，“跟我走。”

“为什么要跟你走？”丁一一看见崔泽天就感觉浑身虚脱，现在一听他说这样的话，借着积攒了好久的不满情绪，才有力气反问。

“你不需要知道为什么。”霸道而蛮横的语气，崔泽天冷声说道。

“一一今天身体不舒服，不管有什么事，她都不会走出这扇门。”安浩轩扶着丁一一的肩膀，从容地说道，“你们如果是来做客，请那边坐。”

“安老师，你好像也是个客人吧？”崔泽天眼神锐利地看着安浩轩，压下一丝挑衅。

“一个小时后，会有重要的新闻发布会，需要丁一一出席，这是盛樱的安排。”看见安浩轩和崔泽天之间有火花闪过，薛玉楼才插嘴说道。

他一向是效率第一，而现在的状况如果再不说清楚，可能发布会结束几个人还僵持在这里。

“什么发布会？”安浩轩眉头轻轻一皱，难道说是盛樱针对昨天照片事件所安排的？

“关于昨天的新闻……”

“为什么要对你说？这是丁一一必须服从的工作。”打断薛玉楼的话，崔泽天看着安浩轩说道。

而安浩轩听到薛玉楼的那半句话，心中已大概明白，他虽然很不愿意丁一一现在跟着他们出去，可是盛樱如果这样安排，对她只有好处没有坏处。

心中权衡之后，他知道自己如果真的把丁一一留下，接下来肯定会有更多的负面新闻，而且是他所无法解决的。

安浩轩感觉到丁一一紧张地抓着他的手，心中不由得一痛。

这几天发生的变故太大，原来安定快乐的日子，一眨眼都成了过去，他现在能给丁一一的好少好少。

“一一，刚才吃药了吗？”安浩轩低头温柔地问道。

丁一一听见安浩轩这样一问，心中凉了大半，表哥这言下之意就是吃了药跟他们走吧……

呜，她不要！

可是刚才听到薛玉楼和崔泽天说的，好像是自己有本职工作要做。如果是这样的话，她还是要承担起自己的责任。

都怪老爸，现在自己一点儿自由都没了。

安浩轩把她拉到沙发边，将药放到她面前，嘱咐道："把药吃了。"

说完，他拿出手机，打了一个电话给崔萱。

他是一个细心又细致的男人，要先确定，是不是真的晚上有发布会。

崔萱那边很吵，她似乎正在忙着指挥什么，一接到安浩轩的电话，立刻就说道："一一身体好些了吗？我让崔泽天去接她了，他们到了没有？"

李惠湘走到丁一一身边，非常歉疚地看着正在吃药的娃娃脸女生，她真的没想到丁一一和崔泽天的关系这么紧张……

吃完药，安浩轩挂断电话，看着丁一一。

丁一一也抬头看着安浩轩，她的眼神可怜巴巴，看得安浩轩心都软了。

"一一……"深吸了口气，安浩轩正要说话。

"我知道，工作嘛。"低低地打断表哥的话，丁一一刚才也听到安浩轩和崔萱的谈话内容，知道崔泽天并没有骗自己。

"我去换衣服。"丁一一站起身，看了崔泽天和薛玉楼一眼，礼貌地说道，"很快的，请两位稍等。"

李惠湘急忙跟在丁一一身后，进了卧室。

"一一，对不起，我以为你们是关系很好的同学，"帮表妹换着衣服，李惠湘歉疚地说道，"而且你们现在还是搭档，我……"

"为什么要对我说对不起？"穿着牛仔裤，丁一一抬头，突然笑了，"惠湘表姐，不怪你，是我不会和别人好好相处，人缘太差了。”

“一一，别这样说，是我不对……”

“惠湘表姐，今天晚上你陪表哥吃饭吧，然后让他早点儿休息。”丁一一急忙将话题转移，真诚地说道，“从昨天开始，表哥就没有休息好，都是为了照顾我。”

“我知道。”李惠湘不知道应该说什么，她了解小表妹的性格，一向大方随和，说不生气就不会生气，可是今天她还是很内疚。

“好了，那我就出去了。”丁一一笑着说，“出去赚钱！”

走出门，看见安浩轩站在崔泽天面前，两个人似乎刚才说了些什么，因为崔泽天刚才一直阴沉的脸上挂着一丝冷笑。

“一一，多穿件外套，晚上会冷。”安浩轩见丁一一走了出来，立刻说道。

“我里面穿了背心，不会受凉的。”丁一一笑着说道，“我走了，你和惠湘表姐一起吃晚饭吧。”

“晚上什么时候回来给家里打电话。”安浩轩将自己的手机递给她，嘱咐道，“我等你回来。”

“她有手机。”一直不动也不说话的崔泽天突然一把拽过丁一一，往门外走去。

“浩轩表哥，晚上不用等我回来，你要早点儿休息……”丁一一非常讨厌崔泽天这么粗鲁没礼貌，可她挣脱不了他有力的手，只能转头对安浩轩说道。

看着丁一一就这样被两个男生带走，安浩轩颓然地跌坐在沙发上，眸中流露出一丝痛苦。

“浩轩哥……我今天……你……”李惠湘见到的安浩轩从来都是阳光温和的，从没有过这样的痛苦无奈，她站在一边，一时不知道应该说什么才好。

“我去做饭，你看一会儿电视。”安浩轩撑着额头静坐了好久，终于抬起头，露出一丝笑容说道。

仿佛刚才什么都没有发生一样，他依旧是那个彬彬有礼温和可亲的大哥哥。

而且，他也没有问李惠湘为什么和崔泽天认识，短暂的失控之后，他很快就控制好自己的情绪，依旧做着自己没有做完的事情。

“记住你只要微笑，不用说任何话。无论别人问你什么问题，都不要回答。”崔萱不放心地叮嘱道，然后让丁一一对着镜子练习最自然的笑容。

要是换成以前，丁一一现在一定笑不出来，可是经过了昨天的折腾，她现在似乎找到了一丝表演天赋，至少能抿出一个僵硬的笑容来。

“小米，让她咬着笔练习一下笑容，我去看看会场布置得怎样了，顺便和媒体再打打招呼。”崔萱对一边站着的小米说完，又匆匆地走了出去。

丁一一咬着一支签字笔，看着镜子中的自己，好像只要在盛樱，她就觉得自己变得好陌生。连这张脸看上去都像是别人的。

几分钟后，丁一一脸上的肌肉都快僵硬了，外面走进一位助理，将她咬着的笔拿走，匆匆说道：“去会场，要开始了。”

丁一一默默地跟在助理大姐的后面，她现在好害怕看见崔泽天。

垂着头跟在助理身边，走到电梯门口，丁一一突然发现前方有一双很熟悉的鞋，她一个激灵，头低得更厉害，恨不得把自己的脸藏起来。

崔泽天双手插在口袋里，短短的时间里，他已经换了一套衣服，发型也稍微有些变化，唯一没有变化的就是那张俊美的脸和冷厉的眼神。

电梯门打开了，崔泽天和薛玉楼先大步走了进去，丁一一跟在助理的后面，也走进去。

“Evan，今天的场面都要拜托你了，加油。”助理对崔泽天说道。

崔泽天只是微微点了点头，冷眼看向站在左前方的丁一一。

这只苹果正在眼观鼻鼻观心，仿佛当他们这群人都不存在。

崔泽天看见她那副模样，突然很想笑。

越想笑，他脸上的表情却越冷漠。

丁一一感觉到身后带着一丝凉意的目光，她又往角落移了移，默默地垂头看着自己的脚尖。

她穿着崔萱为她特意准备的小礼服，整个人看上去乖巧甜美，乌溜溜的眼睛黑亮得不可思议，流转着属于她这个年龄的俏皮灵动，冲淡了一丝端庄的气质。

“Evan，一会儿见了媒体，你可不能和一一这么生疏。”似乎察觉到丁一一和崔泽天之间刻意的疏离，助理姐姐笑着说道。

崔泽天依旧不答话，只是收回了目光，沉默地看着电梯闪动的数字。

他记得第一次看见她的时候，很普通的一个学生，只是皮肤白里透红，干干净净，圆乎乎的像只苹果，可现在看上去，她似乎变了。

究竟哪里变了，他也说不出来。总觉得她属于看着看着就顺眼的类型，而且越看越舒服……

不过站在自己的身边，她还是显得太青涩了，谁让他继承了崔家最优秀的基因，结合了妈妈和爸爸所有的优点。

在数字闪到“6”的时候，崔泽天突然上前一步，握住丁一一无所适从的左手。

丁一一触电般地一抖，抬头看向他，该不会他又要报复自己吧？

就在这时，电梯门打开了，直接面对着整个会场，会场下面已经坐满了媒体，摄像机立刻长枪短炮地对准他们，镁光灯也“噼里啪啦”地闪了起来，丁一一哪里见过这样大的阵势，立刻下意识地挡住眼睛。

而相比之下，崔泽天就从容老到多了，他露出一丝礼貌的微笑，牵着眼花的丁一一走到主位上坐下。

丁一一坐在崔萱和崔泽天中间，调整好表情和微笑，乖乖听着崔萱的指示。

“一一，看前方，稍微低头，笑……”崔萱在导演发话的时候，不停地轻声提醒着有些无措的丁一一。

场下的提问此起彼伏，但是因为被崔萱关照过，并没有任何尖锐刁难的问题。而丁一一在一片嘈杂声中，默默地一遍又一遍地背诵着《春江花月夜》，似乎这样才能镇定下来。

只是这种镇定在一家媒体突然大声的提问中，一下又崩溃了。

那个拿着麦克风的人是一家十分有影响力的报社的记者，他高声问道：“Evan，听说你暗中在和女主角拍拖，并打算带她见你的家人，是不是呢？”

丁一一听到这样的八卦当然十分诧异，立刻转头看向崔泽天。

而此刻，崔泽天也正在看着她。丁一一盯着他的眼睛，不由得赞叹他的演技真好，刚才还和薛玉楼一样冷冰冰的，现在居然眼里有温暖的光芒。

“没有，她只是我的搭档而已。”崔泽天视线移开，看着那个人说道。

不知道为什么，丁一一松了口气，她最怕不靠谱的八卦了，而且老爹严禁她在毕业之前谈恋爱，毕业之后，即便是谈恋爱，也要以学习、工作为主。

“那么，请问这次做的广告里，有吻戏吗？”见到有人提到这个敏感的话题，另一个女记者也站起来问道。

崔泽天微微沉吟，他知道这群媒体记者的特性，即便是崔萱已经打了招呼，也即便他是崔氏集团的小太子，可他们挖不出有价值的新闻不甘心，所以就会小心地试探着敏感的话题，在不激怒盛樱和崔氏集团的情况下，尽力挖掘出能吸引大众视线的内容。

“这个无可奉告。”导演适时地开口，微笑着说道，“等到广告和大家见面的时候，一看就知道了。”

“我可以请问女主角一个问题吗？听说她出身书香世家，可……”轮番的轰炸并没有结束，虽然崔萱一再强调不要问女主角任何问题，可游走在娱乐圈的娱记们怎么也不愿意放过那个看上去很甜美清纯的新人。

“有什么问题可以问她的经纪人。”崔萱礼貌地打断她的话，微笑着说道。

娱记们见崔萱如此保护新人，也只好重新将目光转向俊美无比的崔泽天：“Evan，听说崔氏集团一直想让你从商，继承家产，并不支持你走向娱乐圈，对此，崔家老太太还下了‘圣旨’，为你挑一位名媛闺秀，等你们结婚之时，就是你退出娱乐圈的时候，是这样吗？”

崔泽天眼里闪过一丝不悦，崔奶奶最疼他，所以很反对他踏入娱乐圈，于是要求他这几年怎么玩都没事，可是一旦结婚，立刻收心，退出娱乐圈，一心打理生意。

而且，崔奶奶确实为他物色了很多名媛闺秀做孙媳妇，只是他还年轻，所以并没有强制要求他和谁交往。

“Evan的路由他选择，并不需要别人做主。”崔萱立刻又说道。

丁一一转过头，又看向崔泽天，她突然觉得他有点儿可怜，不……是镁光灯下的他们都很可怜，没有隐私，任何秘密都被放大在众人面前，没有自由，即便是崔氏集团的太子爷，也会有束缚。

终于，媒体发布会结束了，丁一一已经快撑不住了，因为她又饿了。

而且现场有些闷热，她的胸口很闷，有些晕晕的感觉。

所以在退场的时候，因为坐得太久，她一站起来，眼前就一黑，好在她飞快地伸手扶住桌子，闭上眼睛缓了缓，眼前才慢慢出现景象。

一双手在她扶住桌子之后，稳稳地扶住了她的胳膊，崔泽天没忽略她站起身时一瞬间的异样，她的肌肤有些烫，这让崔泽天立刻想到她今天从家里出发时，被安浩轩要求吃药的情景。

她今天的状态一直就不好，下午刚看到她的时候，因为安浩轩的关系，忽略了她的病容。而在车里的时候，更加忘记了她是个病人，这只苹果一贯都是健康活泼，跑起来兔子都撵不上，哪里想到生龙活虎的她也会生病……

丁一一没有拒绝身后的那双手，她被扶进了专用电梯，崔萱和主要的负责人正在做最后的工作，而她的身边除了崔泽天，还有助理和薛玉楼。

“一一怎么了？”助理也早看到她脸色有些不对，电梯门关上之后，立刻关心地问道。

丁一一看见那些娱记终于都消失了，脸上一直保持的笑容立刻没有了，她摇了摇头，有些痛苦地哼哼：“我有点儿饿……”

能不能不要把什么都归结为饿？

“送她去保健室。”崔泽天看见她额头渗出细密的汗珠来，呼吸也有些急促，没有吐槽她，立刻说道。

听到崔泽天的语气，助理也觉得丁一一的状态很糟糕，立刻按下三楼，那里是设施齐全的保健室，平时艺人们很辛苦，有时候就会出现胃痛晕厥等小毛病，所以盛樱专门设了保健室应对这些状况。

丁一一被直接送去三楼，她虽然坚称自己没事，只是饿了，可是已经被按在床上，接受诊疗。

“现在几点了？”在医生配药的时候，丁一一问助理姐姐，她要回家吃点儿东西。

“八点二十。你乖乖的，不要动，医生说需要输液。”助理温柔地对丁一一说道。

“没事，我去换衣服回家……”丁一一可不想在盛樱多待一刻，她想要去换回衣服先回家里。

“让你别动就别动。”一直皱着眉头的崔泽天突然大声说道，“身体那么虚弱，平时吃那么多东西都补到哪里去了？”

丁一一听到他突然发脾气了，立刻低下头，抓着价格不菲的礼服裙摆，她觉得自己在这里好可怜，一点儿人权都没有。

医生已经拿来输液瓶，轻声细语地对丁一一说道：“你昨天受了风寒，又呛了很多海水没有及时去医院处理，现在不仅仅是感冒发烧的问题，这几天都必须静休，不能再带病工作，知道吗？”

“可以回家去静休吗？”丁一一现在对输液很害怕，因为一输液她就昏昏沉沉地想睡觉，还没法回家……

“你就那么想回家？”突然，崔泽天又脸色阴沉地问道。

“呃……”丁一一不明白他为什么脾气这么古怪，喜欢主宰别人的生活。

“浩轩表哥还在家里等着你，是吧？”崔泽天想到安浩轩，不由得讨厌起眼前的女生，他居然会喜欢其他男人的未婚妻，真是疯了！

越这样想，他就越讨厌丁一一。可是越讨厌她，他又越厌恶自己。

这到底是什么矛盾的情感？

“那……医生，”丁一一看见已经被半强制地插入针管，无奈地说道，“请问我什么时候可以回家？”

“先输完这一瓶看看情况。”医生对她十分和蔼，笑着说道，“不用担心，困了就睡觉，会有护士专门护理。”

“好吧。”丁一一压好短款礼服的裙摆，坐在病床上看着液体点点滴滴地进入自己的身体。

看见丁一一把自己当成了空气，崔泽天很想发火，从来没有人这样忽略过他。

“泽天。”薛玉楼一直站在病房外面，他突然走了进来，在崔泽天耳边低低说了几句话。

崔泽天已经很难看的脸色这会儿更阴沉了：“她来干什么？”

“不知道，但是恰巧被那群散场的娱记碰到，所以……”薛玉楼的话没有说完就收尾了。

“真会添乱！”崔泽天皱起了好看的眉头，转身走到窗前，撩开窗帘，看见外面的草坪上停着一辆红色的凯迪拉克，而车旁站着的一个娇小女孩，正被娱记们纷纷围着，闪光灯亮得人眼花，而那女孩却淑雅地微笑着，明明是花样的年纪，却带着一股中年名媛的老成。

放下窗帘，崔泽天掏出手机，拨通崔萱的电话。

“章娇是你通知她来的？”不悦的语气，崔泽天开门见山地问道。

“这群没事找事的大小姐……”那边是崔萱的叹气声，她正忙着让人整理采访录像，安排明星的工作，结果听说章娇来找崔泽天，正巧被媒体逮住了，这会儿正往现场赶呢。

“我不想见到她，你帮我搞定。”崔泽天语气稍微好了点儿，淡淡说道。

“我尽量。”崔萱似乎在匆匆地走着，“刚才保健室的人打电话来说一一在输液，你让徐助理照看着她，章娇这边如果需要你出马……”

“没有如果，我不会出去。”崔泽天说完，立刻掐断电话，走到助理面前，“徐助理去忙你的事吧，这里有我们。”

“好吧，如果有需要给我打电话。”徐助理是大忙人，也不拒绝，立刻转头在丁一一耳边说道，“有什么不方便的就按护士铃。”

丁一一点点头，其实她很不想徐助理也离开，因为这样这个房间又剩下她和两个男生，这种感觉很不安全。

徐助理也离开后，薛玉楼坐在屏风隔开的另一侧病床上，而屏风这边，丁一一极度紧张地看着自己的手，她很想找点儿什么友好的话题，但是挫败地发现她跟崔泽天根本没有任何可以交流的东西。

“咕咕”，肚子不争气地叫了起来，虽然是在输液，可依旧抵不过她强健的胃口。

安静的房间里传来她的肠胃的抗议声，丁一一的脸立刻红了。

原先站在窗前看着草坪上一群人的崔泽天显然也听到了声音，他转过身，看向丁一一。

她穿着粉红色的小礼服，露出雪白的腿来，虽然她是带着点儿婴儿肥的娃娃脸，可小腿的线条很美，是一种非常健康的美，纤长，且有力量。

而那清汤挂面的长发遮住了半张脸，只露出圆润却弧度美好的下巴。

他不知道为什么当初会觉得她只能走谐星的路线，穿着甜美小礼服的她，清纯可人，明明适合玉女路线。

丁一一感觉到他在看自己，头垂得更厉害，更加不安地看着自己的左手。

崔泽天突然走到外面，丁一一听到他的脚步声消失之后，松了口气，转身看到屏风外还有个坐姿笔直的身影，立刻说道：“薛……薛同学……你能不能帮我喊一个护士进来？”

护士铃离自己有点儿远，丁一一只要输液胳膊就麻，于是试探地问道。

“你有什么需要？”薛玉楼冷冷的声音传了过来。

“我……我有很多需要……”丁一一有些不好意思地说道。

刚才助理在的时候，她没发觉穿着小礼服有多麻烦，现在她想换回休闲的衣服，然后再要点儿东西吃，还有想上厕所的冲动。

薛玉楼不再问她，走了出去。

等了很久，护士也没有进来，正在丁一一坐不住要躺下的时候，走进来的是一个身材完美的少年。

崔泽天的手中端着一碗热气腾腾的百合银耳莲子粥，而又困又饿的丁一一闻到粥的香味，立刻精神起来，也忘记这个人是她最讨厌和最害怕的人，两眼发光地看着他手上的粥碗。

好厉害，他能在这么短的时间里弄到一碗热气腾腾的煮得这么香的百合银耳莲子粥，丁一一此刻的心里充满崇拜。

如果他这是为自己端来的，那她就大度地不再计较之前他做的那些恶心的事情。

丁一一总是这么容易原谅和满足。

看见眼前的小女生两眼放光地盯着他手中的那碗医生允许进食的粥，还不自觉地吞着口水，崔泽天漆黑的眸中闪过一丝若有若无的笑。

坐在她的身边，崔泽天故意先闻了闻粥的清香，看见她抿了抿唇，他又舀起了一勺，往自己唇边送去。

轻轻地吹了吹，崔泽天突然张口，把那勺莲子粥吞入口中。

丁一一眼巴巴地看着他自顾自地吃了起来，当即转过头去，她就知道这个家伙没那么好心，真是可恶！

明知道她好饿，还故意端着碗香喷喷的莲子粥在她面前慢条斯理地吃着。

亏她还想要是这粥给自己，就立刻原谅他的劣迹。

现在看来，决不能原谅这种人！真是太过分了！

祸害啊祸害！

正在丁一一垂着头咬牙切齿握拳在心中痛骂崔泽天的时候，一把勺子盛满了香甜的粥送到她的眼前。

丁一一的视线立刻被粥吸引，她吞了吞口水，歪过头看着崔泽天，他这是什么意思？吃剩下一半的粥，施舍给自己？

虽然老爹常说，不能以小人之心度君子之腹，但是丁一一十分怀疑崔泽天是不是因为吃不完，所以才舍得给自己。

依照他那么恶劣的性格，这种事情不是没有可能。

“你那是什么眼神？”崔泽天收回勺子，看见她又疑惑又有些鄙视的眼神，高高在上的自尊心再次受挫，拜托，自己刚才试一试烫不烫，她干吗用这样的眼神看自己？

“我不吃……不吃嗟来之食。”丁一一转过头，看着窗户，很有骨气地说道。

“嗟来之食？”崔泽天看她这副壮烈的模样，差点儿喷了，小苹果面对食物居然还有骨气？

“我不饿，一点儿都不饿，真的。”丁一一习惯右手输液，她用左手抚着露在外面的膝盖，虽然开了空调，但是感觉还有点儿冷。

见她这副自欺欺人的模样，崔泽天很想笑，天知道她这副模样有多可爱。

可是笑容刚爬到脸上就立刻凝固住，他突然想到，这样的小苹果是属于安浩轩的。他记得她躲在安浩轩身后的模样，把自己视为洪水猛兽，而她的表哥却仿佛是她唯一的依靠。

他也记得安浩轩喂她吃药的模样，她那么乖，全然地信任他，可是面对自己时，眼中却满是戒备。

“砰”，将碗放到一边的桌子上，崔泽天站起身，为这个让他不舒服的想法往外走去。

他身为崔家小太子，那么尊贵的身份，亲手喂她食物，却被这样对待，这种感觉让他真想把碗扣到她头上。

丁一一听着他脚步声消失，才偏过头看着那碗还热气腾腾的莲子粥，说起来，那个家伙看上去高高大大，可是胃口这么小，才吃了那么点儿就剩下了。

正在丁一一直勾勾地看着那碗唯一的食物，并且不自觉地试图一点点移到食物边时，一个鬼魅般的身影突然又出现在她的身后。

崔泽天眼神复杂地盯着被食物完全吸引注意力的小苹果，他还是有些不忍心让她饿着。

自己今天有点儿同情心泛滥，特别是看到小苹果病恹恹的模样，总觉得身为搭档，应该容忍她一点儿。

嗯，只是因为工作关系，他不想因为苹果的病而耽误整个剧组的拍摄进程。

大步走到床边，端起那碗莲子粥，丁一一见他突然又出现，立刻收回自己饥渴的目光，眼观鼻鼻观心地坐正，仿佛老僧入定。

没好气地伸手敲了敲她的头，崔泽天端着莲子粥再次坐在她的身边，舀了一勺子粥，送到她嘴边。

丁一一很想再次拒绝，可是她天生热爱食物，如果说第一次拒绝是下了莫大的决心，这一次，她没多少毅力可以坚持。

在食物的诱惑下，她终于张开嘴，默默地吃进第一勺粥。

这个时候，她也不嫌崔泽天吃过的食物脏，她只想吃点儿热乎乎的东西来温暖肠胃。

见她乖乖地张口吃下一小勺莲子粥，崔泽天的脸色终于缓和了一些，正在他舀第二勺的时候，突然看见她脸色一变，眼泪一下蓄满了眼眶，脸色通红地张着嘴倒吸气。

吃太快，没想到这么烫……

抬起左手扇着凉风，丁一一哈着气，只恨自己看见食物就丢了魂。

崔泽天立刻放下碗，伸手扳过她的脸，往她微张的红唇里吹着气，他刚才怕凉了，所以从最中间舀了一勺，没想到把她烫得眼泪都要流出来了。

丁一一直愣愣地看着为她吹着气的俊美少年，他的眼神专注地看着自己的唇，里面似乎有一丝心疼。

咦，他怎么变得这么好心，平时不是以欺负自己为乐吗？

不过他做好人比做坏人看上去要顺眼得多，丁一一盯着他，觉得他的脸都因为做“善事”而充满神圣的光辉。

说起来，这个家伙还真的是帅得不像话……

崔泽天吹了几口气，发觉她正一眨不眨地盯着自己，那黑葡萄一样的眼睛里还蓄着泪花，看上去格外动人。

她的眼睛非常青春清澈，真的像崔萱说的那样，只要一看见她的眼睛，就能记住她这个人。

明星最怕的是没有辨识度，而丁一一的长相虽然不是最出众的，但是带着淡淡的古典和少女气息，让人一眼看后就不会忘记。

崔泽天看着她这副眼含泪花、红唇微张的模样，心口突然一紧，一种奇怪的感觉又涌了上来。

他为什么会对这种女生有奇怪的感觉？崔泽天气息有些不稳地看着她面颊圆润的脸，双眸有些暗沉下来，又落在那被烫得嫣红的唇上。

“你还好吧？”丁一一看见他眼神暗沉沉的，立刻出声问道。

崔泽天终于回过神，他看到打着点滴的细管，终于想起她还是病人，于是急忙放开手，冷声问道：“没事了吧？”

“没事……舌头还有点儿麻……”丁一一如实地说道，“你没事吧？”

“我有什么事？”崔泽天重新端起碗，故意生气地说道，“吃慢一点儿，没人和你抢。”

“呃……哈哈，没有，我自己吃吧。”被喂的感觉很怪，他又不是表哥，也不是自己其他的亲人，丁一一收回目光，空出的左手要来拿勺子。

可是崔泽天紧紧捏着勺子，根本没有给她的意思，丁一一只好讪讪地收回手，继续默默地等他一勺勺地喂粥。

一碗粥很快下肚，丁一一意犹未尽地舔舔唇，看向崔泽天，满脸真诚地说道：“其实你也不坏，我们做好朋友吧？”

崔泽天正要放回碗，听她这样一说，脸上的肌肉微微抽搐，他原来在她的心中，一直都是坏人啊。

“谁要和你做朋友？”猛然站起身，崔泽天冷哼一声，“你最好快点儿好起来，要是耽误了广告的拍摄，就等着哭吧。”

“欸？”丁一一看着他拿着碗大步走了出去，满眼的疑惑和不解，这个家伙的脾气果然古怪，自己都大度地原谅他之前做的那些无礼的事情了，怎么他一点儿也不领情？

算了，不做朋友就不做朋友，反正不要是敌人就好，她也不奢望能攀上这样富贵人家的孩子做朋友……

不多时，外面走进一个护士，拿着她穿来的衣服，等一瓶药水输完，为丁一一换下衣服，准备输第二瓶。

“护士姐姐，我可不可以不输液了？”丁一一看见她换输液瓶，立刻说道，“打针吃药，怎么样都行，我现在想回家。”

换下的衣服口袋里有崔泽天强迫她收下的手机，丁一一看了眼时间，已经十点多了，这瓶药水输完，她不知道还能不能搭上末班车。

“不行哦，”护士姐姐非常温柔地将她按在床上，笑着说道，“还要输两瓶液，不能半途而废，你就安心休息吧，我会整夜看守着的。”

“可是……”丁一一还没有一个人在医院过夜的经历，在她的世界里，最迟也要在晚上九点之前回家，更不可以留在外面过夜。

“就这样，困了就休息吧，有什么需要按铃就行。”微微一笑，护士转身就走出房间。

丁一一靠在床头，叹了口气，拿起那部粉红色带着透明水晶感的手机，拨通家里的电话。

“你好。”那边传来略带疲惫的熟悉声音。

“浩轩表哥，你睡了吗？”丁一一听到表哥的声音，心中稍微定了下来，问道。

“一一？”安浩轩听到丁一一的声音，忧虑不安的心情也一下子好多了，他立刻问了一连串的问题，“你还在盛樱？什么时候回来？需要我去接你吗？”

“我是一一，还在盛樱，不知道晚上能不能回去了，你不用过来接我，晚上早点儿休息。”丁一一按照次序一一回答，接着说道，“惠湘表姐已经走了吧？”

“为什么晚上不能回来？”安浩轩的神经又绷紧了，“是不是出了什么事？”

“没有，我……我有点儿不舒服，所以……”丁一一本来想找个借口让表哥别担心自己，可是想来想去，还是说出实情比较好，因为她一直就不习惯说谎。

“你现在还在盛樱对吧？这个号码可以随时联系到你吗？”安浩轩不等她说完，立刻问道。

“嗯。”丁一一不知道他要做什么，老实地点头。

“好，你要保持这个电话不要断电。”安浩轩说完，匆匆挂断电话，拿起一件外套，带好手机、钥匙和钱包，立刻往外走去。

站在电梯里的安浩轩眉头一直皱着，他非常苦恼，自从崔泽天把丁一一带走之后，他就发现那个看似不羁高傲的崔家小少爷，似乎真的对自己的表妹有兴趣。

至少，他对她所做出的举动，在一个男人的眼中，有着极大的占有欲。

丁一一听到电话挂断的声音，不解地皱皱眉头，表哥一向都是等自己挂断电话他才会挂断，今天是怎么了？

再次拨通家里的电话，那端已经没有人接听了，丁一一立刻又拨了安浩轩的手机号码。幸好她属于那种会把最亲近的人联系方式都背下来的人，要不此刻想要到安浩轩的电话还真有点儿难。

“浩轩表哥，你出门了？”丁一一等到那端一接通，立刻问道。

“你在盛樱的哪里？我去找你。”安浩轩大步走出电梯，往小区外走去。

“不用了，你赶紧休息，我带了钥匙，可能晚一点儿就能回去。”丁一一知道安浩轩这两天一直没有休息好，所以立刻拒绝他来看自己，“而且……盛樱不准外人进来，浩轩……”

丁一一的话还没说完，抬头诧异地看着悄无声息走进来的一个女生。

“丁一一，你还真有本事。”穿着非常有名媛气质的女孩，冷眼看着躺在床上输液的丁一一，冷哼一声，将名贵的手提包随意扔在床上，逼近她。

“浩轩表哥，先这样吧，你赶紧回去休息，我自己回来。”丁一一急忙一口气对安浩轩说完，然后挂断电话，直视着逼过来的漂亮女生。

“你是？”丁一一挂断电话，抬头看着这个曾经要绑架她的女孩问道。

“我的名字是你喊的吗？”一身名牌的大小姐冷冷地盯着她，眼里有着怨恨。

“名字不是用来喊的，那是干吗的？”仿佛没看见她眼里的怒火和怨恨，丁一一笑眯眯地反问。

“你……”张芯瑜咬了咬牙，忍住想把她撕碎的冲动，她没忘记这里是盛樱，而崔泽天也随时可能回来。

“离开盛樱，离开崔泽天的身边，你要多少钱，我给。”张芯瑜深吸了口气，只希望章娇能缠住崔泽天和崔萱。

“钱？”丁一一歪着头想了想，“你可能弄错了，现在是我想离开这里，离崔泽天远远的，可是做不到……你能帮我把那份合同解除吗？”

没想到她这样对自己说，张芯瑜微微一愣，不太确定她到底是怎么想的，这种反应和回答出乎她的意料，不过却让她更加防备起来，因为说不准这个看似单纯的丫头，其实是个阴谋家。

“你知道我张芯瑜是崔家奶奶亲自挑选的孙媳妇吗？”因为合同在崔萱手中，所以张芯瑜无法正面回答丁一一的问题，只好改变话题，皱着眉头问道。

“孙媳妇跟我有关？”丁一一看着她，觉得她的话太莫名其妙了。

“也就是说我以后是崔泽天的妻子，而你，最好离他远点儿。”张芯瑜没有说她是崔奶奶看好的孙媳妇之一，虽然她对自己的实力很自信，可是半路杀出个丁一一，让她有些乱了阵脚。

而且崔泽天看上去似乎对丁一一很有兴趣，他还没亲过自己，却当着那么多人的面吻她，真是可恶。

一想到这件事，张芯瑜的怒火和妒火又熊熊燃烧起来，她咬牙切齿地看着眼前清秀圆润的女生，恨不能让她永远从地球上消失。

“你是崔泽天的未婚妻？”有些疑惑地看着她，丁一一不由得对崔泽天的印象又不好了，她最讨厌男人不专一了，有未婚妻还去亲其他女生，简直是罪不可恕。

“……是。”看了眼外面，张芯瑜回答得有点儿心虚，因为崔家奶奶还在观察这些孙媳妇候选人，而且崔家奶奶眼光一向毒辣，她不得不万般小心，可即使这样，也摸不透她老人家到底会敲定谁做崔家的孙媳妇。

这像是一场没有硝烟的战争，因为牵涉到未来巨大的利益，所有被崔家奶奶看上的豪门小姐，背后都有着一双双手，竭尽全力地将他们的女儿推进崔家的门槛。

“那你为什么不看住他？”丁一一有些激动地说道，“怎么能放任他随便和其他女生亲热？”

“欸？”丁一一总是出乎她的意料，即便张芯瑜世故圆滑，也一时没反应过来。

“你平时看紧点儿，没事和他多增进感情，实在不行，就给他上课，施行大棒政策，让他明白路边的野花不要随便摸！”丁一一坐直身体，差点儿忘记自己还插着针管，挥着手说道。

“随便摸？”阴沉沉的声音从外面传了进来，语气里带着山雨欲来的阴霾。

张芯瑜立刻转身，看着从外面缓缓走进来的俊美少年。

他是怎么无声无息进来的？自己不是派了那么多人分散在外面当眼线吗？为什么一点儿消息都没有收到，他就进来了？

张芯瑜心中又疑惑又惊惧，可脸上的表情立刻调整为最美好温柔的微笑。

“天哥哥，我听说你在这里……”

“大棒政策？”崔泽天并不理她，事实上，他很讨厌奶奶擅自做主，为他找了一群麻烦。

这群女人只要进过他的家门，纷纷以他的未婚妻自居，明争暗斗，整天闹个不停，让他烦死了。

看见他阴沉地盯着自己，丁一一立刻低下头，安静地看着插着针管的右手，仿佛刚才她什么都没说。

“天哥哥，”另一个娇小可人的女生站在门外，眼泪汪汪地喊道，“我真的不知道今天会有那么多媒体……”

“都出去。”崔泽天很烦这群动不动就掉眼泪的女生，转过身，看着张芯瑜和章娇冷冷地说道。

“天哥哥，你听我解释……”章娇含着泪的眼狠毒地剜过低头坐在病床上的丁一一，她的对手已经够多了，可是被这样一个普普通通没有任何势力的女生击败，她不甘心。

“先出去吧，不要吵到病人。”张芯瑜已经学乖了，她一开始脾气暴躁娇纵，可是面对崔泽天，不得不一次次调整自己的性格，在她的“军师团”帮助下，先赢取崔家奶奶的欢心，然后将脾气改变成崔泽天最喜欢的。

虽然这样会很累，但是为了能进崔家的门，她豁出去了。

绝对不能和崔泽天有任何正面冲突，绝对不能做崔泽天不喜欢的事，绝对不能让崔泽天厌恶，这是最基本的要求。

章娇也明白这个道理，她走的路线一直是乖巧听话，所以崔奶奶也很喜欢她。而对崔泽天，她的幕后策划团让她静静等待，看着其他家的大小姐们打成一团，她在这段时间里摸清崔泽天的喜好，坐收渔翁之利。

看上去与世无争的乖乖女章娇，看见崔泽天身边突然出现另一个女生，而且与他那么亲密，她再也坐不住了，觉得自己必须做出点儿什么行动来吸引崔泽天的视线。

“走吧。”将章娇拉了出去，张芯瑜的脸色也好看不到哪里去。

“她到底是什么来历？”章娇一到外面，抹去眼泪，问道。

“你不知道？”张芯瑜冷笑，“我以为章大小姐都已经对她了如指掌了呢。”

“你这是什么意思？”

“没什么意思，那些给老太太的照片，是经过你的手吧？”张芯瑜看了她一眼，也不绕着弯子说了。

“照片？”章娇看上去一无所知，“我知道这个女生，是因为你某个亲戚所在的电台播出的消息。”

“这件事老太太心中最清楚，别以为她是老糊涂，其实她比谁都精明，未来的孙媳妇，只怕她心中早有了人选，没说出来罢了。”张芯瑜最讨厌章娇这种无辜的模样，她说完，立刻走到电梯边，不愿再和章娇说话。

“我说现在不是我们斗气的时候吧？你不觉得那个半路杀出的女生更可怕？”章娇跟上她，语气变淡。

“怕什么？老太太最讨厌娱乐圈的人，何况她无权无势，进不了崔家的门。”相比章娇，张芯瑜似乎更为老谋深算。

“但是，如果天哥哥真的喜欢她……”章娇挑挑眉，不再往下说了。

“天哥哥顶多是一时兴趣，男人都这样，吃着碗里的瞧着锅里的，你真指望以后嫁给一个专心的男人？呵呵，那就别找这类富家子弟。”张芯瑜说的话完全不符合她的年龄，像是看惯了现在的男男女女，她冷哼，“有钱的男人能不坏？关键是他在外面怎么坏都没关系，至少回了家还属于你，你要是太贪心，什么也得不到。”

“天哥哥家世那么好，人又长得那么帅……”叹息一声，章娇觉得自己的压力好大，想想那么多的女人都在觊觎崔泽天，她就觉得自己掉入了深不可测的醋海。

虽然张芯瑜说得对，但是她还是想把崔泽天占为己有，如果自己做了崔太太，哪个女人敢主动贴上来，她一定让她看不到明天的太阳。

丁一一看着满脸戾气的崔泽天，往后缩了缩，脸上的表情很不自然。

“你可真够厉害，又是大棒政策，又是上课，小小年纪，跟谁学的？”崔泽天走到她身边，凑近她，问道。

“那个……我觉得你真的不对啊，你都有了未婚妻，怎么可以和别的女生亲热，让她伤心？你这种举动还会牵累别的女生，毁了她的名誉……”终于鼓起勇气来指责，丁一一昨天就想骂他了。

“闭嘴，谁说她是我的未婚妻？”崔泽天咬着牙说道。

“那……”突然想到后面也有个漂亮的女生喊他“天哥哥”，丁一一抬起头，惊讶地看着他，她虽然知道有钱人花心，可是这种事不会发生在他身上吧？

想到这里，丁一一的眼里有了嫌恶。

崔泽天捕捉到她眼里的讨厌，脸色更加阴沉，她怎么这样讨厌自己？难道自己这张让无数人神魂颠倒的脸，对她根本一点儿吸引力都没有？

“你想做我的未婚妻吗？”心中的火山就要爆发了，可崔泽天唇边却挑起一抹微笑，他非常温柔地问道。

丁一一看见他阴沉的脸上挂着一抹笑容，觉得后背发凉，被他这句话吓得半天也没动。

“我说，想做我的未婚妻吗？以后你就有享不尽的荣华富贵，也不用被任何人摆布，想去哪里就去哪里，没人敢拦着你，也没人敢强迫你做不喜欢的事情。”慢慢地诱哄，崔泽天看着她乌黑的眼眸，原本只是想戏弄她，可现在心里竟然隐隐有些期待。

期待她笑着说“好啊”……

“开这种玩笑很有趣吗？”丁一一终于发飙了，她很讨厌别人捉弄自己，而且是这种情感上的捉弄，“你这种大少爷我攀附不起，拜托你能离我多远就多远，不要再让那些未婚妻找上来，我很难堪的……”

“对，请别再捉弄我的未婚妻。”一个温和的声音出现在病房门口，安浩轩得到崔萱的准许，终于看到了丁一一，他看着病床上暴怒的小表妹，微笑着说道，“她已经有了未婚夫，是我。”

丁一一张口结舌地看着突然出现的安浩轩，她的眼里渐渐多出了欣喜，很显然，她将他那段话理解成了他在为自己解围，于是高兴地喊道：“浩轩表哥！”

崔泽天的眼眸一点点暗了下来，他将丁一一的喜悦看在眼中，也没有忽略丁一一对安浩轩“未婚夫”一说，没有提出任何异议。

不知道为什么，胸口堵了起来。

他早就调查过，安浩轩回国，就是为了和丁一一订婚，可是当他们在自己面前说起时，那种感觉好奇怪，像是某种东西在心中崩裂了。

他不该去亲吻这只苹果，不该在知道她有未婚夫的时候，还那么想亲吻她……

“泽天，总监找你。”薛玉楼适时出现，冷声说道。

崔泽天一言不发地站起身，往门外走去。

走到安浩轩身边时，他顿住了脚步，神情复杂地看了他一眼，终于什么也没说，走了出去。

“浩轩表哥！”丁一一看见他们走了，开心地说道，“未婚夫……哈哈，我差点儿以为Alina在这里……”

缓步走到她的面前，安浩轩看了看还有小半瓶的液体，又看了看丁一一的脸，欲言又止，他真的很想说，刚才不是在演戏。

可是看见丁一一单纯的笑脸，只能咽下心里话，微笑着问道：“一一，崔泽天和我，你更喜欢谁？”

“当然是表哥。”

这种事还要问吗？他是自己的亲人，而崔泽天只是一个满怀恶意喜欢刁难自己的同学。

丁一一不假思索的回答并没有让安浩轩太高兴，因为她回答得太快，根本就没有多想跟自己除了亲情之外的感情。

“一会儿回家吗？”笑容有些苦涩起来，安浩轩抚着她的头发问道。

“这一瓶液输完就回家。”丁一一听到回家很高兴，立刻看向输液瓶，说道。

而此刻，站在专用电梯里的崔泽天，狠狠地一拳捶向紧闭的电梯门。

他是怎么了？居然说出那么不靠谱的话来，虽然他承认一开始是玩笑话，不想却被安浩轩听到，而且安浩轩说他是丁一一的未婚夫，丁一一的反应只有开心……

又冷不防地愤愤捶了一拳电梯，沉重的声响让薛玉楼皱了皱眉。

心里感觉好难受，他刚才把这一辈子的脸都丢光了！再次举拳往电梯捶去，这一次却被薛玉楼攥住手腕。

“放手。”崔泽天此刻只想发泄。

“泽天，冷静点儿。”薛玉楼看向他的拳头，骨节处已经破皮了，渗出血丝来，“你要去医务室包扎。”

“别跟我提医务室。”崔泽天咬着牙，他这一辈子都不想再见到丁一一。

他最讨厌年纪轻轻就有未婚夫的女生！

想到那一幕幕，崔泽天感觉自己要爆炸了，他闭上眼睛，没被薛玉楼攥住的左手，用力地往电梯门砸去。

“唔……”一声闷哼，盛樱老板张文岳正要走进专用电梯里，没想到电梯门打开，他刚要往里面走，却被崔泽天一拳打在了胸口。

这一拳好重，他虽然每天坚持健身，也差点儿要吐血。

崔泽天感觉到拳头碰到一团肉，睁开眼睛一看，张文岳的脸都皱成了一团，自己的拳正抵在他的胸口。

“小天，你做什么？”崔萱也站在张文岳身边，犀利的眼神扫过他的脸，落在他的受伤的手上。

“大少爷，谁又惹到你了……哎哟，我要去医务室。”张文岳捂着胸口，立刻按下三楼，他没想到这小子手上的力道这么重。

张文岳身后还有秘书和灯光师，不过没人敢责怪崔泽天，只能暗暗同情老板今天太不走运。

“你找我干吗？”崔泽天并没有理张文岳，而是看着崔萱问道。

“我找你能干吗？当然是赶通告的事情。”崔萱看着他满是怒火的俊脸，皱起了眉头。

“泽天呀，你今天怎么了，火气这么大？媒体发布会不是很成功吗？”瞥见崔泽天的右手被薛玉楼攥着，上面青肿一片，张文岳揉着胸口，问道。

“崔先生是不是因为晚上两个大小姐不请自来而生气？”秘书善解人意地问道。

“小天，到底是怎么回事？”握过他的右手，看着上面的伤口，崔萱蹙起了眉头。

“如果只是通告的事情，”将自己的手拽了回来，按下负一楼，将手插进裤兜里，崔泽天别过脸说道，“明天再说，我今天累了。”

崔萱看了他一眼，电梯在三楼停下，她伸手攥过崔泽天的胳膊，将他往医务室里拽去，一边走一边说正事：“因为女主角生病，明天的拍摄暂时停止，把之前你积攒下来的通告做完……”

“总监大人，为什么她能休息我就不能休息？”崔泽天不愿往医务室去，停下脚步，任凭崔萱怎么拽，他都不动，“我也要休息两天。”

“你不能休息，你跟她不一样，”崔萱转头看着自己俊美的侄子，淡淡说道，“每个艺人的安排都不一样，你必须服从公司的安排。”

“明天的事情明天再说，我现在要回去休息。”崔泽天看着医务室的门口，说道。

“先把受伤的手包扎好，真不知道这么大了怎么还这样任性，你的手这样明天去赶通告，又不知道会被媒体说成什么！”崔萱并不放开他，阴沉着脸说道。

这个公司也只有崔萱敢这样对崔泽天说话，而老板和秘书早就杀进了医务室，留下他们姑侄二人在外面。

“媒体发稿前，不是都要通过你的秘书审查吗？他们谁敢乱写？”崔泽天冷哼一声，反正他现在不愿意进医务室。

“那你身为艺人，也要注意自己的形象！”崔萱要发飙了，不由分说地拖着他往医务室走去，“今天只是手上受伤，明天要是伤到了脸上，你就等着被老太太关在金丝笼里喂养吧！”

一听到崔萱把奶奶搬了出来，崔泽天撇撇嘴：“我自己回去包扎，这里的护士长得太难看，很影响心情。”

说完，他转身就往电梯走去。

“你这孩子怎么说话一点儿教养都没有？人家护士招你惹你

了？”崔萱哭笑不得，医疗室的小护士还是崔泽天的铁杆粉丝呢，听到这些话，肯定伤心死了。

丁一一从医疗室里走出来，看见几步之远的电梯门刚刚关起，按键还停在三楼上，立刻一个箭步冲了过去，以完全不像病人的身手，按下电梯键。

“你为什么要跟我一起回去？”电梯里，崔泽天正非常不高兴地对着崔萱说道，“我不喜欢住的地方有女人。”

“臭小子，你看看你的态度，小时候你最喜欢到我的住处，一去就不回家……”电梯里没外人，崔萱恨不得敲这个已经比她高的侄子的头。

“一一，你慢一点儿。”电梯里崔萱正和崔泽天斗嘴，突然电梯门开了，外面传来安浩轩温和的声音。

随即，一个清秀的女生大踏步地冲进电梯里，伸手按了一楼，笑嘻嘻地冲着外面俊雅的男人吐了吐舌头，她的冲刺速度一向很快，瞧，赶上电梯了！

崔泽天的脸色蓦然阴沉下来，周围都是可怕的低气压，而丁一一也转过头，看着电梯里原本站着的三个人。

“崔总监。”安浩轩温和有礼地向崔萱打了一声招呼。

“这就回去了吗？医生不是说一一还要……”崔萱有些诧异地看着刚才动作很“矫健”的丁一一，此刻她一看见电梯里的人，立刻恢复了病恹恹蔫巴巴的模样。

“医生说可以回去静养，记得吃药就没事了。”丁一一急忙说道，脸上挂着僵硬的笑容。

真是冤家路窄啊！她怎么就在这里遇到了以刁难调戏自己为乐的“盛樱小霸王”？

“那就回去好好休息几天，没想到外景拍摄第一天就让你生病了，都是我的失误。”崔萱对这件事非常自责，而且更为失误的是那组照片的流出，让这个刚刚出道或者说还没正式接触娱乐圈的女生，立刻处在风口浪尖，成为众人议论的对象。

她没想到用这种方式让人们记住了丁一一，只是现在事情已经成为定局，她也只能让丁一一利用这组照片“横空出世”。

这个小丫头，还不知道短短两天中，“丁一一”已经成为网络上搜索最多的名字，从某个方面来说，盛樱几乎什么都没有做，只顺势打出了一张漂亮的牌，让丁一一在短短的时间里，一炮走红。

今天的媒体发布会，正是扭转之前所有的负面消息，从明天开始，关于丁一一的报道只有好消息，没有不利的新闻，崔萱要将丁一一重新塑造成她所希望的个性女星。

一楼到了，丁一一立刻对崔萱说道：“崔阿姨，那我回去了，再见。”

“好，多休息两天，等这边的通告。手机不要关机，保持联络。”崔萱温柔地说道。

“是，崔阿姨也要注意身体，再见。”丁一一站到门外，对她鞠躬说道。

崔泽天伸手按上电梯的闭合键，阴冷地看着外面的丁一一被电梯门隔离开。

“呼……”长长地出了口气，丁一一转头看向安浩轩，露出笑容来，“回家！”

被安浩轩紧紧握着手，并不在乎周围的工作人员看着他们的好奇的眼神，丁一一径直往外走去。

刚到盛樱大厦的门口，一辆黑色的劳斯莱斯突然闪电般冲了过来，硬生生地拦在丁一一面前。

被突然冲过来的轿车吓得双腿差点儿软了，好在丁一一被吓过一次，这会儿心脏也变得强健多了，只是紧紧地攥住安浩轩温暖的手。

“一一。”车窗摇下，却是崔萱的脸，而里面坐着脸色阴沉毫无表情的崔泽天。

“崔……崔阿姨。”

“按照公司的规定，不可以和非直系亲属的异性有任何亲密举动，而且……”转头看了崔泽天一眼，崔萱无奈地说道，“为了你的形象，必须和异性保持一定的距离，这些等你病好了之后，会有助理给你系统培训，所以……”

看了眼她紧紧攥着安浩轩的手，崔萱不想对这个刚被自己挖来的小女生太严厉：“如果不想明天看见媒体报道不好的消息，自己也要注意不要被狗仔队拍到影响形象的照片。”

丁一一开始似懂非懂地听着，只察觉到安浩轩的手微微一紧，等她听出崔萱的意思之后，转头看向安浩轩。

非直系亲属的异性？她几乎忘记了安浩轩不是自己的亲哥哥……

丁一一的手不由得放开了安浩轩的手，她从什么时候开始忘记，安浩轩是个“非直系亲属的异性”，是从什么时候开始这样自然而无嫌隙地握表哥的手？

她还记得老爹对她说男女授受不亲，她还记得其他表哥来自己家里的时候，她都是恪守礼节，或许会撒娇，可是在十四岁之后，很少会在大庭广众之下，这样握着表哥的手……

“走。”崔泽天低低地对薛玉楼说道。

黑色的轿车快速驶去，除了一阵风，仿佛什么都没有发生过，只是原本紧紧握着手的两个男女，双手分开了。

丁一一站在夜风中，脸上突然涌上了潮红，像是发现了自己和安浩轩之间的某种超过表哥表妹的情绪，她低下头，默默地往前走去。

“天儿，你不会是喜欢上一一了吧？”轿车里，崔萱问道。

“谁会喜欢那种白痴？”崔泽天不屑地转过头，脸色依旧阴沉。

“我觉得你最近挺多管闲事，连人家哥哥拉着妹妹的手，你都看不惯……”

“我是为你避免麻烦，媒体发布会刚结束，你就让人家狗仔们拍到丁一一和安浩轩的照片，不是自找麻烦吗？”崔泽天冷哼。

“哟，我家侄子居然关心起姑姑来，还真受用不起。”崔萱看见他这副模样，不由得笑了起来。

“崔总监，你是在嘲笑我？”崔泽天看向笑得一脸优雅的崔萱，挑眉问道。

“不敢，只是觉得你对她确实太在意了一点儿。”崔萱微微笑道，她很享受和侄子这样没有争执的时候，好像自从丁一一出现之后，姑侄之间又回到了过去那种站在一条线上的日子。

一个人走久了，势必会很累，如果没有同伴，在崔家这么大的家族面前，就算再强势独立，崔萱都会感觉若有所失。

而崔泽天，就像自己的儿子一样，有他在身边，要温暖许多。

“你觉得她怎么样？”崔泽天沉默了半晌，突然问道。

“什么？”崔萱故意装作听不懂，“你是说丁一一？她外形很甜很阳光，性格又招人喜欢，稍加雕琢，肯定能成为最受欢迎的明星。”

“我不是说这个！”崔泽天皱皱眉头，不过说起来，小苹果的味道是很甜……

“那你是说什么？”依旧装糊涂，崔萱似笑非笑地看着他问道。

“你觉得奶奶会喜欢她吗？”崔泽天又沉默半晌，好在车厢光线很暗，并不会让崔萱看见他脸上有可疑的红晕。

“奶奶最不喜欢女明星。”崔萱故意摇头说道。

“很讨厌奶奶给我找的那些名门闺秀，一个个像是被养肥的米虫，整天只知道争风吃醋，烦都烦死了。”觉得自己今天的话有些太奇怪了，于是话锋一转，崔泽天不悦地说道。

“名门闺秀多好啊，以后都是上流社会的女人，声名显赫，带出去不会给你丢人，而且对你以后的事业也有帮助……”

“我不要，我要找自己喜欢的。”崔泽天又看向窗外，闷声说道，“再不行，和你一样当个自由的单身贵族，也不错。”

“胡说八道，你要是四十岁还不结婚，那天下的女人就乱了。”伸手轻轻弹了弹他的脑壳，崔萱宠爱地看着他，温柔地笑了。

“以前我以为你再不结婚，天下男人都乱了，可是现在看来，不是一样太平无事？”崔泽天哼了哼，一点儿都不赞同崔萱。

“男人跟女人不同，他们有理性的思维，而女人，都是感性的动物，喜欢上一个人，就奋不顾身……”崔萱幽幽地叹道。

“你还在想着他？”崔泽天虽然平时一副事不关己的模样，可是他还是很关心崔萱的感情生活，他想要一个姑父，来结束姑姑的单身世界。

崔萱苦笑着摇头，看向外面的风景，不再说话。

崔泽天见崔萱不说话，便也转头看向窗外，脑海中浮现出的却是丁一一甜美的笑脸。

窗外的风呼啸而过，他和丁一一究竟会怎样呢？

意林
醉墨染江山
ZUI MO RAN JIANGSHAN
一张面具牵扯的皇室阴谋，
一次误会引发的啼笑姻缘。
一张面具，
一次误会，
一场赌注，
一生结缘。
古灵精怪『假』皇妃，
邂逅腹黑『真』皇帝。
ZUI MO RAN JIANGSHAN
醉墨染江山

意林精品图书推荐

意林幻青春 系列

《我不成仙 一 断尘绝念》

简介：不想成仙却毅然修仙，她见愁只想有朝一日对那人说："纵你成仙，亦不可逃！"

定价：28.80元

《我不成仙 二 杀红小界》

简介：血衣作战袍，刻骨为利刃。她的通天坦途，便是他的穷途末路！

定价：28.80元

《我不成仙 三 流星赶月》

简介：敏锐与直觉，无一欠缺；缜密与果决，兼而有之。力敌群雄者，舍她其谁！

定价：28.80元

《我不成仙 四 鏖战空海》

简介：为成大道，葬痴情、斩尘缘者有之，可若寻仙问道是这般模样，她宁愿永不成仙！

定价：28.80元

意林幻青春 系列

《我不成仙 五 舍我其谁》

简介：见愁者，无限潜力，无限战力！斩断过去，分割今昔。她的世界，只有未来！

定价：28.80元

《禁域①墓地神婴》

简介：皇者重现世间，只为触底反击，再创传奇！踏破乾坤纵横时空，禁域绝密即将揭晓！

定价：28.80元

《禁域②宗门斗者》

简介：扶桑谷内迷雾重重，时间长河、神秘女子……时空彼端，究竟有着怎样的秘密？

定价：28.80元

《禁域③王者遗风》

简介：阳魄界，一个神奇的虚拟世界，浮生为赤钻来到这里，却发现了更惊人的秘密！

定价：28.80元

意林幻青春 系列

《符神传说①斩焰少年行》

简介：接通元灵符界，交易、对战、派单……现实与虚拟之间，体味什么叫酣畅淋漓！

定价：28.80元

《符神传说②东川起风云》

简介：逆转鬼煞岭、入蛮荒探迷城，跨越空间界限，开启度奇幻热血征程！

定价：28.80元

《符神传说③刀芒惊天下》

简介：巧进黑狱筑识海，烈焱龙雀惊天下。勇探天符浩土，领略异闻传奇！

定价：28.80元

《符神传说④地下悬赏令》

简介：识妖族斗南洲，符驱四方见奇谋。游历异界空间，探索奥妙人生！

定价：28.80元

意林幻青春 系列

《雪鹰领主1》

简介：我吃西红柿全新力作！少年骑士惊世崛起，铸就为人类荣誉而战的英雄传说！

定价：29.80元

《雪鹰领主2》

简介：圣级超凡，初露峥嵘，打造热血沸腾的传奇武侠世界！

定价：29.80元

《决战星座学院1》

简介：为00后读者量身定制的校园星座魔法书，超反转、超疯狂的校园大作战，开始！

定价：29.80元

《浮玉仙魔》（全一册）

简介：跨越六界的情仇离合，仙家养成，爆笑开演！看一代魔尊，如何搅翻浮玉仙山！

定价：29.80元

意林幻青春 系列

《倾世萌狐》（全三册）

简介：任他天道严酷，你始终是我无法断的"情"，难以绝的"爱"。

定价：29.80元

《我的画风不太对》（全二册）

简介：一不小心成了外星玩家的目标对象！千回百转的拼图游戏，谁是最终赢家？

定价：29.80元

《灵犀》（全二册）

简介：取《山海经》之精髓，谱一曲荡气回肠、龙狐相随的深情恋歌！

定价：29.80元

《仙萌奇缘》（全二册）

简介：迷糊弟子"约架"冷傲少主，无厘头话本奇袭玄天剑宗，非正统仙侠大戏反转上演！

定价：29.80元